KB121149

로크미디어가
유혹하는
재미있는 세상

ROK
로크미디어

우리 교황님 좀
말려 주세요

우리 교황님 좀 말려주세요 6

2023년 2월 9일 초판 1쇄 인쇄
2023년 2월 14일 초판 1쇄 발행

지은이 판미손
발행인 강준규

기획 이기헌 왕소현 박경무 강민구 조익현
책임편집 주현진
마케팅지원 이원선

발행처 (주)로크미디어
출판등록 2003년 3월 24일
주소 서울시 마포구 마포대로 45 일진빌딩 6층
Tel (02)3273-5135 **Fax** (02)3273-5134
홈페이지 rokmedia.com **E-mail** rokmedia@empas.com

ⓒ 판미손, 2022

값 9,000원

ISBN 979-11-408-0546-4 (6권)
ISBN 979-11-408-0095-7 04810 (세트)

우리 교황님 좀 말려 주세요

판미손 퓨전 판타지 장편소설 ⑥

Contents

어린 성자

원래 내 계획은 나와 승우 단둘이 문병을 가는 것이었다.

하지만 늘 그렇듯, 내 계획에는 항상 변수가 발생한다. 이를테면 루나라든가, 루나라든지, 루나 같은 것 말이다.

"문병 갈 때 음료수를 챙기는 건 기본이라구요, 성하. 나 없었으면 어쩔 뻔했대?"

"음료수는 챙기더라도 너를 챙겨 가는 건 환자의 몸에 치명적이지 않을까?"

"제 외모가 치명적이긴 해요. 미튜브 댓글 보셨어요? 아주 그냥 제 미모를……."

"확실히 치명적이긴 해. 저혈압 환자를 네 옆에 붙여 두면 순식간에 고혈압이 될 거야. 장담할게."

나는 내 옆에서 음료수병이 든 박스를 손에 들고 있는 루나를 바라보면서 한숨을 내쉬었다.

이곳은 구로구에 위치한 한국대 대학병원.

지구에 귀환했던 초기, 언데드들로부터 내가 지켜 냈던 바로 그곳이었다.

승우 친구의 아버지가 이곳에 입원해 있다고 하던데, 오랜만에 도착한 이곳에는 아주 당황스러운 일이 벌어지는 중이었다.

"그러니까 저게 지금……."

"일주일 전에 생긴 거라던데요. 그 뭣이냐, 리못죽? 거기 카페 회원들이 돈을 모아서 주문했다나? 요새 오피셜 리멘 안 보시는구나. 거기에 영상도 하나 올라왔는데."

"리멘이 보면 오열……."

"리멘님이시라면 아주 흡족해하실걸요? 본인이 임명한 첫 번째 사도의 인기가 날이 가면 갈수록 높아진다는 증거 잖아요."

"말을 말자."

나는 병원의 앞에 떡하니 세워진 동상을 바라보면서 탄식을 금치 못했다.

사제복을 입은 남자의 전신상. 전신상의 뒤에는 여덟 장의 날개가 자리 잡고 있었고, 두 손은 가지런히 모은 채 '신성하다'라는 느낌을 사방에 퍼뜨리고 있었다.

언제 빼돌렸는지 모르는 최상급 신성석이 전신상 곳곳에 박혀 있는 건 덤이었다.

수많은 생명의 구원자, 리멘 교단의 김시우 교황님께 바치는 자그마한 성의

위와 같은 문장이 밑에 적혀 있는 건 보너스였다. 그리고 그 밑에는 전신상 제작에 참여한 단체들이 조그마한 크기로 함께하고 있었다.

"장소 협찬 한국대학교 구로병원, 리묫죽, 오피셜 리멘, 김성아……. 이거 김성아는 어떤 분이냐?"

"아, 그거 성하 팬클럽이잖아요. 김시우의 성스러운 아이들."

"……그러니까 지금 전신상을 여기다가 배치하는 걸 병원에서 허락했다고?"

"당연하죠. 쌍수를 들고 환영했다던데."

생각지도 못한 곳에서 나의 분신을 마주해 버려서 그런가, 머리가 어질어질했다.

게다가 평범한 전신상도 아니고, 하필이면 등에 여덟 장의 날개가 돋은 그 모습을 조각해 뒀을 줄이야.

"멋있어요, 교황님!"

"……고맙다, 승우야."

"저도 언젠가는 반드시 교황님의 전신상과 리멘님의 신상을 다른 곳에 세울게요!"

나는 승우의 활기찬 목소리를 들으면서 씁쓸하게 미소를 지었다.

깜짝 선물이라고 하기에는 스케일이 워낙 커서 헛웃음만 흘러나올 뿐이었다.

그렇게 내가 멍하니 전신상을 보고 있는 사이, 시민 몇몇이 전신상으로 다가갔다.

"와, 이거 김시우 전신상 맞지?"

"이거 찍으려고 부산에서 여기까지 왔잖아. 부산에는 이런 거 안 만들어 주나?"

"진짜 만들어 주기만 한다면 매일같이 닦아 주고 쓰다듬어 줄 텐데."

"살짝만 침 바르고 가자. 그 정돈 괜찮지 않을까?"

"이거 보고 나서 리멘 교단 성지로 가는 게 풀코스잖아."

"신앙으로 충만해지는 기분이야."

전신상을 배경으로 사진을 찍는 사람들과 두 손을 꼭 모아서 기도를 드리는 사람들.

시민들이 내 전신상을 두고 이런저런 행동을 하는 걸 보고 있자니, 절로 얼굴이 붉어지는 기분이었다.

"우리 성하, 부끄러우신 모양이네. 왜, 가서 사인이라도 해 주죠?"

"우리 문병하러 온 거다. 조용히 하고 들어가자. 병원에서는 정숙, 그 당연한 것도 모르냐?"

나는 루나에게 가볍게 쏘아붙인 다음, 빠르게 병원 안으로 들어섰다.

평상복을 입고 와서 다행이다.

사제복을 입고 왔으면 졸지에 팬 사인회를 열 뻔했다.

그나저나 전신상에 박혀 있는 최상급 신성석. 교단의 간부가 아니면 구할 수 없었을 텐데 말이지.

아무래도 내부에 범인이 있는 것 같다. 나중에 시간을 내서 찾아봐야겠다.

아무튼.

그렇게 내가 조용히 병원 입구로 들어섰을 때였다.

"승우야, 병실이 어디인지 알아?"

"네! 선생님이 말씀해 주셨……."

승우와 함께 병실을 찾아 나서려던 찰나.

"김, 김시우 교황님?"

입구의 의자에 앉아서 조용히 커피를 마시고 있던 남자 하나가 자리에서 벌떡 일어나며 말했다.

남자의 목에 직원증이 걸려 있는 것으로 미루어 보아, 병원의 직원인 듯 보였다.

내가 마스크를 쓰고 있었는데도 불구하고 한눈에 알아차린 것이다.

이런 상황에서 그냥 무시할 수도 없는 노릇.

나는 나를 멍하게 바라보고 있는 그 남자를 향해서 가볍게 손을 흔들어 주었다.

"하하…… 반갑습니다. 날씨가 좋네요. 그렇죠?"

"잠시만, 아주 잠시만 기다려 주십시오!"

남자는 급하게 주머니에서 스마트폰을 꺼내더니 어디론가 급히 전화를 걸었다.

그리고 잠시 후.

"부장님? 1층 현관에 김시우 교황님이 오셨습니다. 예, 예. 정말이라니까요? 병원장님께 빨리 보고를……. 아, 지금 같이 계신다구요? 예, 예. 알겠습니다. 예! 제가 성심성의를 다하여 모시고 있겠습니다!"

남자의 목소리가 이어지고 있을 때쯤, 뒤에 서 있던 루나가 작게 박수를 치며 말했다.

"역시 슈퍼스타."

"……닥쳐."

"제가 말했죠, 마스크로는 충분하지 않다고?"

불난 집에 부채질 하나만큼은 기가 막히는 루나였다.

나는 어느새 저 멀리서 전속력으로 뛰어오고 있는 한 무리의 사람들을 바라보면서 쓸쓸하게 미소를 지었다.

양복을 입고 있는 사람 둘과 의사 가운을 입고 있는 남자하나.

"병원장님이 급히 오고 계십니다. 잠시만 기다려 주십시오! 병원장님께서 직접 모시겠다 하셨습니다."

"저희 그냥 문병 온 건데요."

"병원과 환자들을 구원해 주신 은인께 무엇이든 못 해 드리겠습니까?"

오늘도 조용한 하루는 글러 먹었네.

쓰읍.

＊

"정승헌 환자는 급성 마력 중독 증상으로 입원 중에 있습니다. 헌터들에게 아주 흔한 증상 중 하나지만, 이 환자의 경우에는 오른쪽 다리가……."

병원장은 내가 굳이 요청하지 않았음에도 불구하고 알아서 환자에 대한 브리핑을 시작했다.

승우 친구의 아버지, 정승헌 씨.

병원장의 말에 따르면 마력 중독 현상은 레이드 중에 흔히 발생하는 부상 중 하나라고 한다.

게이트나 던전에서 흘러나오는 마력에 중독되는 현상이라던가.

"마력 중독은 비급여 항목이기 때문에 치료비가 많이 발생하는 편입니다. 대형 길드들의 경우에는 자체적인 지원책이 있지만, 중소형 길드의 헌터들은 고스란히 치료비를 부담할 수밖에 없는 실정이지요."

"이야기는 들었습니다."

승우의 아버지인 진서준 씨도 그 비싼 치료비 때문에 치료받지 못했던 것이 기억난다.

승우 역시 그 사실을 기억하고 있기 때문에 이곳에 왔을지도 모른다.

동병상련.

그 괴로움을 겪어 본 사람만이 같은 처지에 놓인 사람의 마음을 잘 이해할 수 있는 법이니까.

나는 승우의 머리를 가볍게 쓰다듬으면서 천천히 앞으로 걸어갔다.

"그래도 한 가지 고무적인 것은 현재 정부에서 각성자들을 위한 별도의 공공 보험을 준비하고 있다고 합니다. 저희 병원 역시 동참하겠다는 의견을 강력하게 표명했구요."

"병원장님이 그렇게 말씀하셔도 됩니까? 보통 병원장이란 자리는 병원에 손해 되는 일 같은 건 안 하지 않습니까?"

내 질문에 병원장은 부드럽게 웃으면서 대답했다.

"제가 그 현장에 있었습니다."

"그 현장?"

"교황님께서 저희 병원과 환자들, 더 나아가 이 일대를 정화해 주시던 그 현장이요. 제가 그것을 보고도 깨닫는 게 없을 정도로 미련한 사람은 아닙니다. 아, 도착했습니다. 이곳입니다."

병원장은 사람 좋은 미소를 지으며 어느 병실 앞에 멈춰 섰다.

한 자리가 비어 있는 2인실이었다.

나는 병실의 문을 바라본 다음, 병원장을 향해서 조용히 물었다.

"혹시 저희가 환자에게 어떤 도움을 줘도 괜찮겠습니까?"

병원장은 내 질문의 뜻을 빠르게 알아차렸다. 그리고 그는 웃으면서 고개를 끄덕였다.

"오히려 저희가 부탁드려야 할 것 같습니다. 현대 의학으로는 완벽하게 치료할 수 없는 환자입니다. 부디 잘 부탁드리겠습니다."

처음에 헐레벌떡 달려오기에 병실 내부까지 따라 들어오면 어떻게 하나 걱정했었다.

하지만 병원장은 의외로 선을 지킬 줄 아는 사람인 것 같았다.

나는 병원장에게 슬며시 미소를 지어 준 후, 루나와 승우를 데리고 병실 안으로 들어섰다.

가습기가 틀려 있는 2인실 안.

침대 위에는 한 남자가 누워 있었고, 그의 옆에는 걱정으로 가득한 표정의 여자가 앉아 있었다.

그녀는 병실로 들어선 우리를 보자마자 자리에서 일어섰고, 승우는 그녀를 향해 공손하게 인사했다.

"안녕하세요, 서준이 친구 진승우라고 합니다."

"아, 아침에 전화를 준 그 친구구나? 어서 와요. 와 줘서 정말 고마워요. 서준이 엄마예요."

"저…… 이거."

승우는 음료수가 담긴 박스를 그녀에게 건네주었다.

"문병 올 때는 빈손으로 오면 안 된다고 해서요."

"기특하기도 해라. 잘 먹을게요."

그녀는 음료수 박스를 받아 든 다음, 힘겹게 미소를 지었다. 그리고 이번에는 나와 루나를 쳐다보면서 말했다.

"보호자분들이신가 봐요? 혹시 승우 부모……."

"절대 아닙니다."

오해는 빠르게 풀어야 하는 법.

나는 마스크를 슬며시 벗었다.

"리멘 교단의 김시우라고 합니다. 승우가 문병을 가고 싶다기에, 보호자 자격으로 함께 왔습니다. 이쪽은 루나 레벤톤, 저희 교단의 성기사단장입니다."

"처음 뵙겠습니다, 서준이 어머님. 루나 레벤톤이에요. 편하게 루나 양이라고 불러 주시면 된답니다."

"어…… 어?"

그녀는 한동안 말을 잇지 못했다.

그만큼 우리의 방문이 당황스러웠다는 뜻이었다. 나는 눈을 크게 뜨고 놀라워하는 그녀를 향해 조심스레 말을 이어 갔다.

"우리 승우가 리멘 교단의 가장 소중한 보물 중 하나거든요. 미리 말씀드리고 왔어야 했는데, 죄송합니다."

"아, 아니에요. 저는 단지 너무 갑작스러워서……."

나는 흘긋 침대에 누워 있는 정승헌 씨를 바라보았다.

손님이 왔음에도 잠에서 깨어나지 못하는 것만 보더라도 그의 몸 상태가 썩 좋지 않다는 것을 알 수가 있었다.

그리고 무엇보다 병원장의 브리핑에서 들었던 오른쪽 다리, 정확히는 오른쪽 종아리 부근에 뭉쳐 있는 마력이 눈에 들어왔다.

무언가에 관통당했던 모양인지 봉합 수술이 진행된 흔적까지도 남아 있었다.

─회복이 너무 느리게 진행되고 있는 상황입니다. 최악의 경우에는 다리를 절단하는 것을 고려하고 있습니다.

상태를 직접 보니까 병원장의 브리핑이 얼추 이해가 갔다.

환부에 과도하게 응집된 마력으로 인해 신체의 자연 치유 능력이 대폭 저하된 상태였던 것이다.

보통 마력이 응축된 병기에 꿰뚫리면 일어나는 현상이었다.

환부 주위의 마력을 제거하면 빠르게 호전될 수 있는 수준의 부상이기도 했다.

이런 부상은 사제들이 아니더라도, 실력 좋은 마법사를 초빙한다면 쉽게 해결할 수 있는 문제였다.

다만, 실력 좋은 마법사들이 일면식 없는 사람들을 위해 쉽게 나서 줄 가능성이 적을 뿐.

"초면에…… 굉장히 실례되고 염치없는 부탁인 줄은 알지만…… 혹시, 교황님께서 이 사람을……."

서준이 어머님은 간절한 표정으로 나를 바라보았다.

그리고 나는 그런 그녀를 향해 부드럽게 웃어 주면서 말했다.

"실례되지도, 염치없지도 않습니다. 저희가 온 이유가 바로 이것 때문이었으니까요."

"……예?"

"그러나 어머님께서 오늘 감사를 표해야 할 대상은 제가 아닙니다."

나는 승우의 등을 두드려 주었다. 그러자 승우가 조심스레 앞으로 나왔다.

"승우야, 할 수 있지?"

"네. 라파르트 대주교님이랑 레오 대주교님이 잘 가르쳐 주셨어요. 할 수 있어요."

승우의 몸에서 흘러나오기 시작한 순수한 신성력.

희고도 고운, 딱 승우를 닮은 신성력이었다.

승우는 신성력을 두 손에 모으면서 천천히 정승헌 씨를 향해 다가갔다.

그리고 붕대에 감겨 있는 환부에 조심스럽게 손을 올린후, 살며시 눈을 감았다.

"시작할게요."

잠시 후.

"오."

내 입에서 감탄사가 튀어나왔다.

　　　　　　　　　　※

라파르트 대주교는 칭찬에 굉장히 인색한 사람이다.

특히, 누군가를 교육하고 있을 때는 더더욱 그렇다.

그런 그의 입에서 칭찬이 나왔다는 것은 딱 한 가지를 의미한다.

승우가 지닌 가능성이 어마어마하다는 것.

게다가 승우가 지닌 가능성은 레오와 루나가 보여 줬던 가능성과도 종류부터가 달랐다.

리멘이 그 둘에게 부여했던 은총이 파마에 특화되어 있는 부분이 많았다고 한다면.

우우우우웅-.

승우가 지금 내 앞에서 보여 주고 있는 모습은 그 둘과는 거리가 먼, 어쩌면 리멘과 가장 맞닿아 있는 모습이었다.

"성하."

"쉿, 그냥 보고 있자."

승우의 손에서 퍼져 나간 신성력이 정승헌 씨의 환부를 부드럽게 감싼다.

환부 부근에서 정승헌 씨를 괴롭히던 마력들이 빠른 속도로 흩어졌고, 곧이어 승우의 신성력이 그의 몸을 타고 곳곳으로 퍼져 나갔다.

그것은 아직까지 우리 교단의 다른 신입 교육생들이 도달하지 못한 단계였다.

신성력을 완벽하게 통제하는 것뿐만 아니라 그 통제권을 이용해서 몸 전체의 회복력을 높이는 것.

말은 쉽지만, 그 단계에 다다르기까지는 꽤 오랜 시간이 소요된다. 에덴의 기준으로는 저 단계에 올라야지만 수행 사제로서 대륙 곳곳으로 치유 선교를 시작할 수 있다.

막 교단에 들어온 이들이 저 수준으로 성장하기까지 소요되는 시간이 보통 5년 정도라고 했으니, 승우가 보여 주고 있는 능력이 얼마나 대단한 것인지 알 수 있었다.

"기특하네."

나는 치유에 열중하고 있는 승우를 바라보면서 흐뭇하게 미소를 지었다.

리멘은 모두를 자비롭게 보살피는 여신.

에덴에서 모두를 보살피기 위해서는 무엇보다 마족에 대항할 수 있는 힘이 필요했을 테고, 그런 과정에서 등장했던 대표적인 선지자가 레오와 루나였다.

그에 반해 승우가 지금 보여 주고 있는 능력은 누군가의 상처를 치유하는 것에 특화되어 있었다.

어쩌면 그런 승우의 능력이야말로 리멘이 보기에 지구에 가장 필요했던 능력이 아니었을까?

그녀가 보기에는 이 지구라는 세계 역시 많은 곳이 병들어 있다, 그렇게 생각했을지도 모르겠다.

'인과율은 조용하고.'

이런 감동적인 순간에 항상 등장하던 인과율이 흔적조차 보이지 않고 있었으니, 나로서는 그저 즐겁게 승우를 지켜볼 수 있었다.

그렇게 얼마나 시간이 흘렀을까.

"끝났어요."

승우가 힘겹게 미소를 지으면서 고개를 돌렸다.

그리고 잠시 후.

"……여보?"

침상에 누워 있던 정승헌 씨가 천천히 몸을 일으켰다.

"서준이 아빠."

"여기는 도대체……."

정승헌 씨가 주위를 두리번거리면서 상황을 파악하려던
찰나, 서준이 어머님은 아무 말 없이 그의 몸을 껴안았다.

승우는 서로를 껴안고 있는 부부의 모습을 말없이 지켜보
고 있었다.

돌아가신 어머니를 추억하고 있는 걸까.

나는 승우의 어깨에 조심스레 손을 올리면서 말했다.

"우리는 잠시 자리를 비켜 줘야겠다."

"……네."

"고생했어, 승우야."

그 누구보다도 배우자의 마음고생이 가장 심했을 것이다.
그렇기 때문에 나는 승우와 루나를 데리고 잠시 병실 밖으로
나왔다.

"승우 땀 좀 봐. 성하, 음료수라도 뽑아 올게요."

"진짜 오랜만에 기특한 소리 한다? 올 때 내 것도 뽑아 오
고."

"네에."

루나는 곧바로 음료수 자판기로 향했고, 나는 승우를 데리
고 병실 앞 의자에 앉았다.

루나의 말대로 승우의 옷이 땀에 젖어 있었다.

어린아이의 몸으로 정밀하게 신성력을 운용한다는 것은

엄청난 집중력을 요구하는 일.

게다가 이번에 처음 실전을 경험한 셈이니까 힘들어하는 것도 당연했다.

"교황님."

"응?"

"저, 실수한 건 없었겠죠?"

"완벽했어. 서준이네 아버님이 일어나신 거 봤잖아? 우리 오기 전까지 계속 의식이 안 돌아오셨다더라. 저기 봐 봐."

나는 웃으면서 병실을 향해 빠르게 다가오는 의사들을 가리켰다.

"의사 선생님들도 오시잖아? 네가 혼자서 해낸 거야. 나는 우리 승우가 무척이나 자랑스러워."

승우는 단순히 상처를 치료하는 것을 떠나서 온몸의 기력까지 회복시켰다.

나를 비롯한 교단의 간부들에게는 어려운 일이 아니었겠지만, 승우 덕분에 회복한 정승헌 씨와 그의 가족들에게는 기적처럼 다가왔을 것이다.

그런 게 기적이 아니라면 뭐겠어?

"다행이다."

승우는 긴장이 풀린 듯이 크게 숨을 뱉어 냈다. 그리고 그 제야 활짝 얼굴을 폈다.

나는 승우의 머리를 다시 한번 쓰다듬어 주었다.

자신의 능력을 남을 위해 사용하겠다는 이 녀석이 어찌나 기특한지, 보는 것만으로도 웃음이 흘러나왔다.

"승우야."

"네."

"앞으로 이렇게 누군가를 돕는 일은 허락 안 맡아도 돼. 대신 우리에게 어떤 일인지만 말해 주렴. 그래야 어른들이 조금이라도 도움을 줄 수 있거든."

　리멘이 승우에게 이런 치유 능력은 준 데에는 나름의 이유가 있을 거라고 생각한다.

　리멘을 모시는 사람으로서 내가 해야 할 일은 언제나 그렇듯, 그녀의 뜻을 헤아리고 조용히 따르는 것이다.

"저는 아픈 사람들이 전부 나았으면 좋겠어요."

"그래?"

"아픈 사람도 아픈 사람인데……. 그 사람을 보고 있는 사람도 아파요. 우리 아빠가 그랬거든요. 그래서 아픈 사람들을 돕고 싶어요. 교황님이 갑자기 나타나서 저랑 아빠를 도와주셨던 것처럼요."

　작은 입술에서 흘러나오는 단단한 말.

　승우는 웃으면서 자신의 꿈을 나에게 말해 주고 있었다.

　또래의 아이들이라면 보다 풋풋하고 어린애스러운 꿈을 말할 법도 하지만, 승우의 입에서는 진심이 담긴 말이 흘러나오는 중이었다.

우리 교황님 좀
말려 주세요

내가 근래에 외부의 일로 바빴던 게 미안해질 정도였다.

나는 조심스럽게 꿈을 말하는 승우를 향해 싱긋 미소를 지었다.

"그게 승우 꿈이야?"

"아니요!"

"음?"

"저희 아빠도 제가 그런 사람이 되었으면 좋겠다고 했어요!"

아빠 생각에 기운을 차린 건지, 승우가 활기찬 목소리로 말했다.

"많은 사람이 너를 보살펴 주고 있으니까, 너도 나중에 많은 사람을 보살펴 줬으면 좋겠다고, 아빠가 그랬어요. 저도 그렇게 생각해요."

이렇게나 사랑스러운 아이를 누가 미워할 수 있을까?

나는 승우가 들려주는 이야기를 들으면서 흐뭇함을 감출 수가 없었다.

어째서 리멘이 승우를 선택했는지 조금이나마 알 수 있을 것 같았다.

⁂

정승헌 씨가 일어난 후 병실은 꽤 부산스러워졌다.

승우 덕분에 완전하게 회복한 것은 맞지만, 의사들로서는 이런저런 수치들을 확인할 필요가 있었기 때문이다.

　그래서 우리도 병실에 오래 머무를 생각은 없었다.

　무엇보다 그들의 감격스러운 순간을 방해하고 싶지는 않았기 때문이다.

　"이 은혜를 저희 가족이 어떻게 갚아야 할지 모르겠습니다. 정말…… 정말 감사드립니다."

　"정 갚으시고 싶다면 우리 승우한테 맛있는 거라도 사 주세요. 그거면 됩니다. 그렇지, 승우야?"

　"맛있는 거 안 사 주셔도 돼요! 저는 아저씨가 나은 것만으로도 충분히 행복해요."

　승우의 표정은 처음 병실에 도착했을 때에 비해서 무척이나 밝아져 있었다.

　자신의 능력으로 깨어난 사람을 처음 마주해서 그런가, 눈이 계속해서 반짝거렸다.

　보통 저런 걸 보고 보람을 느낀다고들 표현한다.

　나는 승우와 정승헌 씨를 번갈아 가며 쳐다본 다음, 슬쩍 웃으면서 말했다.

　"저희는 이만 먼저 물러나겠습니다. 가족분들끼리 좋은 시간 보내셔야죠."

　"하지만 이렇게 보내 드리면 제가……."

　"서준이도 곧 온다면서요? 오늘은 서준이 아버님을 걱정해 주신 분들에게 양보해 드리겠습니다. 나중에 저희 교단의 신전에서 차라도 한잔하는 걸로 합시다. 어떠세요, 서준이 어머님?"

"이 은혜 평생 동안 잊지 않겠습니다. 고마워, 승우야. 정말 고마워."

서준이 어머님은 승우를 살포시 껴안았고, 승우 역시 웃으면서 그녀를 껴안아 주었다.

"나중에 서준이랑 같이 집에 놀러 가도 될까요?"

"당연하지. 아줌마가 맛있는 거 잔뜩 해 둘게. 언제든지 놀러 와."

흠잡을 곳 없는 해피 엔딩.

지금이야말로 딱 기분 좋게 퇴장할 수 있을 때였다.

"다음에 또 뵙겠습니다. 루나야, 승우야. 돌아가자."

"네, 성하."

"네!"

승우가 어떻게 성장하고 있는지를 볼 수 있었던 것만으로도 충분히 의미 있는 시간이었다.

그렇게 우리는 병실에서 나왔고, 루나가 승우의 손을 꼭 잡으면서 말했다.

"바로 신전으로 돌아가실 거죠?"

"일단은. 왜, 어디 들를 데라도 있어?"

"일도 끝났으니까 온 김에 기념사진이라도 찍고 가려고 그랬죠. 성하의 전신상을 찾아볼 수 있는 곳은 이곳이 유일하잖아요?"

그래, 여태 조용하다 했다.

나는 루나를 한심하다는 듯이 쳐다보았다.

"기념사진을 찍고 싶으면 너 혼자 많이 찍고, 차 키나 내놔. 승우 데리고 먼저 신전으로 복귀하게."

"에헤이. 승우야, 승우도 아까 그 교황님 전신상이랑 사진 찍고 싶지?"

"앗, 그래도 돼요?"

"물론이지. 누나랑 같이 사진 찍으러 가자. 이럴 때 아니면 또 언제 시간 내서 찍으러 오겠어?"

승우의 손을 대뜸 잡았던 이유가 바로 그거였냐?

비겁한 녀석. 승우를 통해서 일을 벌일 줄이야…….

내가 너무 방심했다.

나는 루나의 옆에서 눈을 반짝거리는 승우 때문에라도 애써 고개를 끄덕일 수밖에 없었다.

"……그래, 찍으러 가자."

"남는 건 사진이라잖아요, 성하. 얼굴 펴세요. 자신의 전신상을 배경으로 사진을 찍을 수 있는 사람이 세상에 몇이나 되겠어요? 이게 다 리멘님의 축복……."

"루나야, 좀 닥쳐."

"넵."

루나가 승우의 반만이라도 따라가 줬으면 좋겠다.

제발.

꙰

내 전신상에서 기념사진까지 잔뜩 찍고 신전으로 돌아가는 길.

운전자는 루나였지만 차에 승우가 타고 있는 바람에 루나는 평소보다는 훨씬 얌전하게 운전할 수밖에 없었다.

"승우가 많이 피곤했나 봐요. 차에 타자마자 자네요."

루나는 백미러를 통해 승우를 흘긋 바라보면서 말했다.

루나의 말대로 승우는 차에 타자마자 잠들었다. 신성력을 이렇게까지 정교하게 사용한 건 처음이라서, 당연히 피곤할 수밖에 없을 것이다.

어린아이의 몸으로는 꽤 무리가 가는 일이었을 테니까.

나는 차의 시트에 등을 기대면서 고개를 끄덕였다.

"피곤할 거야. 라파르트 대주교한테 오늘 교육은 빼 달라고 해 주자."

"그분이 융통성이 없는 분은 아니니까, 들어주실 거예요. 게다가 승우가 교육으로 얻을 수 있는 것보다 훨씬 소중한 걸 얻었잖아요."

"우리는 밖에서 쌈박질이나 하고 다녔는데, 막내가 우리

보다 낫다. 안 그러냐?"

"생각해 보니 그러네요."

외부의 일을 처리하고 있다 보니 리멘 교단 본연의 가치에 잠시 소홀해질 뻔했다.

빛이 닿지 않는 그늘까지 리멘의 자비를 퍼뜨리는 것이 우리 교단의 가장 큰 존재 가치인 것을, 승우 덕분에 다시 한번 깨달았다.

"지금처럼 잠시 여유가 있을 때 확실하게 정하고 가는 게 좋겠네. 루나야. 1기 교육생들, 치유 능력이 정확히 어디까지 올라왔어?"

"응급조치를 비롯한 간단한 조치는 가능해요."

"치료 봉사는 가능할 것 같아?"

"아까 그 정승헌 씨 수준의 부상을 기준으로 한다면, 완치는 아니더라도 최소한 호전시킬 순 있을걸요."

"그렇단 말이지."

나는 창문을 툭툭 두드리면서 고개를 끄덕였다.

그 정도면 충분할 것 같긴 하다. 그리고 부족한 부분은 현대 의학의 도움을 받으면 될 것이다.

"우리도 이제 본격적으로 사회에 기여를 해 보자."

"치유 봉사 괜찮죠. 에덴에서도 수행 사제들이 맡던 임무니까. 그런데 저희 애들만으로 커버가 될까요? 에덴과는 인구수부터가……."

우리 교황님 좀
말려 주세요

"좋은 건 같이 해야지. 그 부분은 걱정하지 마."

우리 막둥이가 이렇게까지 열심히 하는데, 나도 내 나름대로 노력을 해 봐야 하지 않겠어?

나는 스마트폰을 꺼낸 다음, 까톡을 켜서 어느 단톡방 창을 열었다. 그리고 곧바로 톡 하나를 입력했다.

−나: 다들 좀 봅시다. 우리 교단 신전에서 차 한 잔씩들 어때요?

까톡− 까톡−.

내가 톡을 남기자마자 빠르게 올라오는 반응.

나는 그 반응을 살피면서 씨익 미소를 지었다.

"백지장도 맞들면 나은 법이거든."

❧

승우가 성자로서의 면모를 보여 주었던 그날 오후.

내 집무실에는 나를 포함해서 총 네 명이 모이게 되었는데, 그 네 명은 제각기 다른 복장으로 각자마다 강렬한 개성을 뿜어내고 있는 중이었다.

에이든이 이 모습을 봤더라면.

"종교의 용광로……라고 불렀겠지?"

분명히 저런 말을 했을 것이다.

"하하! 이런 자리가 자주 있었으면 좋겠습니다. 절에만 있으면 얼마나 답답한지 몰라요. 안 그렇습니까, 여러분?"

"저도 그렇게 생각합니다, 법운 스님."

"종교인들끼리 친분을 나누는 자리라니! 이 얼마나 영예롭고 대단한 자리입니까!"

지난번 마병 대책 회의 때 만난 이후로 틈틈이 연락을 이어 오고 있는 법운 스님.

그의 옆에는 대전에서 만났던 서성신 목사가 웃으면서 앉아 있었으며, 그의 앞에는 황교성 신부가 인자한 웃음과 함께 자리하고 있었다.

리멘 교단의 교황, 불교의 대표 주자, 개신교의 성자, 가톨릭의 희망.

각양각색의 이 네 명이 한자리에 모이게 된 것은, 어느 날 법운 스님으로부터 시작된 단톡방에 기원을 두고 있다.

종교를 사랑하는 모임. 일명 종사모.

최근 각 종교계에서 주가를 올리고 있는 사람들을 초청하여 이야기를 나누는, 법운 스님이 준비한 비장의 모임 되시겠다.

참고로 단톡방의 까톡의 80프로는 법운 스님이 차지한다.

나는 가끔 눈팅이나 하는 정도.

그래도 다른 종교의 종교인들과 교류를 할 수 있는 기회였기 때문에 귀찮더라도 단톡방에서 나가지는 않았다.

멤버들의 구성이 괜찮고 말이지.

"법운 스님은 항상 기운이 넘치셔서 보기 좋습니다."

"우리 황 신부님께서 그리 말씀해 주시니 몸 둘 바를 모르겠군요."

이곳에 모인 사람들 중에서 유일하게 나와 일면식이 없는 사이인 저 황교성 신부, 저 사람은 법운 스님의 강력한 추천을 통해서 합류한 사람이다.

물론 일면식만 없었을 뿐, 간간이 뉴스에서도 보도될 정도의 선행을 줄곧 해 온 사람이라고 한다.

그가 신성력을 각성한 이후로 약자들을 위해서 쉴 새 없이 노력해 왔다는 것 정도는 나도 알고 있었다.

확실히 좋은 사람이다.

우리 교단의 신성력과는 다르지만, 그의 몸에서도 정순하면서도 깨끗한 신성력이 느껴지고 있었다.

그만큼 독실한 신앙심을 지니고 있다는 뜻이기도 했다.

나는 집무실에 모인 사람들의 면면을 한 번씩 살핀 다음, 곧바로 본론으로 들어갔다.

"공사다망하신 여러분들을 이렇게 모시게 된 이유는 아주 간단합니다. 저희 리멘 교단은 내일부터 본격적으로 치유 봉사를 시작하고자 합니다."

"각성자들을 통해서 말입니까?"

"예, 그렇게 될 것 같습니다. 제가 오늘 깨달은 게 좀 있거든요. 가만히 있자니 부끄럽더라구요."

어린 성자가 사람들을 위하는 마음.

그 작고 귀여운 녀석이 그리 기특한 마음을 먹었는데, 어른인 우리가 가만히 있어서야 되겠는가.

하지만 루나의 말대로 우리 교단의 플레이어들만으로는 전체를 커버하기 힘든 상황.

이럴 때는 아예 스케일을 크게 키우는 것이 정답이다.

"병원 등을 비롯하여, 신성력의 도움을 필요로 하는 곳에 주기적으로 인력을 파견하고자 합니다. 지금 이 시간에도 도움을 받지 못해 힘들어하는 분들이 많은 걸로 알고 있습니다."

내 말을 들은 나머지 세 명이 동시에 고개를 끄덕였다.

나는 계속해서 말을 이어 갔다.

"하지만 저희 교단의 인력만으로는 부담이 있기에, 저는 여러분들과 함께하고 싶습니다."

이 자리에 모인 이들은 각 종교계에서 충분한 영향력을 펼칠 수 있는 이들이었다.

불교의 대표 플레이어라고 불리는 법운 스님은 물론이거니와, 최근 들어 개신교에서 가장 발언권이 강해진 서성신 목사.

거기에 많은 이의 존경을 받는 황교성 신부까지.

우리 교황님 좀
말려 주세요

이들만 설득한다면 굳이 내가 각 종교계에 호소하지 않아도 된다.

"저는 여러분들이 함께해 주셨으면 좋겠습니다. 종교의 가치를 한 단계 높여 줄 수 있는 좋은 기회라고 생각합니다. 그밖에도……."

신성 계열 플레이어들에게 치유 봉사가 얼마나 좋은지 설명하려던 찰나, 법운 스님이 슬며시 오른손을 들어 올렸다.

"말씀 중에 죄송합니다만, 김 교황님께서 저희를 설득하실 필요는 없을 것 같습니다."

"예?"

"저도 그렇고, 다른 분들도 이미 결정을 내리신 듯하여."

법운 스님은 그렇게 말하면서 나머지 둘을 향해 미소를 지었다.

"법운 스님의 말씀이 맞습니다, 교황님. 도움이 필요한 이들을 함께 돕자는 제의를, 종교인으로서 어떻게 거절할 수 있겠습니까?"

이건 서 목사의 반응.

"어떻게 하면 더 많은 이를 구제할 수 있을지 항상 고민해 왔습니다. 종교란 틀을 떠나서, 같은 인간으로서도 거절할 수 없는 제의로군요."

이건 황 신부의 반응이다.

그들은 더 이상의 설명을 필요로 하지 않았다. 그저 웃으면서 나를 바라보고 있을 뿐.

"항상 누가 더 잘났네 싸우는 것보다는, 손을 잡고 누군가를 돕는 게 훨씬 예쁜 그림이잖습니까. 하하! 부처님도, 하나님도 싸우는 건 원하지 않으실 겁니다."

법운 스님의 넉살에 나를 포함한 나머지 인원들은 동시에 입꼬리를 올렸다.

내가 생각했던 것보다 일이 훨씬 잘 풀렸다.

그들을 설득하기 위해서 이런저런 말을 준비해 왔는데, 굳이 그럴 필요가 없었던 모양이다.

나는 가볍게 헛기침을 내뱉은 후, 그들을 향해서 말했다.

"그리고 리멘 교단이 보유하고 있는 지식 중, 치유에 필요한 지식은 여러분들과 공유해 볼까 합니다. 신성력을 이용한 치유는 저희가 전문가거든요."

우리 교단에는 오랜 세월 동안 이어진 전쟁으로 인한 실전 경험이 축적되어 있다.

당연히 응급조치를 비롯하여, 어떻게 하면 효율적인 치유가 가능한지에 대해서도 충분히 연구가 되어 있는 상황.

이 정도의 지식을 공유하는 것 정도는 큰 문제가 되지 않을 것이다.

루나가 우리의 신입 교육생들에게 교육한 '선제적 치유법'이면 몰라도, 신성력 운용을 위한 팁을 전수하는 것쯤은 어려운 일이 아니었다.

기성종교 쪽에도 미리 빚을 지워 두면 좋을 것이다.

서 대통령의 국제정치 이론을 어느 정도 반영했다랄까?

"저희 기성종교들이 리멘 교단에 해 준 것도 없는데, 이렇게 아낌없이 나눠 주시면 도대체 뭐가 남습니까?"

조용히 나를 지켜보고 있던 황 신부의 질문.

나는 그의 질문에 부드럽게 웃으면서 답했다.

"좋은 가치를 향해 함께 걸을 수 있는 친구들이 남겠죠."

✿

갑작스럽게 성사된 번개 모임의 결과는 성공적이었다.

그 자리에 모였던 이들은 모두 내 의견에 동의하여, 우리 교단의 제안을 긍정적으로 검토하겠다고 말했다.

말이 검토지, 그들로서는 거절할 수가 없는 제안이었다.

지구의 기성종교들에게 부족한 것은 신성력에 대한 지식이었으니까.

그런 와중에 우리 교단에서 좋은 일도 함께하고, 일부 지식도 공유해 주겠다고 하니, 그들로서는 거절할 이유가 없는 제안이었다.

아무튼.

그렇게 해서 모임은 끝이 났고, 나는 집무실의 의자에 앉아서 황교성 신부가 남기고 간 말을 떠올렸다.

─조만간 교황청의 사절단이 한국에 방문할 예정입니다.
아무래도 리멘 교단의 자문을 구할 일이 생긴 모양입니다.
알고 계셨으면 해서 말씀드려 봅니다.

"바티칸이라."

예상외의 손님이 찾아오려나 보다.

자세한 일정은 말해 주지 않았지만, 늦어도 3달 내에 방문
예정이라던가.

평범한 이유는 아닐 거라 생각한다.

가톨릭의 수뇌부라고 할 수 있는 그들이 사사로운 이유로
움직일 리는 없다.

언젠가는 한번 이야기를 나눠 보고 싶기는 했는데, 저쪽에
서 직접 찾아오겠다니까 꽤 흥미가 동했다.

"그래도 뭔가 아쉽네요."

어느새 집무실에 들어온 루나가 아이스크림을 한 입 베어
물면서 말했다.

"뭐가?"

"우리 교단이 어떻게 쌓은 경험인데, 너무 쉽게 넘겨주는
것 같아서요."

루나가 어느 지점에서 아쉬워하는지는 충분히 공감할 수
있었다.

사람을 효율적으로 치유하는 방법.

우리 교황님 좀
말려 주세요

그것은 우리 리멘 교단이 에덴에서 피를 흘려 가며 체득한 지식이었으니까.

끔찍한 전장의 최전선에서 싸워 오며 모든 것을 목격한 루나로서는 당연히 불만을 표할 수는 있었다.

하지만 루나는 단순히 툴툴거리기만 할 뿐, 내 뜻에 반대하는 건 아니었다. 루나는 적어도 무엇이 더 중요한지는 알고 있었기 때문이다.

"너도 이유는 대강 짐작하고 있는 것 같은데?"

"아쉬워서 하는 소리예요, 아쉬워서."

"루나야."

"네, 성하."

"네가 생각하는 것만큼 손해는 아닐 테니까 걱정하지는 마라."

나는 등받이에 몸을 기대면서 말했다.

"네 말대로 현재로서는 우리 교단의 힘만으로 모든 걸 감당하기 힘들잖아. 우리가 지식을 나누면 더 많은 사람을 살릴 수 있는데, 단지 우리 교단의 입지 때문에 두고 보겠다는 건…… 리멘의 뜻을 따른다는 우리가 해서는 안 될 일이잖냐."

이익을 추구하는 건 부정한 것이 아니다.

하지만 명확하게 구분할 필요가 있는 일이다. 이익도 함께 추구하는 건 괜찮지만, 오로지 이익만을 추구하는 건 교단이

지향해서는 안 될 일이다.

"예전처럼 우리가 자리를 못 잡은 상황도 아니고, 이만하면 성공적으로 자리 잡았잖아? 어차피 다른 종교의 플레이어들도 시간 지나면 수준 올라올 텐데, 우리가 그 기간을 조금 앞당겨 준다고 생각하자."

때로는 베푸는 게 이득일 때가 있다.

나는 지금이 바로 그때라고 생각한다.

"그들에게 지식을 나눠 준다고 해서 우리 교단의 특색이 사라지는 건 아니야. 백명교를 제외하고, 전투원을 직접 육성하는 건 우리밖에 없어."

"그러니까 성하 말씀은 이거잖아요? 어차피 도달할 단계, 우리가 조금 도와주고 생색내자."

"비슷하지. 생색이라기보다는 어? 상부상조하자는 거야. 좋은 게 좋은 거라고."

"가만 보면 우리 성하, 정치에 재능 있다니까? 우리도 리멘당, 그런 거 하나 만드는 거 어때요? 도와줄 사람들도 꽤 있을 테고. 성하라면 진짜 잘 해낼 것 같……."

"틈만 나면 꼭 쓸데없는 말을 해요. 아무튼 너도 천천히 준비는 해 둬라."

내 말에 루나는 눈을 동그랗게 떴다.

"준비요? 무슨 준비?"

"우리 교인들도 아닌데, 내가 직접 가르칠 수는 없잖아?

당연히 교육 담당들이 고생해 줘야지. 라파르트 대주교에게
는 따로 말해 뒀으니까, 이야기 잘 나눠 봐."

불교, 개신교, 가톨릭에서 각각 다섯 명씩 뽑아서 우리 교
단의 훈련소에 파견하는 쪽으로 가닥이 잡혔다.

우리 교단의 훈련생들과 함께하는 방식으로 훈련이 진행
될 예정이다.

물론 전투 훈련은 제외.

신성력에 대한 이론 수업과 실습 위주로 진행하기로 했
다.

"항상 귀찮은 건 우리한테 넘기신다니까? 그러다가 저랑
레오가 파업하면 어쩌시려구요."

"해 봐."

"네?"

"파업, 해 볼 테면 해 보라고. 진짜 재밌겠네."

루나는 내 얼굴을 빤히 바라보더니, 빠르게 자리에서 일어
났다.

"불철주야 노력하는 루나 레벤톤 되겠습니다!"

"그래, 가 봐."

"넵!"

꼭 이렇게 은근히 압박을 줘야 정신을 차린다니까?

나는 집무실 밖으로 나서는 루나의 뒷모습을 한 번 쳐다본
다음, 피식 웃으면서 다시 등받이에 몸을 기댔다.

승우가 호의로 시작했던 일이 제법 스케일이 커졌다. 그래도 오늘 내가 내린 결정은 리멘 역시 기뻐할 것이라고 확신한다.

분명히 리멘이 봤다면 칭찬을 해 줬을 것이다.

다른 건 몰라도 리멘으로부터 칭찬받으면 기분은 참 좋았었다.

나를 에덴으로 납치해 간 장본인인데 말이야, 설마 이런 게 스톡홀름 신드롬, 뭐 그런 건가?

하여간에 다시 또 연락이 뜸하니까 괜히 섭섭하다.

지난번에 얘기해 줬던 일이 잘 안 풀리고 있는 걸지도 모르겠다. 이계의 신격과 관련되어 있는 그 일 말이다.

"후우."

그렇게 나는 등받이에 몸을 기댄 채로 잠시 눈을 감았다.

급한 일은 처리해 두었으니, 잠시 쉬는 것도…….

콰르르륵.

"좀 쉬자, 제발."

나에게 휴식 따위란 사치인 모양인지, 눈을 감자마자 곧바로 옆에서 이상한 소리가 울려 퍼졌다.

그 기괴한 소리의 원인은 다름이 아니라 〈꿈틀거리는 조각〉이 담겨 있는 병.

나는 한숨을 내쉬면서 그 병을 바라보았다.

그러자 눈앞에 새로운 메시지 창 하나가 떠올랐다.

아침까지만 해도 97프로였는데, 어떤 이유에서인지 100프로가 되어 버렸다.

성장을 끝낸 조각은 예상대로 나침반의 모양을 취하고 있었는데, 그것의 자침은 북동쪽을 가리키고 있었다.

그리고 잠시 후, 눈앞에 몇 개의 메시지 창이 추가로 떠올랐다.

오랜만에 나타난 퀘스트 메시지.

그 메시지를 따라 퀘스트 창을 확인한 나는 그저 한숨을 내쉴 수밖에 없었다.

"……내 신세가 그렇지 뭐."

어쩐지 요새 잠잠하다 했다.

에휴.

교황은 쉬고 싶다

[고대의 편린]
- ●종류: 시나리오
- ●설명: 당신은 〈꿈틀거리는 조각〉을 성장시킴으로써 미지의 영역에 발을 들일 준비를 끝냈습니다. 〈꿈틀거리는 조각〉은 당신이 가야 할 길을 알려 줄 것입니다. 그것이 안내해 주는 길을 따라 움직이십시오. 그 길 끝에서 세상의 비밀과 마주할 수 있을 겁니다.
- ●완료 조건: ???
- ●보상: 〈신성 점수 3만 점〉, 〈성유물 선택권〉

"성하? 무슨 생각을 그리 골똘히 하십니까."

"격렬하게 쉬고 싶다."

"예?"

"그런…… 생각을 하고 있습니다. 에휴."

나는 눈앞에 떠오른 메시지 창을 확인하면서 한숨을 다시 내뱉었다.

어제 오후에 새롭게 생성된 시나리오 퀘스트.

시나리오 퀘스트는 에덴에서 마왕을 잡을 수 있는 기회에나 생성되었던, 세계에 영향을 줄 수 있는 퀘스트들을 의미한다.

한마디로 이 퀘스트는 지구에 큰 영향을 끼칠 수 있는 퀘스트란 뜻이다.

정부로부터 당분간 일은 없을 것이다 확답을 받았지만, 이놈의 시스템은 그 틈을 놓치지 않으려는 것 같았다.

"지루하신 건……."

"아, 오해하지 마세요. 방송 촬영 때문에 쉬고 싶은 게 아니거든요? 촬영은 재밌어요."

나는 내 앞에서 시무룩한 표정을 짓고 있는 민수 씨를 향해서 손을 내저었다.

지금 내가 있는 이곳은 신전 앞에 위치한 작은 정원.

완전 개방되어 있는 다른 곳과는 다르게, 리멘 교단의 인원들이 휴식을 즐길 수 있도록 외부인의 출입이 금지된 장소였다.

뭐, 굳이 따지자면 금지라고 부르기에도 애매하긴 하다.

외부인들도 화단 너머로 구경할 수는 있었기 때문이다.

하여간에 내가 아침부터 왜 이곳에 있느냐면은.

"저랑 레오랑 뜨면 누가 이기냐구요? 당연히 제가 이기죠! 아, 교황 성하랑 뜨면요? 당연히 제가 지죠! 교황 성하가 한 손으로 저를 상대해도……."

"음, 동북아 교류전에서 말입니까? 교류전인 만큼 최대한 예의를 지켰습니다. 한 번 접었다가 편 후, 신성력으로 치료해 주기까지 했습니다. 리멘을 모시는 사람으로서 자비를 베푸는 것은 당연한……."

이곳에서 미튜브 영상 촬영이 진행되고 있었기 때문이다.

"두 분의 케미가 보기 좋다는 이야기가 참 많이 들려와요. 가끔 보면 비슷하다는 느낌을 받을 때가 있는데, 원래부터 두 분은 그렇게 케미가 좋았나요?"

컨텐츠의 진행자는 설화였다.

원래는 설화의 미튜브 채널에서 가끔 유명인들을 대상으로 진행되던 컨텐츠, '설화의 설화'.

유명인들을 대상으로 하는 인터뷰가 주된 컨텐츠였는데, 워낙 설화의 섭외 능력이 좋아서 꽤 인기가 있던 컨텐츠였다고 들었다.

나에게는 설화의 첫인상이 워낙 쌀쌀맞았었기에 진행 능력은 기대하지도 않았지만, 의외로 진행 능력이 탁월했다.

카메라 앞과 밖이 다르다고 해야 하나?

아까부터 이어지고 있는 촬영을 보고 있으면 리액션도 좋고, 웃음도 잘 짓는다.

대신에 카메라가 꺼지면 빠르게 차분해지는 스타일.

위선적이라기보다는 뭐라고 해야 하나…… 그래, 프로 의식이 뛰어나다고 하는 게 더 적절할 것 같다.

"지난주에 토비를 데리고 찍었던 영상도 대박 났죠?"

"예, 국내뿐만 아니라 국외에서도 화제인 것으로 알고 있습니다. 눈 감고 맥주 브랜드 맞히기부터 시작해서, 미국 51구역 해방 운동까지. 현재도 토비 님과 관련된 움짤이 실시간으로 퍼져 나가고 있는 중입니다."

참고로 저 '51구역 해방 운동'이란, 드워프들이 미국의 51구역에서 강제로 억류 중이라는 음모론을 들은 토비가 양손도끼를 들고 분개했던 장면을 의미한다고 한다.

그 음모론은 나도 익히 들었던 거라서 에이든에게 물어봤었는데, 에이든은 대답을 회피했다.

나중에 미국에 가게 되면 정말로 51번 구역에 다른 드워프들이 있는지 확인해 볼 생각이다.

동맹국의 이레귤러에게 그 정도의 혜택은 제공해 주지 않을까?

"오늘은 의남매 두 분을 모셨으니, 다음번에는 라파르트 대주교와 승우의 인터뷰를 진행한다고 들었습니다. 할아버지와 손자 컨셉으로 말이죠."

"그래도 설화가 있어서 우리 민수 형제님이 고민을 더신 것 같아요."

"회사를 재정비하고 있는 기간이라 정신이 없었는데, 그래도 설화 씨 덕에 한숨 돌리는 중입니다."

다이아몬드 버튼을 눈앞에 두고 있다고 평가받는 설화에, 600만을 넘어 700만을 바라보고 있는 민수 씨.

거기에 최근 450만을 돌파한 우리 리멘 교단의 공식 미튜브 채널까지.

내가 지구에 처음 귀환했을 때 생각했던 대로, 우리 교단의 온라인 포교는 아주 성공적으로 진행 중이었다.

"교황 성하. 오늘은 교황 성하의 분량은 없는 것으로 압니다. 피곤하시면 들어가서 쉬시는 게 어떠신지."

"그러고야 싶은데, 제가 오늘 저 둘을 데리고 가야 할 곳이 있어서요. 방송이 끝나는 대로 출발할 생각입니다."

"일정이 있으십니까?"

"일정이라기보다는…… 정찰? 그렇게 생각하면 될 것 같네요. 혼자서 가기에는 애매한 곳이라서."

나는 항상 쇠뿔도 단숨에 빼는 것을 좋아한다.

그래서 사실 어제도 시나리오 퀘스트가 뜨자마자 곧바로 〈꿈틀거리는 조각〉이 가리키는 곳을 향해 이동해 봤는데, 조각은 여전히 북동쪽을 가리키고 있었다.

즉, 퀘스트의 목표가 잃어버린 땅 내부에 있을 가능성이 높은 상황.

중국이나 러시아의 영토에서 조각을 확인해 본다면 더 확실하게 알 수 있겠지만, 굳이 그럴 필요까지는 없다고 생각한다.

잃어버린 땅으로 직접 들어가면 되는 거니까.

민수 씨는 나를 바라보면서 조심스럽게 물었다.

"급한 문제였다면 오늘 촬영을 뒤로 미루셔도 괜찮……."

"아아, 어차피 협조를 요청해 둔 상태라, 답변이 돌아오기까지 시간이 꽤 걸렸거든요."

"협조 요청이요?"

"맨발로 걸어 들어가기에는 좀 곤란한 곳이라서."

나를 비롯한 교단 전투원들이 달리는 속도가 아무리 빠르다고 한들, 날개가 달린 헬리콥터만 할까?

정확한 위치도 모르는 상태로 추적에 들어가야만 했다.

의지할 수 있는 건 오로지 이 기괴한 나침반 하나뿐.

그렇기 때문에 나는 오늘 아침이 밝자마자 정부 측에 헬기 한 대를 빌려달라고 요청했다.

정부 측에서는 당연히 승낙했다. 아니, 쌍수를 들고 환영하더라.

내가 잃어버린 땅을 정찰하면서 얻게 될 각종 정보들에 기대를 거는 것 같았다.

"민수 형제님."

"예, 성하."

"저 진짜 쉬고 싶어요."

"······힘내시라는 말밖에······."

"휴우."

내 넋두리와 함께 촬영은 거의 막바지를 향해 달려가고 있었다.

※

내가 주문한 헬기는 설화의 촬영이 끝나고 20분 뒤에 도착했다.

투두두두.

헬기를 통해 급히 움직일 일이 생길 것을 대비해, 신전 근처에 만들어 둔 간이 헬기장에 예전에 탑승한 적이 있던 블랙호크가 내려앉았다.

"배송 빠르네."

통과 절차가 꽤 복잡했다고 들었지, 통과가 되자마자 10분 만에 도착한 헬기였다.

통과 절차가 복잡했던 이유도 이미 작전을 배정받은 헬기를 부랴부랴 땡겨 왔기 때문이라고 들었다.

군사 작전이 예정된 헬기조차 내어 줄 정도였으니, 정부에서 나를 얼마나 신경 써 주고 있는지를 알 수 있는 대목이었다.

"시우 님, 오래 기다리셨습니다."

가장 먼저 헬기에서 내린 사람은 김 실장이었다.

오로지 나만을 전담하는 공무원답게, 이런 일에는 빠지지 않는 김 실장.

나는 김 실장에게 가볍게 손을 흔들어 주면서 말했다.

"그냥 이쯤 되면 사무실을 신전으로 옮기시라니까요? 자리 내어 드린다니까."

"그런 민폐를 끼칠 수는 없습니다. 말만으로도 감사할 따름입니다. 시우 님, 요청하신 대로 이번 작전에서 부조종사 역할을 맡아 줄 인원도 함께 왔습니다. 시우 님께서 충분히 만족하리라 생각합니다."

김 실장의 자신만만한 목소리와 함께 곧 헬기에서 한 여자가 내렸다.

눈에 익은 얼굴.

바로 강채아였다.

"오늘은 제가 모시게 되었습니다. 잘 부탁드립니다."

"채아 씨가 함께 가 준다면야 든든하죠. 그런데 김 실장님? 저는 부조종사를……."

"아, 강채아 각성자는 국방부 내에서도 알아주는 조종 실력을 지니고 있습니다. 대통령님께서 직접 허가를 내주신 사항이니, 부담을 가지실 필요는 없습니다."

대한민국을 대표하는 마법사를 조종사로 둔다라?

확실히 강채아, 저 사람 역시 말도 안 되는 스펙의 소유자인 것 같다.

마법 실력은 물론이거니와, 미모, 거기에 헬기 조종 실력까지.

내가 잘 몰라서 그렇지, 분명히 저것 말고도 더 많은 스펙을 지니고 있는 것이 틀림없었다.

"그런데 시우 님, 시우 님께서 준비하시겠다는 다른 조종사는……."

"아, 그거 저예요."

"……루나 님께서 직접?"

"네. 이번이 처음이긴 한데, 자신 있답니다. 그렇지, 루나야?"

"저만 믿으시라니까요. 전투기나 전차도 얼마든지 조종 가능해요."

원래의 계획은 루나를 조종사로 두고 우리끼리 다녀오는 것이었다. 하지만 정부 측에서 조종사 한 명을 추가로 배치해야 한다고 강력하게 주장했다.

정부로서도 잃어버린 땅에 대한 정보를 수집하고 싶은 생각인 듯했다.

우리도 그걸 알고 있어서, 조종사 한 명만 딱 데려가겠다고 했는데, 예상 외의 거물이 도착해 버린 셈이다.

나는 강채아에게 가볍게 손을 건네면서 말했다.

"오늘도 잘 부탁드립니다."

"최선을 다해서 돕도록 하겠습니다. 혹시 인원 변동 사항은 없습니까?"

"아, 말씀을 못 드렸네. 원래는 저랑 루나, 레오 이렇게 셋이 탑승할 예정이었는데, 인원이 한 명 더 늘었습니다. 설화도 함께 갑니다."

내 말에 뒤에 서 있던 설화가 슬며시 앞으로 나섰다.

"잘 부탁드립니다."

"백설화 씨라면 저도 잘 알고 있습니다. 큰 도움이 되어 주실 거라 믿어 의심치 않습니다."

설화는 원래 바쁜 스케줄 때문에 촬영이 끝나자마자 다른 장소로 이동할 예정이었지만, 예기치 않게 스케줄이 취소되어 버렸다고 했다.

그렇게 해서 일정이 붕 뜬 설화는 곧바로 나에게 말했었다.

—나도 함께할 수 있을까?

예기치 못한 제안이었지만, 나는 흔쾌히 설화의 합류를 받아들였다.

자기 몸 하나만큼은 충분히 건사할 수 있는 실력인 데다, 예전에 던전에서 보여 줬던 상황 판단 능력이 아주 인상 깊었기 때문이다.

어떤 일이 벌어질지 모르는 불확실한 상황.

이런 상황에서 설화의 능력은 여러모로 도움이 될 것이 분명했다.

그렇게 해서 블랙호크에 탑승하게 될 인원은 총 다섯 명이 되었다.

나, 루나, 레오, 설화, 강채아.

멤버들의 면면만 본다면.

"전쟁이라도 치르는 줄 알겠다."

한 나라를 패닉 상태로 만들어 버리기에 충분한 전력이었다.

옆에서 내 말을 들은 김 실장이 씁쓸하게 웃으면서 고개를 끄덕였다.

"……저도 그렇게 생각합니다. 중국이 이 정보를 입수하게 된다면 총동원령을 선포할지도 모르겠군요."

"이 헬기, 작전 범위는 어디까지 가능할까요?"

"미사일 등의 무장 대신에 연료 탱크를 탑재시켜 두었습니다. 현재로서는 한반도 전역이 작전 범위라고 보시면 될 것 같습니다."

만족스러운 대답이었다.

이 〈꿈틀거리는 조각〉의 목표가 어디에 있는지는 정확히 모르는 상황.

우리가 타고 있는 이상, 별도의 무장은 필요 없었기 때문에 정부 측에서 알아서 세팅을 해 준 듯했다.

"연료가 부족하면 뭐 그냥 뛰어서 돌아오면 되죠. 걱정하지 마세요."

"⋯⋯아, 예."

"자, 그럼 빨리 다녀오겠습니다. 다들 탑승합시다."

이곳에서 왈가왈부할 필요가 있나?

어차피 가기로 한 거, 빨리 갔다가 빨리 돌아오는 게 최선이다.

그래야 조금이라도 더 쉬지.

나는 일행들과 함께 헬기에 올라탔다.

헬기에 탑승하자마자 자연스레 오른쪽 조종석에 가서 앉는 루나.

루나는 헬기의 조종간을 잡으면서 눈을 감았다. 그리고 잠시 후.

"좋아, 준비 완료."

자신만만한 표정으로 눈을 떴다.

그렇게 해서 모든 준비는 끝.

이번 비행에서 헬기의 기장 역할을 맡은 강채아가 나지막한 목소리로 말했다.

"그럼 이륙하겠습니다."

그렇게 비행이 시작되었다.

그로부터 1시간 30분 후.

평양시 상공.

끼야아아아아아아악!

"그럼 그렇지."

이 빌어먹을 시스템 놈.

헬기를 통해 이동하면서 본 구 북한 지역의 참상은 내가 예상했던 것보다 심각했다.

멀쩡한 건물은 찾아볼 수도 없었으며, 심지어 사람의 흔적조차 완전히 제거된 땅.

잃어버린 땅이라는 별칭에 딱 걸맞은 곳이었다.

트롤, 오크 등의 몬스터들이 지배하고 있는 지역.

물론 지상의 몬스터들은 우리가 탄 헬기가 등장하자마자 소스라치게 놀라면서 사방으로 흩어졌다.

평소보다 훨씬 강력하게 축성한 블랙호크.

신성력으로 충만해진 기체는 녀석들이 보기에 하늘에서 내려온 저승사자처럼 느껴졌을 것이다.

"거기까지는 좋았지."

〈꿈틀거리는 조각〉이 가리키는 방향을 따라 헬기는 빠르게 이동했다.

공중이 확실히 편하기는 편했다.

앞을 가로막는 장애물도 없고, 불편하게 뛰어갈 필요도 없고.

하지만 그것도 잠시.

우리는 옛날에 '평양'이라고 불렀던 도시의 상공 위에서 잠시 정지할 수밖에 없었다.

건물의 폐허 등, 한때는 도시였다는 흔적만 살짝 남아 있는 장소.

우리 교단의 신전이 세워지기 전의 서울 그라운드 제로와 비교하더라도 훨씬 황폐한 상태의 땅.

이곳의 상공 위에는 수를 헤아릴 수 없을 만큼 많은 비행형 몬스터가 자리 잡고 있었다.

"천은 가뿐히 넘기는 것 같은데…… 그때 오크들이 단체로 이주를 결심했던 이유가 있던 모양이다."

"지상 곳곳에 마수들 둥지가 있네요. 와이번이나 그리핀 같은 놈들은 물론이고…… 가고일이랑 본 와이번 같은 언데드들도 섞여 있구요."

"저런 피라미들이 우리의 앞길을 가로막는 것부터가 제정신이 아닌 거지."

나는 헬기의 창문 너머로 보이는 마수와 언데드들을 바라보면서 눈살을 찌푸렸다.

"보통 우리를 피해야 정상인데, 저놈들은 대놓고 우리를 막고 있잖아? 마치 누구의 지시를 받은 것처럼 말이야."

"정화자 놈들이겠죠?"

"아주 높은 확률로. 그 새끼들이 어쩐지 큰 소리 없이 넘어 간다고 했더만, 여기서 이런 짓을 벌이고 있을·줄은 몰랐네."

우리가 탑승하고 있는 블랙호크는 그 어느 때보다 강력하 게 축성을 받은 상태였다.

아까 전에 지상의 몬스터들이 혼비백산했던 것처럼, 공중 에 떠 있는 놈들도 우리를 보고 피하는 것이 당연한 그림이 었다.

하지만 저놈들은 서로 뭉치면서 벽을 만들어 냈다.

마치 우리를 막기라도 하겠다는 듯이 말이다.

"우회 기동을 한다고 하더라도 따라올 것 같습니다."

헤드셋을 끼고 있던 강채아가 나지막하게 말했다.

"계속해서 북상해야 하는 상황 아닙니까?"

"그렇죠. 나침반이 북동쪽을 가리키고 있거든요. 이 방향 대로 쭉 올라간다면……."

나는 무릎에 펴 두었던 지도를 흘긋 바라보았다.

애매한 북동쪽.

나침반을 그 위에 올려서 대강 경로를 계산해 봤을 때, 지 도상에 딱 겹치는 곳이 한 곳 존재한다.

"백두산을 지나서 가거나, 아니면 백두산이 목적지거나. 둘 중 하나겠네요."

우리 민족의 영산, 백두산.

현재는 국가위기급 마수라는 베히모스에 의해 완벽하게 점령된 지역.

정부의 원래 계획은 충분한 정보를 수집한 이후 움직이는 것이었겠지만, 내가 직접 이곳에 와 보니 알겠다.

"자체적인 정보 수집은 불가능, 이게 제 결론입니다. 군이 보유한 정찰 자산으로는 여기 뚫기 힘들겠는데요?"

지금 이 시간에도 우리 앞을 가로막는 공중의 벽은 거대해지고 있었다.

이 헬기에 내가 아니라 평범한 군인들이 타고 있었다면…… 이미 한 끼 식사거리가 되어 있었을 것 같다.

나는 그 몬스터들의 벽에 시선을 고정시킨 채로 강채아에게 물었다.

"백두산까지 갈 연료는 충분합니까?"

"넉넉합니다. 아까 전에 이 기체에 해 주셨던 그 축성이라는 것이 연료 절감 효과도 있는 듯합니다. 예상했던 것보다 연료가 절약되었습니다. 저 몬스터들을 우회하여 이동하는 것도 방법일 것 같습니다."

"그건 패스. 우회는 큰 의미 없습니다. 저 벽은 날개 달린 벽이잖아요? 분명히 따라올 겁니다."

저놈들이 하는 짓거리를 본다면 분명히 누군가에게 명령을 받은 것 같았다.

우회를 해 봤자 어떻게든 따라올 것이 틀림없었기에, 갔다가 돌아오는 경우까지 고려한다면 이곳에서 개체수를 줄이고 가는 것이 옳다고 생각한다.

덤으로 지상에 위치한 녀석들의 둥지도 박살 내면 더 좋고 말이지.

나는 가볍게 고개를 끄덕인 다음, 내 옆에 있던 설화를 향해 넌지시 물었다.

"저놈들 잔뜩 밀집되어 있는데, 혹시 마법으로 얼어붙게 만들 수 있겠어?"

"쓸어버리는 건 힘들겠지만 움직임을 둔화시키는 것 정도는 충분히 가능할 것 같아."

"그런 게 딱 내가 원하던 역할이야."

"바로 시작할까?"

"그래 주면 고맙고."

설화는 내가 개떡같이 말해도 찰떡같이 알아들었다. 내가 원하는 게 어떤 건지 단번에 알아차린 것이다.

쩌저저저적—!

그녀는 우리 앞을 가로막고 있는 몬스터 무리를 향해 손을 뻗었다. 순식간에 그녀의 손 앞에 응축된 공기가 차갑게 얼어붙더니, 곧 새하얀 서리가 되어 몬스터들을 향해 쏘아져 나갔다.

서리는 순식간에 벽을 휩쓸었고, 그곳에 뭉쳐 있던 놈들이 하얗게 얼어붙었다.

녀석들이 워낙 잘 뭉쳐 있었던 덕분에 깔끔하게 다 얼어 버렸다.

움찔거리는 걸로 보아서는 금세 속박에서 벗어나겠지만, 그 전에 한 방 먹여 주면 된다.

"채아 씨. 잠시 헬기 옆면으로 돌려 주세요."

"예."

채아 씨는 능숙하게 기체를 옆으로 돌렸고, 나는 헬기에 살짝 걸터앉은 채로 손을 올렸다.

"와이번 같은 마수 놈들은 그렇다고 쳐도, 언데드 새끼들로 내 앞을 가로막겠다는 발상 자체가 놀랍다. 레오, 루나. 헬기 중심으로 신성 결계 펼쳐라. 후폭풍 좀 세겠다."

"알겠습니다, 성하."

"아쉽네요. 이럴 줄 알았으면 전투기라도 타고 올걸."

나는 입꼬리를 슬쩍 올리면서 토비가 만들어 준 건틀릿을 오른손에 착용했다.

챙겨 오길 잘했다.

내 새로운 기술을 시험하기에 딱 좋은 상황.

우우우우웅.

신성력을 건틀릿에 잔뜩 밀어 넣자마자 건틀릿이 거칠게 공명하기 시작했다. 그리고 잠시 후.

화르르르륵!

건틀릿 전체에서 새하얀 불꽃이 피어오른다.

불카늄을 통해서 극도로 응축된 성화.

원래라면 성창을 소환해서 저 벽을 꿰뚫어 버리는 것도 방법이었겠지만, 아무래도 성창이 폭발력은 부족한 스킬이라서 말이지.

대신 내가 이 건틀릿을 이용해서 개발한 신기술은 굉장한 파괴력을 자랑한다.

교단의 훈련장에서 실험했다가 훈련장의 절반이 박살 났으니까, 위력은 입증된 셈이다.

"실전에서도 한번 보자고."

어렸을 적, 내가 즐겨 읽었던 소년 만화의 등장인물에게서 모티브를 얻은 신기술.

"……성화권."

성화권.

내 건틀릿에서 나온 성화가 몸집을 키우며 적들을 향해 뻗어 나갔고.

"불주먹 김시우…… 푸흡!"

조종석에 앉아 있던 루나가 웃음을 터뜨렸다.

그러나 루나가 비웃던 것도 잠시.

콰아아아아아아아앙!

성화와 몬스터들이 벽에 닿자마자 거대한 폭발이 일어났다.

새하얀 불꽃에 잡아먹혀 들어가는 마수와 언데드들.

징그러울 정도로 뭉쳐 있던 녀석들의 벽이, 눈 깜짝할 사이에 검은 재가 되어 휘날렸다. 그리고 곧 그 너머에 있던 푸른 하늘이 모습을 드러냈다.

어마어마한 파괴력.

그 모습을 본 나는 손에 낀 건틀릿을 바라보며 작게 감탄사를 내뱉었다.

"오."

역시, 메이드 바이 토비답게 성능 한번 확실했다.

⁂

그 이후로도 정신 나간 비행 몬스터들이 우리 앞을 가로막았지만, 그때마다 나는 성화권을 통해서 싸그리 불태워 버렸다.

소위 말하는 뽕맛.

주먹 한 방에 싸그리 재가 되어 버리는 걸 두 눈으로 경험해 보니, 정말 이만한 쾌감이 없었다.

"이거 마약이네, 마약."

항상 주먹으로 박살 내거나 성창으로 꿰뚫어 버리다가, 신세계를 경험하게 되니까 정말 즐거웠다.

원거리 공격이 단조롭다는 것이 내 유일한 단점이라면 단점이었는데, 이 불카늄으로 만든 건틀릿은 나에게 새로운 옵

션을 제공해 줬다.

지구로 귀환한 이후 얻게 된 것들 중에서 가장 흡족하다고 해야 하나?

오로지 불카늄만으로 제작된 건틀릿이라서 그런지, 내가 기대했던 걸 훌쩍 뛰어넘는 성능이었다.

"성하 혼자만 재미 보는 게 좀 그렇네요. 조종도 재미없고…… 나도 토비 아저씨한테 비슷한 거 하나 만들어 달라고 해야겠다."

"토비가 검 한 자루 만들어 줬잖아."

"나중에 그거 한번 빌려주시면 안 돼요?"

"어, 맞춤 제작한 거라서 어차피 못 껴."

루나도 탐을 낼 정도였으니, 더 이상의 설명은 필요 없었다.

게다가 건틀릿을 탐내는 건 루나만이 아니었다.

"성하와 제 손 크기가 얼추 비슷합니다."

"레오야, 그래서 뭐?"

"……그렇다는 겁니다."

레오도 건틀릿을 힐긋힐긋 보는 것이, 레오 역시 건틀릿을 탐내고 있는 것 같았다.

누가 싸움꾼들 아니랄까 봐, 무기만 보면 사족을 못 쓴다니까?

나중에 신전에 돌아가면 이 건틀릿에 애칭도 하나 붙여 줘야겠다. 앞으로도 자주 사용하게 될 것 같으니 말이다.

아무튼.

그렇게 비행 몬스터들과의 지속되는 충돌 끝에, 우리는 결국 목적지에 도착할 수 있었다.

시나리오 퀘스트가 진행되는 지역에 성공적으로 도착하였습니다.
퀘스트의 첫 번째 성공 조건이 갱신됩니다.
첫 번째 성공 조건: 〈베히모스〉와 조우할 것.

"대충 예상은 했다."

백두산에 자리 잡고 있다는 베히모스와 연관이 되어 있을 가정도 충분히 염두에 두고 움직였다.

단지 그 가정이 맞아떨어졌을 뿐이다.

나는 눈앞에 자리 잡은 백두산을 바라보면서 가볍게 한숨을 뱉어 냈다.

"실제로 보는 건 처음이네. 채아 씨는 이곳에 와 본 적 있습니까?"

"저도 처음입니다. 북한이 무너지기 전에도, 무너진 후에도. 한국인은 오기 힘든 곳이었으니까요."

그리고 그것은 설화도 마찬가지였던 모양이다.

평소에 감정을 잘 드러내지 않던 설화조차도 눈앞에 펼쳐진 백두산의 산세를 바라보면서 작게 숨을 뱉어 냈다.

"나도 이곳에는 처음 와 봐."

"앞으로 자주 올 수 있을 거야. 나중에 여기에서 같이 촬영이라도 하자."

"좋아."

확실히 이곳에는 한국인의 가슴을 벅차오르게 만드는 무엇인가가 있었다.

"좀 이상하네."

물론 마음에 걸리는 부분도 있었다.

베히모스는 국가위기급 마수로 분류되었던 존재라고 들었는데, 그런 존재가 몸을 숨긴 곳이라면 입구부터 마기 같은 것들이 감지돼야 정상이다.

하지만 눈앞에 보이는 백두산에서는 그런 부정적인 기운들이 감지되지 않았다.

부우우우우우웅!

대신에 우리가 공중에 떠 있는 것을 막으려는 듯, 거센 바람이 자꾸만 헬기를 휩쓰는 중이었다.

"아무래도 이 안에 있는 분께서 우리가 떠 있는 걸 싫어하시는 모양인데…… 착륙합시다."

"착륙할 장소가 마땅치 않……."

그때였다.

헬기의 바로 밑에 있던 울창한 삼림이 좌우로 밀려 나더니, 곧 헬기가 착륙하기에 적당한 공터가 만들어졌다.

"접객 한번 확실한 친구네. 저기 착륙하라는 것 같네요."

거대한 몸집을 지니고 있는 마수라고 들었는데 말이지.

예상외로 젠틀한 친군가?

"그럼 착륙하겠습니다."

우리는 급조된 공터에 안전하게 착륙했고, 곧바로 헬기에서 내렸다.

공중에서 내려다보았을 때랑 땅에서 올려다볼 때랑 느낌이 다르긴 달랐다.

훨씬 더 웅장하게 느껴지는 산세.

역시, 산은 보는 것보다는 직접 밟아야 제맛이다.

"이 넓은 곳에 성하가 찾는 게 있다는 소리예요? 산 전부 수색하는 것도 일이겠는데요."

루나는 가볍게 기지개를 켜면서 말했다.

나는 그런 루나를 바라보면서 나지막하게 답했다.

"우리가 돌아다닐 일은 없을 것 같다."

"음?"

"성격이 꽤 급한 친구야."

저 멀리서 나무가 좌우로 밀려 나기 시작한다. 쓰러지는 것이 아니라, 마치 누군가를 위해 비켜 주는 듯한 모습.

눈 깜짝할 사이에 울창한 나무들 사이에 길이 하나 생겨났다.

"봐 봐. 알아서 찾아와 주잖아?"

그 길 끝에 서서 우리를 주시하고 있는 한 마리의 검은 소.

그리고 잠시 후, 내 귓가에 녀석의 목소리가 울려 퍼졌다.

"기다리고 있었다. 이계의 신을 모시는 자여."

"마수는 확실히 아니고."

나는 그 흑우를 바라보면서 입꼬리를 슬쩍 올렸다.

뭔가 기분 좋은 예감이 든다.

❧

정부에서 알려 준 바에 따르면 베히모스는 거대한 몸집을
자랑하는 마수라고 했다.

중국에서조차 감당할 수 없었던 크기와 파워.

원래라면 이레귤러들을 파견해서 정리하면 쉽게 끝날 일
이었지만, 그 당시에 상해 쪽에 거대한 게이트가 생성되는
바람에 즉시 토벌에 들어가지는 못했다고 들었다.

김 실장이 알려 준 바에 따르면 중국이 보유한 이레귤러의
능력을 통해서 베히모스를 백두산으로 보냈다고 했는
데…….

"나는 내 스스로의 의지로 이곳에 자리 잡았다."

"아, 그래?"

"물론이지. 나는 의미없는 살생은 좋아하지 않는다. 이동하
는 과정에서 인간들의 건축물을 파괴한 것은 유감이지만, 당시

에는 어쩔 수 없었다. 몸집을 조절하기 힘들 정도였다."

당사자에게 확인한 결과, 녀석들의 말은 순 거짓말이었다.

역시는 역시.

항상 내 기대를 실망시키지 않는 중국다웠다.

나는 순박한 눈망울을 지닌 검은 소를 바라보면서 만족스럽게 고개를 끄덕였다.

베히모스.

국가위기급 마수라고 불렸던 놈이었기에, 백두산에 도착하자마자 한판 붙을 거라고 생각했건만.

막상 뚜껑을 열어 보니 그것도 아니었다.

"혹시 너 갑자기 변신해서 우리 공격하고, 그러는 건 아니지?"

"멍청한 소리를 하는군. 너와 싸울 거였으면 진작에 싸웠을 것이다."

"혓바닥이 좀 건방지네. 나 우설 좋아하는데."

"……뭐?"

"그냥 그렇다고."

나는 녀석의 윤기 나는 털을 바라보면서 입맛을 다셨다.

영락없는 흑우.

녀석의 몸에서는 마기 대신에 난생처음 경험해 보는 특이한 기운이 감지되고 있었다.

마력보다는 차라리 신성력과 결이 비슷한 기운.

도대체 중국 친구들은 얘한테 왜 국가위기급 마수라는 별칭을 붙여 둔 걸까?

"네가 중국인이라고 말하는 그들은 나를 포획하기 위해 갖은 방법을 사용했다. 하지만 모든 방법이 수포로 돌아가자 빠르게 포기하더군. 줏대라고는 없는 놈들이었다."

"아, 왜인지 알겠다."

쪽팔려서 그랬구나.

반항하지도 않는 흑우를 생포하는 것에 실패했으니, 얼마나 체면이 망가졌겠어?

나는 고개를 작게 끄덕인 다음, 내 뒤에서 열심히 산딸기를 먹고 있는 내 동료들을 가리키면서 말했다.

"산딸기 고맙다."

"나를 찾아온 손님들에게 대접하는 것은 당연한 일이다. 마음에 들어 한다니 기쁘다."

한 가지 확실한 건 이 녀석은 절대로 위협이 될 존재는 아니란 점이다.

녀석의 말대로 적대적인 존재였으면 우리가 백두산에 발을 들여놓는 것조차 거절했겠지.

하지만 이쯤에서 의문이 한 가지 생긴다.

"중국에서 정말 너를 가만히 뒀어?"

"내가 막 이곳에 자리 잡았을 때는 사람을 좀 보내긴 했지만, 적당히 손보고 돌려보낸 이후로는 이렇다 할 움직임은 없었다.

나는 영물. 내 영역에 침범하지 않는다면, 먼저 나서지 않는다."

영물이라.

굳이 내가 뭐라고 안 해도 쓸 만한 정보들을 알아서 내뱉는구만.

흑우도 이런 흑우가 따로 없다.

나는 산딸기를 하나 입에 집어넣은 다음, 슬며시 미소를 지으면서 질문을 이어 갔다.

"영물이 뭐냐?"

"영물은 영기로부터 태어난 존재들을 의미한다. 아득히 먼 옛날부터 지구에 존재했었지만, 모종의 이유로 사라졌었지. 나도 그렇게 사라진 영물 중 하나였다. 그렇게 무로 되돌아갔다가 다시 이 세상에서 눈을 뜨게 되었다."

"영기?"

"자연으로부터 피어오르는 순수한 생명의 힘. 그것이 바로 영기다."

추상적인 의미였지만, 결국 자연에 기원을 두는 존재란 뜻인 것 같았다.

녀석의 설명을 들으니 어째서 영기가 신성력이랑 비슷하게 느껴졌는지 알 수 있었다.

"자연에서 태어나 신격과 비슷한 위치에 오른 존재들이란 건가."

"아주 먼 옛날에는 우리 영물들을 숭배하는 인간들도 있었다. 인간들 역시 자연의 일부. 그들 또한 내가 지켜야 할 것들 중 하나였다."

나는 녀석의 목소리에 작게 고개를 끄덕였다.

"모종의 이유, 그건 뭐지?"

일부러 숨기는 이유가 있지 않을까?

분명히 내가 무슨 대가를 치러야만 알 수 있는……

"음, 전쟁이 있었다. 우리는 지키기 위해 싸웠고, 장렬히 희생했지."

……그냥 흑우군. 아낌없이 퍼 주는 것 좀 봐라.

하지만 가장 중요한 게 빠져 있었다.

"누구랑 싸운 건데."

"일그러진 신들. 내가 알고 있는 건 그것뿐이다. 그들에 대해서는 우리도 잘 모른다. 그들이 세상의 균형을 무너뜨렸고, 우리는 그것을 바로잡기 위해 노력했을 뿐."

> 퀘스트 〈고대의 편린〉의 두 번째 성공 조건을 만족하셨습니다.
> 핵심 키워드 〈일그러진 신〉을 획득하셨습니다.

시나리오 퀘스트라서 꽤 긴장했는데.

이건 뭐 순 날로 먹는 퀘스트였잖아?

나는 내 앞에 떠오른 두 개의 메시지 창을 확인한 다음, 다시 베히모스를 바라보았다.

"그러니까 네 말은 네가 원래 지구 토종 영물이라는 거잖아. 맞지?"

"그렇다."

"어떻게 돌아왔어?"

"그것은 모른다. 아까 말했다시피, 갑자기 눈을 뜨게 되었다. 다른 영물들과도 연락을 해 보고 싶지만, 영기가 부족하여 급한 대로 이 땅에 자리를 잡았다. 이곳이 그나마 영기가 남아 있는 산이었거든."

"영기가 남아 있다는 뜻은……."

"그나마 자연이 보존된 곳이라는 뜻이다. 애초에 영기가 많은 지역이었기도 하고."

민족의 영산이라는 게 정말 그런 뜻이었나?

나는 담담한 녀석의 말에 작게 고개를 숙였다.

"인간이 미안하다."

"아까도 말했다시피, 너희 인간도 자연의 일부다. 받아들이는 수밖에."

무분별한 자연 파괴가 이런 결과를 낳았을 줄이야.

녀석의 입장에서 생각해 보자면, 집을 지키기 위해 싸우다가 돌아왔는데 집이 무너져 내린 상황인 셈이다.

그럼에도 이 흑우 녀석은 인간들을 원망하는 기색이 없었다.

나 같았으면 당장에라도 난리를 피웠을 텐데, 영물이라서 그런가 인간으로서는 상상하지 못할 정도로 마음이 넓은 것 같다.

"자세한 이야기는 천천히 들어도 될 것 같고, 이쯤 했으면 솔직히 말해도 좋아. 나한테 바라는 게 있는 것 같은데."

"음, 들켰나?"

"아까부터 그 큼지막한 눈망울을 끔벅거리면서 나를 보고 있었잖아. 얼굴에 '나 용무 있음', 이렇게 써 뒀는데 뭘 '들켰나?' 이러고 있냐."

내 말에 흑우, 아니 베히모스는 천천히 고개를 끄덕였다.

그러더니 곧 사뭇 진지해진 목소리로 말했다.

"영기를 회복하고 싶다. 그러기 위해서는 너의 도움이 필요하다. 나를 도와다오."

퀘스트 〈고대의 편린〉의 마지막 완료 조건이 갱신됩니다.
마지막 성공 조건: 〈베히모스〉의 의뢰를 완료할 것.

드디어 올 것이 왔다.

❧

"그러니까 네 말은, 영기로 가득찬 장소를 찾아 달라는 거지?"

"그렇다. 영기를 완전히 회복하기 전까지는 산 밖으로 쉽게 나설 수가 없다. 그렇다고 해서 이곳에 남아 있기에는 부정한 것들이 주변에 너무 많아."

베히모스는 앞발로 땅을 가볍게 긁으면서 고개를 끄덕였다.

녀석의 요구 조건은 쉽게 말하자면 이거였다.

새로운 집을 알아봐 달라는 거.

내가 무슨 부동산 중개업자도 아니고, 다짜고짜 이사 갈 집을 알려 달라는 걸 무슨 수로 도와줘?

어쩐지 지금까지 퀘스트가 너무 쉽게 진행된다 싶었다.

나는 옆에 있던 나무 밑동에 걸터앉았다.

"좋아, 만약에 내가 도와준다고 치자. 그러면 넌 나한테 뭐를 해 줄 건데?"

"그게 무슨 뜻인가?"

"부동산 중개 수수료 같은 건 줘야 하는 게 상도덕이잖아."

내 말에 그 녀석은 고개를 이리저리 흔들면서 의문을 표시했다.

저 녀석이 일부러 모르는 척을 하진 않을 것 같고, 정말 모르는 모양이다.

이래서 추앙받기만 한 놈들은 안 된다니까.

"너를 도와주는 건 도와주는 건데, 그래도 네가 성의를 표시해 줄 수는 있잖아. 인간들 사이에서는 그게 기본 매너야."

"그렇군. 이해했다. 나에게서 뭘 받고 싶다는 뜻으로 받아들이겠다. 혹시 받고 싶은 것이 있나? 아쉽게도 지금 너에게 내어 줄 것은 없지만, 마련해 보도록 노력하겠다."

사실 시스템이 따로 챙겨 주기는 하지만, 그건 어디까지나 시스템이 챙겨 주는 것.

이 녀석이 주는 건 아니잖아?

그래도 순진한 녀석이라서 참 다행이야.

나는 슬며시 미소를 지었다.

"너 약속 잘 지키지?"

"물론이다. 한번 내뱉은 말은 반드시 지킨다. 영물은 거짓말을 못 한다. 힘을 회복하면, 반드시 이 은혜는 갚겠다."

흑우의 모습으로 저렇게 말하니까 굉장히 신뢰도가 높아 보인다.

이래서 외모가 중요한 법.

거기에 영물은 거짓말을 하지 못한다는 쏠쏠한 정보도 얻게 되었다. 나중에 다른 영물들을 만나서 교차 검증할 필요는 있겠지만, 거짓말을 하는 것 같지는 않다.

"좋아, 믿어 보겠어. 나중에 꼭 보답해 주기로 약속하자."

"약속하지."

열심히 키워서 보상을 받아 내면 될 것 같다.

큼지막한 소의 눈망울이 이토록 든든하게 느껴질 줄이야.

나도 평화를 사랑하는 사람인지라, 때려 부수고 빼앗고 이런 건 선호하지 않는다. 나 역시 이렇게 무난무난한 전개를 더 좋아한다.

그렇게 해서 간단하게 협상을 끝낸 나는 은근슬쩍 녀석에게 질문을 던졌다.

"그런데 왜 하필이면 나야?"

"네가 지닌 기운은 나에게 이롭다. 나는 네가 이 세상에 돌아왔을 때부터 너를 기다리고 있었다. 너라면 나를 도와줄 것이라 확신했다."

"꼭 프러포즈 같네. 신성력 때문에 그런가? 신성력이라면 나 말고 다른 대안도 있었을 텐데."

예를 들면 백명교 같은 놈들 말이지.

그러나 그때, 베히모스의 입에서는 의외의 말이 튀어나왔다.

"일그러진 신을 모시는 자들을 말하는 것이라면, 두 달 전에 이곳에 찾아왔었다. 내가 가장 최근에 벌였던 살생이었지."

"……백명교 놈들."

"나는 아직까지도 그들의 진명을 모른다. 다만, 그들이 한때 세상의 균형을 무너뜨렸다는 것만을 기억할 뿐이다."

베히모스가 그들이라고 칭하는 걸 봐서는 한 놈이 아닌 모양이다.

백명교가 '일그러진 신'을 모시는 놈들이라……

예기치 않은 곳에서 쓸 만한 정보를 듣게 되었다.

확실히 이 녀석은 고대의 존재답게 내 궁금증을 해소시켜 줄 지식을 보유하고 있는 듯하다.

"베히모스."

"그것은 내가 지닌 수많은 이름 중 하나. 그 이름을 아는 자들이 그리 많지는 않았을 텐데, 고대의 지식을 전승받은 자들이 있는 건가?"

"그래? 그렇다면 의심 가는 놈이 하나 있긴 하네."

지난번에 만났던 무명이라는, 정화자를 이끄는 그 속 시커먼 놈.

그놈의 작품일 가능성이 높겠다.

알고 보니 이 흑우를 중심으로 정화자, 백명교, 나까지 싸그리 연관되어 있었던 것 같다.

나는 작게 고개를 끄덕였다.

"다른 이름으로 불리고 싶으면 미리 말해."

"어떻게 불러도 상관없다."

"음, 그래. 그런데 굳이 이사를 가야 해? 부정한 것들이 문제라고 한다면, 내가 이 주위를 청소해 주면 되잖아. 안 그래도 조만간 대청소 계획이 있기는 하거든?"

내 말에 베히모스는 다시 한번 눈망울을 끔뻑였다.

"나는 인간들이 이곳을 방치해 두고 있기에, 이미 포기한 땅이라고 생각하고 있었다. 네 말대로만 된다면 그것도 하나의 방법이 될 것이다."

"내가 그런 방향으로 한번 계획을 세워 볼게."

이런 상황에서는 좋은 매물을 찾는 것보다는 기존의 집을 수리해 주는 게 훨씬 쉽지.

이 녀석이 살 만한 땅이 도대체 어디에 있는지 알고.

그렇게 해서 나와 베히모스의 이야기는 건설적인 분위기 속에서 성공적으로 마무리되었다.

나는 만족스럽게 웃으면서 베히모스에게 손을 내밀었다.

"나만 믿어. 청소 깔끔하게 해 줄게."

베히모스는 내가 건넨 손을 빤히 바라보다가, 천천히 자신의 코를 가져다 댔다.

"고맙……."

촉촉한 코가 내 손에 닿았을 때쯤, 여태까지 멀쩡히 서 있던 흑우가 몸을 비틀거렸다.

"미안하다. 영기가 쇠해서……."

"너한테도 효과가 있으려나 모르겠네. 기다려 봐."

우우우우웅—!

신성력을 슬쩍 끌어올려서 베히모스의 몸속에 불어 넣었다. 녀석의 영기라는 기운이 나에게도 자연스럽게 느껴지는 걸 보면, 꽤 효과가 있을 것 같았기 때문이다.

그리고 내 예상은 정확하게 맞아떨어졌다.

"한결 낫군. 고맙다."

내 신성력을 완벽하게 흡수해 버린 우리의 흑우.

어떤 원리인지는 모르겠지만 확실히 효과가 있었다. 그리고 그 때, 한 가지 아이디어가 머릿속을 스쳐 지나갔다.

이 녀석은 여러모로 도움이 될 녀석이란 말이지.

그렇다면 가장 좋은 방법은 지근거리에 두는 것 아니겠어?

"지금 너에게 딱 알맞은 임시 거주지를 내가 아는데, 괜찮으면 내가 소개해 줄까? 마음에 쏙 들 거야."

"오, 정말인가?"

"그럼, 그럼. 요양하기 딱 좋은 장소지. 어때, 이야기 한번 들어 볼래?"

"좋다!"

나는 나를 빤히 바라보는 흑우를 향해서 씨익 미소를 지었다. 그리고 은근한 목소리로 이야기를 시작했다.

"우리 신전 옆에 신목이라는 게 하나 있는데……."

구출

일단 결론부터 말하자면.

"음, 이 모습도 이 모습대로 매력이 있네."

"털 보송보송한 것 좀 보세요."

"……귀여워."

"참 멋있는 것 같습니다."

나는 흑우를 낚는 데 성공했다. 사회 경험이 없는 흑우를 우리 쪽으로 꼬시는 건 너무나도 쉬운 일이었다.

조건을 따로 걸지도 않았다.

그저 좋은 곳이 있다면서 귀를 팔랑거리게 만들었고, 이 녀석은 그 말을 한 치의 의심 없이 받아들였다.

"자꾸만 만지니 몹시 곤란하다."

"근엄한 것 좀 봐."

"어머어머."

이곳은 신전으로 복귀하는 중인 블랙호크 안.

베히모스는 설화, 루나, 레오의 관심을 독차지하고 있는
중이었다.

아까 전에 보았던 검은 소의 모습은 온데간데없고, 베히모
스는 다른 형태로 변신한 상태였다.

아까 전의 흑우 형태는 무게도 많이 나가고 덩치도 커다래
서, 어떻게 데려갈지 고민했었는데 이 녀석에게도 역시 변신
기능이 있었다.

현재 베히모스의 모습은 검은색 대형견.

"래브라도 리트리버."

개에 대해 빠삭하다는 설화는 변한 베히모스의 모습을 보
고 그렇게 말했다.

카메라가 꺼져 있을 때는 딱히 감정 표현을 많이 하지 않
는 설화조차도 살짝 붉어진 표정으로 베히모스를 쓰다듬는
중이었다.

처음에는 꽤 거북하다는 표정을 지었던 베히모스였지만,
지금은 담담하게 주변인들의 손길을 받아들이고 있었다.

아니지.

받아들였다기보다는 포기했다고 표현하는 것이 더 적절한
것 같기도?

"살살 만져 다오."

기분 탓인가, 어째 레오나 내 손길은 회피하려 들지만 루나와 설화의 손길에는 꼬리를 흔들고 있다.

"야."

"응?"

"너, 수컷이지?"

"……영물에는 암수의 구분이 없다. 하지만 굳이 나누겠다 하면…… 나는 남성체에 가깝다."

"수컷이었네."

"아름다운 꽃을 좋아하는 건 당연한 것 아닌가? 네가 상관할 바는 아니다."

흑우에서 흑댕이로 진화한 건 좋은데, 아까 전부터 슬쩍슬쩍 던져 대는 돌직구가 신경이 쓰인다.

나는 베히모스를 바라보면서 천천히 고개를 끄덕였다.

"땅콩이라도 미리 떼 줘야 하나."

"땅콩? 먹는 건가? 영물들은 음식을 섭취할 필요는 없으나, 그렇다고 못 먹는 것도 아니다. 맛있는 음식이라면 얼마든지 환영이다."

"너 하는 거 봐서."

하다못해 우리 백설이도 밥값은 한다. 아직까지 보여 준 것도 없으면서 맛있는 걸 기대한다라?

개인적으로 무전취식을 정말 싫어한다.

"어쩌자고 이 헬기에 타 가지고는…… 불쌍해."

루나가 베히모스의 등을 쓰다듬으면서 말했다.

"뭐가 불쌍한데?"

"인권도 없을 텐데…… 불쌍해. 성하가 얼마나 굴려 먹을까? 벌써부터 눈물이 앞을 가리네요."

"어허."

누가 들으면 내가 어? 부하 직원들 착취하는 줄 알겠네.

그러나 베히모스는 루나의 말에 불안감을 느꼈는지, 나를 슬쩍 바라보면서 물었다.

"부려 먹는다? 그건 또 무슨 소리인가, 이계의 교황."

"아아, 부려 먹는 게 아니라. 서로 돕고 산다는 뜻이야. 내가 너를 위해 안전한 장소를 제공해 주는 대신, 너도 우리를 도와줄 수는 있는 거잖아?"

"그건 맞다. 난 은혜를 모를 정도로 멍청한 존재가 아니다."

"그런 거야. 좋은 게 좋은 거지."

"음, 그렇군."

순진한 놈이라서 다행이라니까?

빠르게 상황을 정리한 나는 루나를 째려보았고, 루나는 한숨을 내쉬면서 베히모스의 등을 쓸어내릴 뿐이었다.

그래도 확실히 귀엽기는 귀엽다.

헬기를 조종하고 있는 강채아조차 힐끔힐끔 베히모스를 보고 있을 정도였으니 말이다.

최근 들어 개도 기르고 싶다던 시연이에게도 최고의 선물이 되지 않을까?

　"그런데 성하. 이 친구 계속 베히모스라고 부를 거예요? 뭔가 이름이 별로 안 귀여운 것 같은데?"

　"좀 그렇긴 하지."

　베히모스라는 이름 자체는 현재 국가위기급 마수로서 유명해진 상황.

　베히모스라고 계속 부르기에는 확실히 무리가 있다.

　우리야 이 녀석의 실체에 대해서 대충 경험했지만, 다른 사람들에게는 국가위기급 마수로서의 이미지가 있었기 때문이다.

　나는 잠시 녀석의 별칭에 대해 고민했다. 그리고 1분 뒤, 천천히 고개를 끄덕이면서 말했다.

　"줄여서 베스라고 하자. 깔끔하고 괜찮네. 너는 어때, 마음에 들어?"

　"이름은 껍데기에 불과할 뿐. 그리 부르고 싶다면 그리 불러도 된다. 베스. 어감은 괜찮구나."

　"마음에 들어 한다니 다행이네."

　빠르게 급조해 낸 이름이었지만 본인이 만족하는 모습을 보니 나도 뿌듯하다.

　"베스, 앞으로 잘 부탁해."

　루나는 베스의 이름을 부르면서 녀석을 꼭 껴안았고, 그러자마자 베스의 꼬리가 프로펠러처럼 흔들거리기 시작했다.

"나도 잘 부탁한다. 인간 여자."

"귀여워!"

개인적으로 궁금한 건 백설이랑 저 둘이 만났을 때의 케미인데…….

아직까지 전투력 자체는 베스 쪽이 한 수 위겠지만 말이지, 백설이 그 녀석의 영악한 모습을 고려한다면 대충 어떤 그림이 그려질지는 예상이 간다.

장담하건대, 이 녀석의 성격으론 백설이를 제압할 수 없다.

백설이가 가스라이팅만 안 하면 다행이지.

'백설이가 누구 새낀데, 당연하지.'

내가 기르고 있는 고양이이자, 우리 교단을 대표하는 신수가 다른 영물에게 쥐어 터지는 꼴을 볼 수는 없지.

그리고 잘만 하면 백설이를 통해서 베스를 구슬릴 수 있지 않을까?

물론 어디까지나 직접 돌아가는 상황을 봐야겠지만 말이지.

아무튼.

내가 그렇게 베스를 보면서 이런저런 생각을 하고 있을 때쯤이었다.

"그런데 교황, 한 가지 묻고 싶은 게 있다."

"어, 뭔데?"

우리 교황님 좀
말려 주세요

"너희 인간들은 동족들을 버리는 게 당연한 건가?"

"……그게 무슨 소리야?"

"부정한 것들에게 넘어가 버린 이 땅에, 부정한 것들에게 사로잡혀 고통받은 인간들이 남아 있다. 내 몸이 성치 않아 그들의 비명을 무시할 수밖에 없었으나, 너같이 강한 인간이라면 그들을 구하고도 남을 터. 한데 아무런 이야기가 없기에 묻는 말이다."

베스에게서 갑자기 흘러나오기 시작한 새로운 정보.

"그러니까 네 말은…… 이곳에 생존자들이 있다는 소리야?"

디멘션 오프닝 이후, 북한이 무너진 지 5년이 다 된 시간.

이 땅에서 인간이란 종이 멸종하기에는 충분한 시간이었다고 생각했는데,

"그것을 생존해 있다고 부르기에는 힘들 것 같지만, 어찌 되었든 살아 있는 인간들이 있다."

아무래도 내 착각이었던 모양이다.

"자세히 좀 말해 봐."

나는 눈살을 잔뜩 찌푸리면서 말했다.

❧

헬기는 성공적으로 신전에 도착했다.

백두산으로 향하면서 몬스터들의 개체수를 많이 줄여 둔 덕을 톡톡히 보았다.

게다가 우리가 단순히 몬스터의 숫자만 줄였던 것이 아니라, 둥지들이 보이면 둥지들도 완벽하게 박살 내면서 이동했기 때문에 얻을 수 있던 결과였기도 하다.

우리는 베스가 알려 주는 정보를 들으며 신전에 복귀하였고, 그곳에서 우리를 기다리고 있던 정부 측의 인원들과 합류할 수 있었다.

기껏해야 김 실장 정도가 기다리고 있을 줄 알았는데, 의외의 인물이 신전에서 대기하고 있었다.

"유선호 장관님."

나는 헬기의 임시 착륙장 옆에서 라파르트 대주교와 함께 대기하고 있던 유선호 장관을 향해 가볍게 인사를 건넸다.

그러자 유선호 장관은 부드럽게 웃으면서 내 인사를 받았다.

"백두산에 다녀오셨다는 이야기를 들었습니다. 마침 주변에 일이 있기도 했고, 이야기를 듣고 싶기도 해서 이리 연락도 없이 찾아왔습니다."

"잘 오셨습니다. 안 그래도 긴히 나눠야 할 이야기도 있고……."

헬기를 통해 이동하는 도중, 베히모스가 우리에게 말해 주었던 정보들.

도저히 무시하고 지나갈 수 없는 정보들이었기에, 안 그래도 정부 측과 빠르게 이야기를 나눌 계획이었다.

아마 유선호 장관도 마찬가지일 것이다.

헬기를 통해서 잃어버린 땅을 정찰한 것은 이번이 처음 있던 일.

우리가 큰 문제 없이 무사히 돌아왔으니, 그 성과에 대해서 기대한다는 건 어찌 보면 당연한 일이었다.

나는 유선호 장관이 건넨 손을 잡으면서 가볍게 고개를 끄덕였다.

"이야기를 나누기 전에 잠시 처리해야 할 일이 하나 있습니다."

"아, 그렇습니까?"

"베스."

내 말에 따라서 헬기 안에서 검은 래브라도 리트리버가 내렸다.

누가 보더라도 '참 잘생겼다'라고 생각할 만큼 점잖고, 심지어 기품까지 느껴지는 검은색 개.

유선호 장관은 헬기에 탑승했던 인원들에 대한 보고를 미리 받았는지, 예상하지도 못했던 개 한 마리가 헬기에서 내리자 살짝 당황하는 눈치였다.

"저 개는……."

"베히모스라고 불리는 그 친구입니다. 사정이 있어서 데려왔습니다."

베히모스라는 단어가 내 입에서 튀어나온 순간, 어지간
하면 깨지지 않던 유선호 장관의 포커 페이스가 무너져 내
렸다.

유선호 장관은 한 발자국 뒤로 물러나면서 나에게 물었다.

"……제가 아는 그 국가위기급 마수, 베히모스를 말씀하
시는 겁니까?"

"걱정하실 필요 없어요. 우리 개는 안 물어요. 장담합니
다."

"오, 맙소사."

유선호 장관은 한참 동안이나 베스의 늠름한 자태에 말을
잇지 못했다.

그렇게 한 3분 정도가 지났을까?

"유 장관님."

"아…… 죄송합니다. 충격이 컸습니다."

그는 옆에 있던 라파르트 대주교가 슬쩍 신성력을 불어 넣
어 주고 나서야 정신을 차렸다.

물론 그렇다고 해서 그의 얼굴에 드리워졌던 의심이 사라
진 건 아니었다.

"……설명이 필요할 것 같습니다."

"당연히 설명은 드려야죠. 라파르트 대주교? 유 장관님 모
시고 집무실에서 대기해 주세요. 할 이야기가 아주 많으니,

차도 준비해 주셨으면 합니다."

"알겠습니다, 성하."

나를 향해 공손하게 허리를 숙인 라파르트 대주교가 유선호 장관을 부축하면서 신전 안쪽으로 이동했다.

나는 그 둘의 뒷모습을 슬쩍 바라본 다음, 베스를 향해 말했다.

"보다시피 네 정체가 탄로 나면 기절할 사람들이 꽤 많아."

"억울하다. 나는 괴물이 아니라 영물이다. 부정한 것들과는 근본부터가 다르다."

"알지, 아는데…… 중국이 벌인 짓이라고 생각해라. 걔네가 너를 국가를 멸망시킬 마수라고 표현했어. 엉뚱한 데 화내지 말고. 나쁜 놈들은 걔네들이야. 알겠지?"

"중국. 기억했다. 알려 줘서 고맙군. 힘을 되찾으면 그들에게 내 이름을 더럽힌 것에 대한 책임을 물을 것이다."

"바로 그거야. 완벽해."

하나를 가르쳐 주면 열을 아는 녀석이었구만.

책임을 져야 할 놈들은 당연히 중국 친구들이지, 암.

"어때, 이곳이 당분간 네 임시 거주지인데, 마음에 들어?"

"영기까지는 아니지만 정순한 기운이 느껴지는 장소다. 백두산보다는 훨씬 나은 것 같다. 신목이란 걸 직접 보고 싶은데……."

"그건 어렵지 않지."

나는 만족스럽게 고개를 끄덕였다. 그리고 내 옆에 서 있던 루나와 레오에게 말했다.

"나는 들어가서 유 장관님이랑 이야기를 나눌 테니까, 루나와 레오 너희 둘이 베스 데리고 신목 구경 좀 시켜 줘."

"알겠습니다, 성하."

"네에."

둘이 움직이려던 찰나, 조용히 서 있던 설화가 나를 빤히 바라보며 말했다.

"오빠, 나도 베스랑 같이 가도 될까?"

"당연히 되지."

"고마워."

설화가 개를 정말 좋아하나 보다.

그렇게 결국 베스는 세 명과 함께 신목 쪽을 향해 움직이기 시작했다.

나는 멀어지는 그들을 보면서 볼을 살짝 긁적였다.

"꼭 산책시키는 것 같네."

베스가 이곳을 마음에 들어 해서 평생 이곳에 정착하면 좋겠다.

영물인 만큼 쓸모도 많을 테니까 말이다.

그렇게 베스에게 사람을 배정시킨 후, 나는 곧바로 신전의 집무실 안으로 들어갔다.

집무실 안에는 미리 도착한 유선호 장관이 있었고, 나는 그의 앞에 슬며시 앉으면서 이야기를 시작했다.

"혼란스러우실 거라는 점, 충분히 이해하고 있습니다. 저희도 베히모스와 조우하기 전까지만 하더라도 전투를 벌일 생각이었으니까요."

"베히모스는 국가위기급 마수로 등재된 마수입니다. 서울의 한복판에 두기에는 부담이 너무 큽니다."

"그래서 제가 차근차근 설명을 드리고자 합니다. 그리고 한 가지 더, 정부 측과 논의해야 하는 일도 생겼구요."

내 말에 유 장관은 차를 한 모금 목으로 넘겼다.

"저희 쪽과 논의해야 한다는 일부터 들을 수 있겠습니까?"

나는 그 말에 가볍게 숨을 뱉어 냈다. 그리고 나지막한 목소리로 이야기를 시작했다.

"잃어버린 땅에 생존자가 있습니다. 곧바로 구출 작전을 시작할 계획입니다."

⁂

"도저히 믿을 수가 없군요. 5년입니다. 몬스터들에게 점령당한 지 무려 5년 동안 생존자가 그곳에……."

유선호 장관은 내 설명을 들은 후, 믿을 수 없다는 듯이 고개를 가로저었다.

디멘션 오프닝 이후로 초토화되어 버린 구 북한의 땅.

이제는 대한민국이 수복해야 할 그 지옥 같은 땅에, 아직까지 생존자가 있다는 말은 나조차도 믿을 수 없던 말이 맞다.

만약 그 정보를 베스가 아니라 다른 누군가로부터 들었다면 의심부터 앞섰을 것이다.

하지만 베스가 우리에게 거짓을 말할 이유는 단 하나도 없었다.

"추정되는 생존자 숫자는 1백 명 안팎입니다. 그들이 고립되어 있는 지역은 이곳."

나는 책상 위에 펴 둔 지도에서 한 곳을 가리켰다.

"함흥으로 알려진 곳이죠. 이곳에 생존자들이 있는 것으로 추정됩니다."

"……김시우 교황님께서 이 자리에서 거짓을 말할 리는 없겠지요. 믿습니다."

"혹시 몰라 귀환하는 길에 블랙호크를 통해서 정찰을 몇 번 진행했지만, 자세한 상황은 그곳에 착륙하고 난 다음에야 파악할 수 있을 듯합니다."

이미 돌아오는 길에 베스가 말해 준 함흥 부근을 수색했다.

하지만 우리가 얻은 정보는 그 지역을 점거하고 있는 적대적인 이종족이 있다, 이 정도가 끝.

한때는 북한에서 손꼽는 도시였다고 했던 함흥은 폐허가 된 지 오래인 듯했으며, 곳곳에 이종족과 몬스터들의 흔적만

이 남아 있었을 뿐이다.

"그곳을 점유하고 있는 놈들에게 지능이 있는 이상, 피해를 최소화하기 위해서는 단번에 끝내 버려야 합니다. 그래야 잡혀 있는 사람들에게 피해가 안 갈 겁니다."

"그들이 어째서 인간들을 살려 둔 겁니까? 협상도, 대화도 없이 학살을 이어 나갔던 이종족들 대부분이 그곳에 자리 잡았습니다. 인간을 살려 둔 이유를 도무지 모르겠습니다."

유선호 장관은 목이 타는지 차를 벌컥 들이켰다.

나는 유선호 장관의 질문에 천천히 고개를 끄덕이면서 답했다.

"베스가 건네준 정보에 따르면 이유는 간단합니다."

능력을 완벽하게 회복하지 못한 베스가 어렴풋이 보았던 장면들.

베스가 대지에 깃든 기억들을 통해 마주했던 장면은.

"녀석들은 잡아 둔 인간들을 통해서 독을 비롯한 자신들의 무기를 실험하고 있다고 합니다."

검은색의 피부를 지닌 이종족들에게 고문과 실험을 당하고 있는, 가련한 운명의 인간들이었다고 한다.

내 말에 유선호 장관은 침음을 흘리면서 말했다.

"생체 실험."

"다크 엘프. 그 녀석들은 이 지구의 지배종이 누구인지 인지하고 있을 정도로 영리한 놈들이니까요."

베스가 전해 준 정보만으로도 대강 녀석들의 정체를 짐작할 수 있었다.

검은색 피부.

부정한 기운.

독을 주무기로 사용하는 종족.

에덴에서도 그 세 가지 조건을 만족시키는 종족이 하나 있었는데, 바로 다크 엘프였다.

에덴에서는 6년 전에 멸종당한 종족.

에덴의 다크 엘프들과 같은 부류일 거란 확신은 없었지만, 단편적인 정보만으로도 대강 정체를 짐작할 수 있었다.

"생존자들이 어떻게 해서 그들에게 잡혀 있는지, 어떻게 해서 5년 동안 생존해 있는지. 그런 정보들은 구출 직후에 확인해야 할 것 같습니다. 현재로서는 구출 외에는 방법이 없다고 생각합니다."

"후우."

내 말을 들은 유선호 장관이 깊게 한숨을 뱉어 냈다.

그러나 노인의 고민은 그리 길지 않았다.

"리멘 교단의 구출 계획에 대해서도 공유해 주실 수 있겠습니까?"

"동원할 수 있는 최고의 전력을 일시에 투입한 후, 빠르게 생존자들만 구해서 복귀할 겁니다. 이번 구출 작전에는 에이든도 참여합니다. 이미 돌아오는 길에 요청을 해 두었고, 필요하다면 미군의 헬기도 동원할 예정입니다."

에이든은 한 치의 고민도 없이 흔쾌히 내 제안을 수락했다.

함흥 지역에 도사리고 있는 위험이 명확히 파악되지도 않은 상황.

최소 S급 이상의 전력을 동원할 생각이었다.

우리 교단의 신입들을 동원하기에는 너무 섣불렀다. 그곳은 명색이 잃어버린 땅, 각성한 지 얼마 되지 않은 신입들에게는 큰 위협이 도사리고 있는 지역이었으니까.

내 대답을 들은 유선호 장관은 내 두 눈을 바라보았다.

"유감입니다, 김시우 교황님."

"……예?"

"그들은 법적으로 대한민국의 국민들입니다. 자국의 국민을 구하는 것은 당연한 일인데, 저희에게 먼저 연락을 주셨어야지요."

유선호 장관은 그렇게 말하며 자신의 주머니에서 조심스럽게 스마트폰을 꺼내 들었다.

"잠시 대통령님께 전화를 드려도 되겠습니까?"

"아, 예. 얼마든지요."

"감사합니다."

그는 스마트폰의 화면을 몇 번 눌렀고, 곧 스마트폰을 귀에 가져다 대었다.

그리고 잠시 후.

그는 공손한 목소리로 전화를 시작했다.

"예, 대통령님. 대통령님의 승인이 필요한 상황이라 부득이하게 전화를 드렸습니다. 혹시 통화가 가능하십니까?"

그 이후로 유선호 장관은 이런저런 이야기를 주고받았다.

그렇게 얼마나 시간이 흘렀을까, 유선호 장관이 나에게 조심스럽게 스마트폰을 건네주었다.

"직접 통화를 원하십니다."

나는 그가 건네주는 스마트폰을 받은 다음, 나지막한 목소리로 말했다.

"전화 받았습니다. 김시우입니다."

―유선호 장관으로부터 간략한 보고는 받았습니다. 오히려 저희 쪽에서 부탁하고 싶은 일입니다. 김시우 교황님, 필요하신 걸 말씀해 주십시오. 무엇이든 제공해 드리겠습니다.

최근 들어 서 대통령이 북진 정책에 온 신경을 쏟고 있다고 했던가.

그의 목소리에서는 평소 들었던 여유로움이 다소 사라져 있었다.

그 어느 때보다 심각한 목소리.

심지어 동북아 교류전으로 인해 한창 정신없었을 때보다도 훨씬 진지한 목소리였다.

나는 그런 대통령을 향해 조심스럽게 말을 이어 나갔다.

"함흥까지 육로로 이동하는 것은 현재로서는 불가능합니다. 수송용 헬기를 지원받고 싶습니다. 넉넉하게 150명 정도가 탑승할 수 있었으면 합니다."

─알겠습니다. 곧바로 편성을 시작하도록 하겠습니다. 그리 오래 걸리지는 않을 겁니다.

서 대통령은 몇 번이고 장담을 하면서 전화를 끊었고, 나는 스마트폰을 유선호 장관에게 돌려주었다.

"대통령님이 가장 급하신데요?"

"대통령님의 북진 계획 중에서 가장 우선순위에 두셨던 게 생존자 수색이었습니다. 그만큼 중요하게 생각하시는 일이란 뜻이지요. 아까 저도 말씀드렸다시피, 그들도 대한민국의 국민이기 때문입니다."

"신념, 뭐 그런 걸까요."

"신념이 아닙니다. 반드시 지켜야만 하는 의무이자 책임입니다."

단호한 유선호 장관의 대답을 들으며 나는 다시 한번 천천히 고개를 끄덕였다.

이렇게 해서 전화 한 통화로 협조 요청은 끝.

이제 남은 건 그들이 제공해 주는 수송 헬기들을 이용해서 생존자들을 구하는 일뿐이었다.

나는 손가락으로 책상을 두드렸다.

그리고 그 모습을 지켜보고 있던 유선호 장관이 나에게 한 가지 질문을 던졌다.

"혹, 작전 이름을 따로 생각해 두셨습니까? 아무래도 군용 자산들이 동원되는 일이라, 추후 작전에 대한 보고서가 작성될 수도 있습니다."

"이름이라……."

사람들만 구해 오는 건데, 거창한 작전명이 필요하겠어?

"구원, 이 정도면 될 것 같네요."

"……좋군요."

작전명 구원.

대한민국 역사상 잃어버린 땅에서 처음으로 펼쳐지는, 역사적인 군사작전의 이름이었다.

그렇게 1시간 후.

모든 준비가 끝났다.

✼

이곳은 강원도에 위치한 어느 항공 대대.

"하루에 두 탕이나 뛰어야 한다니. 이제 막 베스랑 친해지려던 참이었는데…… 아쉽다."

"초과근무 수당 지급해 주면 되잖아."

"아무리 자본주의 사회라지만, 돈이 전부예요? 워라밸

은……."

"돈이 전부가 아니라면 그럼 오늘부터 무급 봉사 할래? 신
앙심도 투철해지니 좋고, 리멘을 향한 신앙심을……."

"에이, 장난인 거 아시면서."

확실히 헬기가 빠르긴 빨랐다.

육로를 이용했을 때 몇 시간은 걸릴 위치를 눈 깜짝할 사
이에 이동하는 걸 보면 말이다.

"나중에 교단에서 사용할 헬기 하나 마련해야겠다."

"그건 나한테 맡겨라, 시우. 본국에 말해서 저렴한 가격으
로 인수할 수 있게 해 주겠다."

"야만인이 무기 브로커까지?"

"브로커라니. 나는 수수료를 받지 않는다."

에이든은 불쾌하다는 듯이 표정을 찡그리면서 대답했다.

나는 그런 에이든의 전신을 훑은 다음, 한숨을 내쉬면서
말했다.

"여태까지는 옷 잘 입고 다니더만, 오늘은 왜 네이키드 모
드냐?"

"지구의 섬유로는 내 거친 투기를 견뎌 낼 수 없거든. 저
쪽 세계에서 입고 넘어온 바지와 속옷을 제외하고서는 어차
피 무용지물이야."

"그렇다고 옷을 벗고 다니냐. 다른 사람 눈 좀 생각해 달
라고."

"내 근육은 한 편의 예술 작품이나 마찬가지다, 시우. 이런 예술 작품을 나 혼자만 보기에는 좀 아깝다는 생각은 안드나?"

"그냥 죽어."

"내 근육이 죽이는 근육이긴 하지. 칭찬 고맙다."

처음 만났을 때 성창으로 저 주둥이부터 날려 버렸어야 했는데, 자꾸 후회가 든다.

그래도 전투력 하나만큼은 든든한 놈이었으니, 피해를 최소화하기 위해서는 어쩔 수 없다.

이레귤러가 무려 둘이나 투입되는 작전.

어지간한 국가 하나쯤은 멸망할 수 있는 전력이었지만, 언제나 전력은 강할수록 좋다.

우리 쪽이 강해야만 각종 변수에 대응하기 수월하니까 말이다.

"하여간에 헬기를 구매할 생각이면 꼭 말해라. 군용 헬기도 얼마든지 판매해 주지."

"너희 상부 허락 받아야 하는 건 아니고?"

"본국에서도 너와 거래를 틀 수 있다면 남는 장사라고 생각하지 않을까?"

"그렇단 말이지."

나중에 교단 재정 넉넉해지면 미사일 같은 무기도 사 버려야지.

미사일에 축성하는 것에 대해 진지하게 관심이 있으니 말이다.

나는 가볍게 고개를 끄덕인 다음, 이륙 대기 중인 헬기들을 바라보았다.

아까 탑승했던 블랙호크와는 구조부터가 다른 수송용 헬기.

전쟁 영화 같은 곳에서 곧잘 볼 수 있는, 우리에게는 '치누크 헬기'로 익숙한 바로 그 헬기였다.

"한국 측에서 두 대, 미군 측에서 두 대. 총 네 대가 이번 작전에 투입된다."

"같은 종류의 헬기라도 개량에 따라서 생김새가 조금씩 다르다고 들었는데, 아예 똑같은 것 같다?"

"한국 측이 보유한 치누크 개량형은 한 달 전에 우리가 판매한 헬기다. 북진을 위해 구매한 것으로 알고 있다. 당연히 우리 것과 같을 수밖에 없지."

에이든은 준비했다는 듯이 유창하게 이야기를 늘어놓았고, 나는 그런 에이든을 향해서 넌지시 물었다.

"너는 도대체 모르는 게 뭐냐?"

"시우, 네 마음만큼은 도통 모르겠다. 알 수만 있다면 참 좋았을 텐데…… 아, 그리고 다음 달쯤 본국에서 이레귤러 한 명이 추가로 방문할 예정이다. 엠마 밀러 여사님이 잘 지내시는지 확인한다는 명분이긴 하다만, 아무래도 진짜 목적은……."

"나겠네."

"그렇지."

"그런데 그걸 왜 당사자한테 전해 주냐? 너 미국인 아니
야?"

내 질문에 에이든은 나를 바라보며 징그럽게 미소를 지었
다.

"나는 미국인이기 전에 네 친구다. 그리고 나는 의리와 우
정을 그 어떤 가치보다 중요하게 생각해."

그 어떤 사람들보다 정치적인 이놈이 아무런 의미 없이 이
럴 리는 없을 테고.

나는 에이든을 빤히 쳐다보았다.

무슨 생각을 하고 있는지는 잘 모르겠다만, 시커먼 꿍꿍이
는 느껴지지 않는다. 그리고 에이든은 처음 만났을 때보다
독기가 상당히 빠져 있는 상태기도 했다.

그때는 뭔가 위태위태한 느낌이 있었지만, 요새는 뭔가 부
드러워졌다고 해야 하나?

"내가 너 주시하고 있다."

"걱정하지 마라, 시우. 네가 걱정할 만한 짓은 안 한다."

문득 지난번에 할머니가 나에게 해 줬던 이야기가 떠오른
다.

―에이든, 그 녀석이 알고 보니까 참 불쌍한 녀석이더라. 시우야, 잘 좀 챙겨 줘라. 세상에 아무리 사연 없는 사람 없다지만…… 그 녀석에 비하면 우린 행복한 거야. 알겠지?

언젠가는 이 녀석의 사연도 듣는 날이 오겠지.

아무튼 그렇게 해서 작전에 투입될 병력은 모두 모였다.

병력이라고 해 봤자 아까 백두산으로 향했던 전력에 오준우 씨와 에이든을 더한 게 전부였지만 말이다.

에이든은 일제히 이륙을 준비하고 있는 헬기를 슬쩍 바라보았다.

"작전 계획은 어떻게 되지? 리멘 교단의 신성석을 통해서 헬기의 방호력을 극대화시킨다는 것까지는 들었는데 말이야."

나는 에이든의 질문에 어깨를 으쓱였다.

그리고 당연하다는 듯이 대답했다.

"복잡하게 생각할 것 없잖아."

"음?"

"생존자들이 대강 어느 지역에 잡혀 있는지는 이미 들었으니까, 그 지역의 모든 몬스터들을 순식간에 쓸어버리면 돼. 녀석들이 정신 차리기 전에 싸그리 대가리 박살 내 버리면 끝. 어때, 간단하지?"

내 말을 들은 에이든은 충격을 받았는지 한 2분 정도 가만히 고개만 끄덕거렸다.

……왜지?

완벽한 작전인 것 같은데?

⚜

투두두두두두.

인원을 모두 태운 헬기는 곧바로 이륙했다.

시간은 어느덧 오후 5시. 겨울이라서 해가 빨리 지기 때문에, 우리의 목표는 해가 완전히 지기 전까지 생존자들을 모두 구출해서 복귀하는 것이었다.

확실히 블랙호크에 비해서 치누크의 소음은 굉장한 편이어서, 수송칸 내부를 신성력을 통해서 격리시키고 난 다음에야 조용해졌다.

"흐음."

나는 헬기의 수송석에 앉아서 건틀릿을 만지작거렸다. 그러자 그 모습을 긴장된 표정으로 지켜보고 있던 준우 씨가 한마디 건넸다.

"근래에 들어 너클이랑 건틀릿을 애용하시는 것 같습니다."

"성능이 아주 괜찮아요. 토비가 만들어 줘서 그런가…… 아, 준우 씨 토비한테 검도 한 자루 만들어 달라고 부탁했죠?"

"예, 토비 님께서 멋들어지게 한 놈 뽑아 주신다고 약속하셨습니다."

"기대하셔도 좋아요. 토비가 술을 좋아하기는 해도 제가 아는 대장장이들 중에선 최고거든요."

준우 씨는 내 말에 희미하게 웃으면서 고개를 끄덕였다.

내가 그를 부르는 호칭만 봐도 알 수 있듯이, 준우 씨는 리멘 교단에 성공적으로 녹아드는 중이었다.

신입 교육생들에게 실전 경험도 잘 전수해 주고 있어서 토비에게 준우 씨의 장비도 만들어 달라고 부탁했다.

에덴 최고의 대장장이가 만들어 주는 장비.

목숨을 한 번 구해 줄 수도 있는 장비를 만들어 주는 것만큼 헌터들에게 매력적인 복지가 어디에 있을까?

나는 준우 씨를 향해 미소를 지었다.

"그래도 선뜻 이번 작전에 참여해 주셔서 감사합니다."

"아닙니다. 리멘 교단의 일원으로서, 당연히 참여했어야 하는 작전입니다. 오히려 참여할 수 있게 해 주셔서 영광입니다."

"어휴, 말씀만으로도 감사합니다."

외부 인원들이 성공적으로 우리 교단의 식구가 되는 건 기뻐할 만한 일이다.

교단에서 일하는 사람들이 꼭 투철한 신앙심으로 무장한 신도들일 필요는 없다.

현재, 라파르트 대주교에게 경영학을 가르쳐 주면서 교단의 경영 자문을 맡고 있는 박지원 씨만 해도 그렇다.

능력이 있으면 도움을 받는 관계.

에덴에서도 마찬가지였지.

우리 교단이 의외로 그런 부분에 있어서 만큼은 관대했으니 말이다.

그렇게 이야기를 주고받으며 적당히 분위기를 푼 준우 씨가 웃음을 지으면서 나에게 물었다.

"그런데 교황님. 지난번 교류전에서는 너클을 사용하셨다고 들었는데, 오늘은 건틀릿인 이유가 따로 있습니까?"

"물론이죠. 사실, 아주 중요한 디테일이 들어가 있습니다."

"중요한 디테일이요?"

나는 건틀릿을 가볍게 흔들어 주면서 씨익 입꼬리를 올렸다.

"적당히 몇 놈만 손봐 주면 될 때에는 너클. 싸그리 박살 내야 할 때는 건틀릿. 어때요, 이해하기 참 쉽죠?"

"……그게 어떤 차이가…….."

"봐 봐요. 너클을 끼고 몬스터 대가리를 부수면 뇌수에다가 피가 손에 잔뜩 묻습니다. 하지만 건틀릿을 끼면? 굉장히 깔끔한 처리가 가능하죠. 성화로 건틀릿에 묻은 피를 증발시키면 되니까요."

사실, 이건 아주 중요한 요소였다.

수많은 적을 얼마나 깔끔하게 정리할 수 있느냐, 이것은 내가 에덴에서의 10년 동안 가장 중요하게 생각했었던 부분이었다.

왜냐하면 매 전투가 끝날 때마다 피를 뒤집어쓰는 경험이 굉장히 불쾌했었기 때문이다.

그러나 내 친절한 설명의 어딘가가 이상했는지, 방금 전까지만 해도 가볍게 미소 짓고 있던 준우 씨의 몸이 얼어붙었다.

표정까지 새하얗게 질린 것이, 뭔가에 두려움을 느끼는 듯 보였다.

"준우 씨?"

"예…… 예?"

"혹시 멀미하세요? 안색이 급격히 안 좋아지시길래."

"……방금 헬기가 흔들려서 그런가 봅니다."

"이상하다."

최상급 신성석으로 신성 결계를 쳐 둬서 바람에 흔들릴 일은 없는데 말이지.

아무래도 잃어버린 땅을 헬기로 통과한다는 부담감이 그의 어깨를 짓누르고 있는 듯하다.

나는 손가락으로 볼을 살짝 긁적였다.

그리고 넉살 좋게 말을 이어 갔다.

"하여간에 이번 작전은 편하게 소풍 나왔다고 생각하십쇼. 큰 어려움은 없을 겁니다."

우리의 상대로 추정되는 다크 엘프들은 분명히 위험한 이종족 중 하나다.

실제로 에덴에서는 다크 엘프들에 의해 전멸한 부대도 심심찮게 찾아볼 수 있었으니까.

녀석들만의 주무기인 독을 이용한 독안개라든가, 독을 이용한 흑마법이라든가.

다크 엘프는 대량 살상 능력 하나만큼은 인정해 줄 만한 종족이다.

하지만 딱 그게 전부.

마력이나 신성력을 개화하지 못한 자들에게만 치명적일 뿐, 어느 정도 경지에 오른 자들에게는 형편없이 털리는 놈들일 뿐이다.

"게다가 상성도 좋습니다. 출발 전에 지급해 드린 목걸이 있죠?"

"예. 지금도 착용하고 있습니다."

"그것만 있으면 주위의 독은 정화됩니다. 일종의 방독면이라고 생각하세요."

적어도 독에 중독돼서 피해를 입는 경우는 없을 것이다.

내가 그렇게 준우 씨를 상대로 다크 엘프와의 전투에서 조심해야 할 점을 알려 주고 있을 때쯤, 착용하고 있던 헤드셋을 통해서 에이든의 목소리가 들려왔다.

-시우, 잘 들리나?

"어, 말해."

-목표 지점에 거의 도달했다. 하지만 착륙할 장소가 마땅치 않은 것 같은데, 이럴 때의 계획은 따로 세워 뒀나? 공수 훈련은 따로 안 되어 있는 걸로 안다.

착륙할 곳이 마땅치 않다라.

확실히 아까 전에 정찰할 때도 그렇긴 했다. 다크 엘프 놈들이 직접 조성한 것이 분명한 검은색 삼림들로 이 일대가 가득 찼기 때문이다.

마기에 오염된 나무들은 그 자체만으로 다크 엘프들의 거주지이자 훌륭한 은신처.

나는 헤드셋 너머의 에이든을 향해 곧바로 대답했다.

"착륙 지점만 확보하면 되는 거잖아."

-그렇다.

"이렇게 큰 헬기가 네 대나 착륙하려면 꽤 넓은 공터여야겠네."

-음, 오전에 이미 적합한 장소를 찾아 둔 건가? 다행이야. 파일럿들에게 빨리 장소를 전달해 줘라.

"아, 따로 찾아 두지는 않았고, 지금부터 만들어야지."

-······만든다고?

"어. 1분만 기다려라."

—어떻게 만들…….

나는 에이든의 말을 가볍게 무시해 준 다음, 곧바로 헤드셋을 통해서 내가 타고 있는 헬기의 조종사에게 말했다.

"기장님. 들으셨죠? 여기 문 좀 개방해 주세요."

—낙하산은 잘 보시면 좌석 옆…….

"사실, 태어나서 낙하산 사용해 본 적이 없어서, 좀 불편하네요. 괜찮으니까 문 열어 주세요."

—예?

"정말로 괜찮아요. 열어 주시는 것으로 알게요."

기장에게까지 완벽하게 의사를 전달한 나는 곧바로 끼고 있던 헤드셋을 벗었다.

그리고 내 앞에서 나를 멀뚱멀뚱 바라보고 있는 준우 씨를 향해 미소를 지어 주었다.

"준우 씨도 여기서 잠시만 기다리고 계세요."

"낙하산, 낙하산은 챙기시는 것이……. 사용법도 생각보다 간단……."

"에이, 제가 맨몸으로 떨어지는 건 가속을 얻기 위해서인데, 낙하산이 있으면 그 맛이 안 살잖아요?"

위이이이이잉.

그래도 헬기 기장이 내 말은 잘 따라 주는지, 결국에는 뒷문을 열어 주었다.

헬기의 문이 열리자 검은색 잎의 나무들로 물든 지상의 모습이 고스란히 눈에 들어왔다.

다른 지역에 비해 유독 울창한 삼림.

나는 그 삼림을 쳐다보면서 건틀릿을 양손에 착용했다. 묵직한 감각이 느껴지는 것이, 착용감이 일품이었다.

이렇게 해서 준비는 끝.

이제는 강하의 시간이다.

"잠시 후에 뵙죠."

"교, 교황님?"

준우 씨에게 손을 흔들어 준 다음, 곧바로 문 밖으로 뛰어내렸다.

그러자 곧.

휘이이이이이잉!

거센 바람 소리가 귓가를 때려 댔다.

오늘은 구름 한 점 없이 맑은 날씨. 지상의 모든 것들이 한눈에 들어오기 시작했다.

나는 탁 트인 시야를 만끽하면서 빠르게 신성력을 끌어올렸다. 그리고 그 신성력들을 내 주위로 퍼뜨림으로써 두꺼운 보호막을 생성했다.

패시브 스킬 〈신성 보호 Lv. Max〉의 효과가 극대화됩니다.
신성력을 소비하여 곧 다가올 충격에 대비합니다!

어차피 지상에 있는 다크 엘프 놈들은 헬기로 인해서 우리의 존재를 알아차렸을 가능성이 높은 상황.

이럴 때 가장 효과적인 방법은 녀석들이 상황을 파악하기도 전에 크게 한 방 먹여 주는 것.

나는 양손의 건틀릿에 신성력을 우악스럽게 몰아넣었다.

우우우우우우웅!

건틀릿이 거칠게 진동하기 시작했고, 곧 건틀릿의 표면으로부터 새하얀 성화가 폭발하듯이 터져 나왔다.

성화는 순식간에 내 몸을 휘어 감았다. 그리고 나는 그 성화들을 온몸에 두른 채, 빠른 속도로 가까워지는 지상을 바라보면서 입꼬리를 슬쩍 올렸다.

"내 첫인사다, 이 시커먼 귀쟁이 놈들아."

잠시 후.

"슈퍼 히어로 랜딩."

콰아아아아아아아앙─!

착지한 내 몸을 중심으로 뻗어 나간 충격파가 엄청난 기세로 주위의 모든 것을 집어삼키기 시작했다.

✤

지상에 난데없는 운석이 떨어졌다.

에이든은 그렇게 생각했다.

"미친놈."

방금 전, 김시우가 보여 준 장면은 그가 지금껏 살아오면서 단 한 번도 본 적 없는 장면이었다.

지난번 일본의 야마타노오로치전 때도 헬기로 이동한 건 마찬가지였으나, 그때와는 고도부터가 달랐다.

낙하산 없이는 도무지 강하할 생각이 안 들 정도의 높은 고도.

그런데 저 미친 교황은 고도 따위는 안중에도 없는 듯, 맨몸으로 뛰어내린 것이다.

그 모습은 흡사 운석과도 같았다.

대기권을 돌파해서 들어온 운석이 아니라, 대기권 안쪽에서부터 생성된 운석.

영화나 드라마 속의 운석과 다른 점이라면, 이번 운석은 새하얀 불꽃으로 타올랐다는 점 정도일까.

─마치 아마겟돈 같습니다, 에이든 님. 이건…… 맙소사. 그냥 미사일 아닙니까? 심지어 마법도 아닌 것이…….

에이든이 탑승하고 있는 미군 헬기의 기장이 공포에 질린 목소리로 말했다.

산전수전 다 겪은 베테랑 기장에게조차 방금 김시우가 보여 준 장면은 충격적이었기 때문이다.

"기장, 시우가 가장 소름 끼치는 게 어떤 건지 아나?"

─……무엇입니까?

"저 녀석은 본인이 정상이라고 생각한다. 자신의 부하들은 미쳐 있고, 오로지 자신만이 그들을 컨트롤할 수 있는 정상인으로 생각하는 놈이야."

에이든은 그런 부분이 도무지 이해가 가지 않았다.

부하들보고 미쳐 있다고 투덜거리면서, 정작 자신은 '맨몸으로 수송 헬기에서 뛰어내리기', '스스로 운석이 되어 보기' 같은 미친 짓을 숨도 안 쉬고 해 버린다.

물론 리멘 교단에 속한 인원들 대부분이 어딘가 비정상적인 건 이미 증명된 사실이었으나, 에이든이 보기에는 김시우야말로 그중 가장 미친놈이었던 것이다.

"악질 중 악질이지. 원래 진짜 미친놈은 자기가 미친놈인 줄 몰라. 시우가 딱 그 꼴이야."

-에이든 님.

"왜?"

-그래서 에이든 님이 저 남자를 좋아하는 거 아닙니까?

에이든은 헤드셋을 통해 들려오는 기장의 말에 씨익 입꼬리를 올렸다.

"역시, 조종사들은 똑똑해."

-과찬이십니다.

"진심이다. 그나저나…… 시우의 말대로 안전한 착륙 지점은 확보된 것 같군."

나무들로만 가득했던 지상에는 거대한 크레이터 하나가

생성되어 있었다.

에이든은 그 크레이터가 아까 전에 시우가 말한 '착륙 지점'이란 걸 쉽게 깨달을 수 있었다.

"어때, 저곳에 착륙할 수는 있겠나?"

—예, 워낙 넓어서 큰 문제는 없을 듯합니다. 어지간한 군사기지보다도 넓은 것 같습니다.

기장의 대답을 들은 에이든은 헤드셋을 통해서 각 헬기에 명령을 내렸다.

"착륙 지점 확보. 전 기체 고도 낮춘 후, 1호기부터 차례대로 착륙을 시작할 것. 이상."

작전의 총지휘관인 시우가 먼저 내려간 이상, 그다음 순위의 지휘관은 자신이었다.

따라서 그는 빠르게 각 헬기에 명령을 하달했고, 그의 명령에 따라 김시우가 탑승해 있던 1호기부터 고도 하강을 시작했다.

"구원이라."

아까 전에 김시우가 그에게 말해 주었던 이 작전의 이름.

에이든은 그 작전의 이름을 입으로 되뇌면서 천천히 고개를 끄덕였다.

"좋아, 기장. 슬슬 우리도 착륙하지."

—알겠습니다.

"이따가는 손님들을 가득 채워 돌아갈 테니, 착륙하고 나서도 긴장하고 있으라고. 이왕 친구의 일을 도우러 왔으면 확실하게 처리해야 하지 않겠어?"

─물론입니다, 에이든 님. 착륙하자마자 다시 한번 기체를 점검하겠습니다. 그럼 고도 하강합니다.

"그래."

에이든은 기장의 말을 들으며 자신의 도끼 자루를 쓸어내렸다.

"오늘도 즐겁겠어."

김시우는 단 한 번도 그를 실망시킨 적이 없었으니까.

야만 전사는 만족스럽다는 듯이 미소를 지었다.

늦게 와서 미안합니다

완벽했다.

내가 착지하면서 만들어 낸 간이 착륙장이 말이다.

"훌륭해."

디테일을 굉장히 신경 썼다.

헬기들이 착륙해야 하는 장소니까 나름 수평도 신경을 썼고, 넓이도 신경을 썼다.

어쩌면 나는 건축 쪽으로도 재능이 있던 게 아닐까?

"네 기의 헬기 모두 문제없다. 최상급 신성석의 효과가 정말 대단해."

만족스러운 기분으로 착륙 지점을 둘러보고 있을 때쯤, 헬기에서 내린 에이든이 다가오면서 말했다.

"성능 확실하지. 방어적인 성능만큼은 마력과 비교할 수 없는 수준이야."

"그런 것 같아. 신성력이라는 것, 치유에만 유용한 줄 알았다. 본국에서 연구를 진행 중이라고만 들었거든."

"결국 신성력의 핵심은 생명을 지켜 내는 것이니까. 신성력이란 것이 원래 치유에 특화되어 있기는 하지만, 우리 교단의 신성력은 신성력 중에서도 아주 유별난 편이라서."

우리 교단의 핵심은 선제적인 방어다.

생명을 지키기 위해서, 생명을 위협하는 요소들을 선제적으로 제거하는 것.

최선의 방어는 공격이란 말이 있지 않은가?

딱 우리 교단을 두고 하는 말이다.

"신성석은 전투 방식의 혁신을 가져올지도 모른다. 비행형 몬스터들의 습격으로부터 자유로울 수 있다면, 현대의 이동 수단들을 효과적으로 사용할 수 있을 거다."

"마음에 들었나 봐?"

"헬기나 수송기를 이용하는 쪽이 뛰어가는 쪽보단 훨씬 효율적이지 않나?"

"그건 맞지."

에이든은 신성석의 성능에 크게 감탄한 듯 보였다.

아까 항공 대대에서 이륙하기 전, 나와 리멘 교단의 간부들은 네 기의 헬기에 전부 강력한 축성을 해 두었다. 거기에

우리 교황님좀
말려주세요

신전에서 미리 챙겨 온 최상급 신성석으로 각 헬기에 신성 결계까지 쳐 두었다.

현재 우리가 타고 온 치누크 헬기는 그야말로 움직이는 요새라고 부르기에 충분했다.

지대공미사일 같은 대공 무기로도 쉽게 격추할 수 없는 수준의 방어력을 보유한 상태.

우리만 타는 거면 몰라도, 이곳의 생존자들을 수습하여 데려와야 하기 때문에 아낌없이 최상급 신성석을 사용했다.

쓸데없는 내 전신상에도 최상급 신성석을 박아 넣는 마당에, 목숨이 걸린 일에 아낄 필요가 있겠어?

"착륙은 성공적이었으니, 곧바로 다음 단계로 넘어가야겠어. 시우, 다음 계획은 어떻게 되나?"

"이곳을 베이스캠프 삼아서 사방을 쑥대밭으로 만들어 버릴 거야. 다크 엘프는 보이는 족족 잡아 죽여, 에이든. 그놈들은 애초에 협상이 불가능한 족속들이거든."

"……한 교단의 교황이 세운 작전이라기에는 너무 과격해. 정말 그게 맞나?"

"인간을 심심풀이로 죽이고, 인간의 신체로 실험까지 하는 놈들에게 인권을 묻고 싶은 건 아니겠지?"

애초에 갱생의 여지조차 없는 놈들이다.

엘프들이 마기에 타락해서 탄생하게 된 종족, 다크 엘프. 마기에 근원들 둔 녀석들은 마족이나 다름없는 종족이었다.

욕망을 비롯한 온갖 부정적인 감정에서 비롯된 마기는 본성을 오염시킨다.

　나는 이미 에덴에서 녀석들을 수도 없이 경험해 봤다. 다크 엘프들의 마기를 정화해 보려고 했던 적도 있었는데, 정말 부질없더라.

　"어차피 마기를 정화시키면 죽는 놈들이라서."

　녀석들에게 있어서 마기는 생명 줄이나 다름없었다.

　마기를 잃은 다크 엘프는 죽는다.

　그렇기 때문에 굳이 정화를 할 필요가 없다. 그냥 제거하는 게 최선의 방법일 뿐이었다.

　"녀석들을 죽이는 것에 대해 의문을 가지고 있던 건 아니다. 단지 생존자들을 어떻게 수색할 생각인지가 궁금했을 뿐이다."

　에이든은 오른손에 들고 있던 도끼로 자신의 등을 긁으면서 고개를 끄덕거렸다.

　"일일이 수색하기에는 상당히 넓은데 말이지. 그리고 이곳을 지킬 인원들도 따로 편성해야지 않겠어?"

　"그러려고 마법사들 데려왔잖아. 강채아 씨? 설화야?"

　나는 저 멀리에서 가볍게 이야기를 나누고 있는 강채아와 설화를 불렀다. 그러자 그녀들은 천천히 이쪽으로 다가왔다.

　강채아는 현재 대한민국 최고의 마법사라고 평가받는 인재였고, 설화 같은 경우는 내 계획에 굉장히 적합한 능력을 보유하고 있었다.

특히 설화의 능력.

"불렀어, 오빠?"

"아까 이륙하기 전에 말해 줬지? 미국 쪽에서 최상급 마정석 챙겨 왔으니까, 그거 이용해서 단단하게 얼음 성채 하나 만들어 봐."

지난번에 던전에서 내가 감탄한 적 있는, 설화의 특별한 진지 구축 능력은 이번 작전에서 아주 큰 도움이 되어 줄 것이다.

"최상급 신성석을 제공해 주는 대가로 받아온 마정석이니까, 알아서 사용해. 아, 그리고."

나는 설화의 귓가에 입을 가져간 다음, 아주 작은 목소리로 말했다.

"적당히 쓰고, 남는 건 너 해라."

"……이거 엄청 비싼 건데? 돈 주고도 못……."

"괜찮아. 마법사들한테 마정석은 성장의 기폭제가 되어 준다면서? 너도 성장해야지. 그래야……."

"……그래야?"

뭔가 기대감이 담겨 있는 듯한 설화의 목소리.

그 목소리에 나는 한층 더 은근하게 속삭였다.

"내가 널 더 알차게 부려 먹지 않겠니? 후후. 무럭무럭 성장해라, 설화야."

재능 하나만큼은 확실한 설화다.

설화가 계속해서 성장해 줘야 나중에 도움받을 만한 일이 생기지 않겠어?

마법만이 해결할 수 있는 영역도 분명 존재하니까 말이야.

하지만 내 말이 어딘가 불만스러웠는지, 설화는 한숨을 내쉬면서 고개를 끄덕였다.

"그럼 그렇지."

"왜?"

"아냐, 됐어. 그런데 오빠. 내 마법만으로 가능할까?"

"문제없어. 어차피 네 마법은 이차 방어선인 거고, 일차 방어선은 저 헬기들이야. 정확히는 저 헬기에 박혀 있는 네 개의 최상급 신성석으로 설치한 대형 신성 결계지."

이곳까지 우리를 안전하게 수송해 준 헬기들이, 이번에는 결계의 구심점이 되어 주는 셈이다.

내가 착륙하면서 생겨난 넓은 분지.

이 위를 신성 결계를 덮음으로써 일종의 벙커를 형성시켰다.

여기에 최상급 마정석을 이용한 설화의 마법이 더해진다면 더할 나위 없이 완벽한 방어선이 구축되는 것이다.

"급조된 계획치고는 꽤 완벽하지 않냐, 에이든."

"음, 방어 계획은 그렇다고 치고. 생존자 수색은 어떻게 할 계획인 거냐. 지금 당장 생존자들이 어디에 있는지도 모르잖아."

"그것도 다 계획이 있지. 저기, 애들 오네."

나는 손가락으로 한쪽을 가리켰고, 에이든은 내가 가리키는 곳을 바라보았다.

그리고 잠시 후.

에이든이 어이가 없다는 듯이 중얼거렸다.

"저게 계획인가?"

"아주 훌륭한 계획이지?"

저 멀리서 이쪽을 향해 달려오고 있는 루나와 레오.

그들의 양쪽 손에는 검은색 피부의 이종족들이 하나씩 들려 있었다.

"정보가 없으면, 직접 정보를 뽑아내면 되는 거야."

"이제는 놀랍지도 않아, 시우. 너는 내가 알고 있는 놈들 중 최고다."

"칭찬 고맙다."

"최고로 미쳐 있다는 소리야. 정말 대단해. 대부족을 이끌었던 나조차도 감복시킬 정도로군. 그래, 복잡할 게 생각할 것 없지. 적을 잡아서 정보를 뜯어내면 되니까! 크흐흐, 중요한 걸 일깨워 줘서 고맙다."

칭찬인 듯하지만 칭찬이 아닌, 그런 기분 나쁜 칭찬.

우리 할머니랑 같이 있어서 그런가, 반어법도 일취월장하고 있다.

나는 탐탁지 않은 표정으로 에이든을 째려본 다음, 어느새 우리 앞에 도착한 레오와 루나를 바라보았다.

둘은 내 앞에다가 정신을 잃은 다크 엘프들을 내려놓았다.

"다녀왔습니다, 성하."

"예상했던 대로 정찰병들이 바로 있더라구요. 어렵지 않게 잡아 왔어요."

"어, 그래. 고생 많았다. 얘네 말고는 더 없었어?"

내 질문에 루나가 고개를 끄덕였다.

"네. 주위 슬쩍 둘러봤는데 얘네가 전부예요. 가서 더 잡아 와 볼까요?"

"그렇게까지 할 필요 있겠어."

나는 그렇게 말하며 천천히 다크 엘프들에게 다가갔다.

덜덜덜.

잡혀 오는 과정에서 지옥이라도 경험한 걸까, 포악하기로 유명한 다크 엘프들이 일제히 몸을 떨고 있었다.

이해하기 힘든 반응은 아니었다.

아무리 마기에 물든 다크 엘프라고 한들, 목숨이 붙어 있는 이상 생존 본능이란 게 있다.

하다못해 이 녀석들보다 훨씬 멍청한 오크들의 경우만 봐도 그랬다.

오크들조차 지난번 몬스터 웨이브 때 대군주를 잃고 나서 북쪽으로 꽁지가 빠지게 달아났는데, 녀석들보다 훨씬 영악한 다크 엘프들은 어떻겠어.

"적어도 너희는 그 돼지 대가리들보다는 말이 잘 통할 거 잖아. 내가 기대해도 괜찮지, 얘들아?"

나는 다크 엘프들을 향해 조용히 말했다.

〈언어의 축복〉으로 인하여 내 뜻은 정확하게 녀석들에게 전달된다.

악마들하고도 이야기를 나눌 수 있을 정도인데, 다크 엘프 들에게 적용이 안 될 리가 있나.

"내가 묻는 거에만 순순히 답해 주면 험한 꼴은 안 보게 해 줄게. 믿어도 좋아. 내 말이 무슨 뜻인지 다들 알아들었지?"

성화에 의해 산 채로 불타 죽어 가는 것보다야, 한 방에 깔 끔하게 죽는 쪽이 훨씬 행복한 최후 아니겠어?

나는 은근한 목소리로 녀석들에게서 정보를 캐내기 시작 했다.

"자, 진실의 방으로."

내 오른손에 착용되어 있던 건틀릿에서 새하얀 성화가 넘 실거리고 있었다.

꽈아아아아아아아아아앙-!

'……으음?'

거목의 뿌리 부근에 만들어진, 축축하면서도 불쾌한 작은 토굴.

이은택은 갑작스럽게 울려 퍼진 굉음에 힘겹게 눈을 떴다.

그의 입에는 재갈과 비스무리한 도구가 물려 있었기에 소리조차 제대로 낼 수 없었다.

"으으으으."

잔뜩 부르튼 그의 입술 사이로 나지막하게 비명이 새어 나왔다.

전날 다크 엘프들에 의해 주입받은 독이 완벽하게 해독되지 않아, 신체 곳곳을 갉아 먹히고 있었기 때문이다.

죽지 못해 사는 삶.

아니, 차라리 누군가 와서 죽여 주기를 바라는 삶.

그것이 이은택 그를 비롯해서 다크 엘프들에게 포획된 인간들에게 허락된 유일한 삶이었다.

이은택은 힘들게 몸을 일으켜서 주위를 둘러보았다.

이곳 토굴에 잡혀 있는 생존자의 숫자는 총 열둘.

원래는 열다섯이었지만 지난달에 셋이나 줄었다. 잡혀 있던 생존자들 일부가 감시망이 소홀해진 틈을 타서 스스로 목숨을 끊었기 때문이다.

그 이후로 생존자들에 대한 감시가 더 심해졌지만, 이은택은 스스로 목숨을 끊은 그들을 탓할 수 없었다.

'······죽는 게 맞지. 살아 있어 봐야······.'

한때 북조선 인민공화국이라고 불렸던 그의 조국은 이미 붕괴한 지 오래였다.

더 이상 이 땅 위에는 인간이 세운 국가란 없었다.

이계에서 넘어온 괴물들과 그들이 세운 질서만이 자리 잡고 있을 뿐.

이은택은 문득 3년 전의 일을 떠올렸다.

이 부근에 살아남은 생존자들이 뭉쳐 있던 작은 공동체.

외부와 연락을 취할 수는 없었지만, 새로운 능력을 각성한 인원들 덕분에 그래도 초기 2년간은 버틸 수 있었다.

하지만 그것도 잠시.

갑작스럽게 이 부근에 등장한 다크 엘프들에 의해 공동체가 허무하리만큼 쉽게 무너져 내렸고, 남녀노소를 가리지 않는 대학살극이 펼쳐졌다.

그리고 이은택은 그 학살극에서 살아남은 몇 안 되는 생존자 중 하나였다.

'……죽는 것이 옳았다.'

죽었다면, 정말로 그때 죽었다면.

지금처럼 온몸의 힘줄과 성대가 끊긴 상태로, 실험실 속의 쥐가 되는 신세만큼은 면했을 텐데.

패시브 스킬 〈불굴의 정신 Lv. 17〉이 당신의 정신이 무너져 내리는 것을 막습니다.

아무것도 느끼지 못하는 백치라도 되었으면 차라리 낫지 않았을까, 하는 생각을 골백번이고 했다.

이은택은 자신의 눈앞에 떠오른 메시지 창을 바라보면서 몸을 부르르 떨었다.

이 끔찍한 지옥 속에서 이미 대부분의 생존자들은 정신이 무너져 내렸다.

하지만 자신은 항상 맨정신으로 고통을 감내해야 했으며, 동료들이 망가져 가는 꼴을 보아야만 했다.

세상에 이런 지옥이 어디에 있을까.

전생에 무슨 죄를 지어야만 이런 지옥에 굴러떨어지는 걸까.

콰아아아아아아앙!

이은택은 다시 한번 들려오는 굉음에 몸을 떨었다. 이번에는 굉음뿐만이 아니었다.

토굴 전체가 뒤흔들리는, 마치 지진이라도 일어난 듯한 흔들림까지.

그렇게 몇 분이나 기현상이 계속되었을까?

"OOO-!"

그가 있던 토굴 앞이 소란스러워지기 시작하더니 곧 다크 엘프들이 토굴 안으로 들어섰다.

그들의 복장은 평소와는 달랐다.

평소에 그들이 즐겨 입던 가죽옷이 아니라, 금속제로 된 갑옷을 착용하고 있던 것이다.

토굴 내로 들어선 다크 엘프들은 무기를 꺼내 든 채로 재빠르게 토굴 내의 생존자들에게 다가섰다.

당장에라도 생존자들의 목숨을 끊을 기세였다.

'……드디어.'

이은택은 자신을 향해 다가오는 다크 엘프 한 명을 바라보면서 눈을 감았다.

이유는 모르겠지만, 드디어 자신들의 목숨을 끊어 줄 생각인 듯했다.

하지만 잠시 후.

콰지지지직-!

그의 귓가에 무언갈 써는 소리가 아닌, 섬뜩한 파골음이 들려왔다.

이은택은 다시 눈을 떴다.

그러자 그의 눈앞에 믿기지 않는 장면이 펼쳐졌다.

한 남자가 서 있었다.

그는 새하얀 불꽃으로 어두운 토굴을 밝히고 있었으며, 그의 곁에는 대가리가 뭉개진 다크 엘프들이 널려 있었다.

코끝을 쉴 새 없이 찔러 대는 비릿한 혈향이, 지금 이것이 꿈이 아니란 것을 증명하고 있었다.

남자는 천천히 이은택을 향해 다가왔다.

"제가 보이십니까?"

남조선의 말투로 건네진 질문에, 이은택은 격렬하게 고개를 끄덕였다.

　남자는 그런 이은택을 향해 잠시 한쪽 무릎을 꿇었다. 그리고 정중하게 고개를 숙이며 말했다.

　"늦게 와서 미안합니다."

　"아아아. 아아아아아아아."

　이은택의 볼을 타고 눈물이 흘러내렸다.

　절망 속에서의 구원이었다.

❧

　"짐승만도 못한…… 아니지, 그렇게 말하면 짐승한테 미안하지. 적어도 짐승 놈들은 이딴 짓은 안 해."

　나는 내 앞에서 혼절한 남자를 비롯해서, 토굴 안에 있던 생존자들을 바라보면서 눈살을 찌푸렸다.

　그들의 상태는 차마 눈으로 보기 힘든 정도였다

　신체가 썩어 들어가고 있는 사람들은 물론이거니와, 그들의 목에는 비슷하게 생긴 상처가 하나씩 자리 잡고 있었다.

　그 상처의 정체는 굳이 자세히 확인하지 않더라도 알 수 있었다.

　"하나같이 성대를 끊어 뒀네. 맞지?"

　내 질문에 내 앞에서 떨고 있던 다크 엘프가 고개를 끄덕였다.

"포로들을…… 포로들을 관리하기 쉽게……."

"이유는 안 물어봤어. 너희 같은 새끼들이 하는 짓이 뻔하지. 그래도 너희는 이유라도 있구나. 에덴에서는 심심풀이로 인간들을 죽이고 다녔는데 말이야. 에덴 출신 다크 엘프들이 아니라서 그런가?"

레오와 루나가 잡아 온 이 정찰병 녀석들은 기껏해야 피라미에 불과한 놈들이었다.

그래서 그런가, 가지고 있는 정보가 그리 많지 않았다. 녀석들로부터 제공받은 정보 중에서 그나마 쓸 만했던 건 이 녀석들이 원래 있던 세계.

이 녀석들은 내가 알고 있는 다크 엘프들과는 다르게, '다인'이라는 이름의 세계에서 넘어왔다고 한다.

에덴의 인간들과 지구의 인간들은 이렇게나 다른데, 어째 다크 엘프 놈들은 어떤 세계 출신이든 비슷한 것 같다.

"쯧."

나는 토굴 바닥에 널부러진 다크 엘프들의 시체를 바라보면서 눈살을 찌푸렸다.

스르르륵-.

생명을 잃자 녀석들의 몸에서 빠져나온 마기가 사방으로 꿈틀거렸다.

마치 새로 기생할 대상을 찾으려는 듯한 모습이었다.

"그렇게는 안 돼."

화르륵.

나는 성화를 통해서 마기들을 싸그리 불태워 버린 다음, 무릎을 꿇고 있는 다크 엘프를 바라보았다.

"제공해 준 정보는 쓸모 있었다. 인정해 줄게."

그러자 다크 엘프가 나를 간절한 눈빛으로 바라보았다.

흑요석을 닮은 녀석의 눈동자가 흔들렸다.

"그렇습니까? 그렇다면 목숨만은……."

"아, 그렇지. 목숨만은 깨끗하게 끊어 줄게."

다크 엘프는 내 즉각적인 대답을 듣자마자 무릎 꿇은 자세 그대로 얼어붙었다.

그리고 곧 녀석의 입에서 잔뜩 떨리는 목소리가 흘러나왔다.

"분명 아까…… 험한 꼴은 안 보게……."

"아, 그거? 내가 험한 꼴은 안 보게 해 준댔지, 살려 준다고 했었나?"

"제, 제발!"

"걱정하지 마."

콰직- 털썩.

대가리가 터져 나간 다크 엘프의 몸뚱어리가 바닥에 쓰러졌다. 나를 이곳까지 데려와 준 놈이라서 특별히 깔끔하게 목숨을 끊어 줬다.

나는 건틀릿에 묻은 피를 성화로 태우면서 고개를 끄덕였다.

"고통 없이 갔으니 이 정도면 호상이지."

불에 타 죽는 고통은 생명체가 겪을 수 있는 고통 중에 가장 끔찍한 수준에 속한다.

특히, 마기를 보유한 놈들이 성화에 불타 죽는 것은 더더욱 그렇다.

성화는 마기에 물든 신체만 불태우는 게 아니다.

마기로 오염된 영혼까지 하나도 남김없이 태워 버린다.

신체와 영혼이 동시에 불타면서 오는 끔찍한 고통은 그 어떤 존재도 견딜 수 없었다.

그런 고통을 겪지 않고 한 방에 죽는다면, 그것이야말로 호상 아니겠어?

내 딴에는 성실하게 정보를 제공한 이 녀석에게 나름의 배려를 해 준 셈이다.

나는 힘없이 쓰러진 다크 엘프의 시체를 슬쩍 쳐다본 다음, 가볍게 손을 흔들었다.

그러자 건틀릿에서 피어오른 성화가 빠른 속도로 녀석의 시체를 비롯하여 토굴 안에 있는 다른 다크 엘프들의 시체도 집어삼켰다.

성화에 의해 시체들이 잿더미가 되어 버리는 건 정말 순식간의 일이었다.

그렇게 깔끔하게 현장을 정리한 나는 곧바로 정신을 잃은 생존자들에게로 다가갔다.

이 난리가 났음에도 대부분의 생존자들은 눈조차 뜨지 못했다. 방금 전에 나를 바라보았던 남자 한 명을 제외하고서는 말이다.

"미안합니다, 다들."

내가 조금이라도 빨리 이곳에 도착했다면 상황은 조금 더 괜찮아지지 않았을까.

그 생각을 하니 자꾸만 입맛이 썼다.

하지만 아직 구해야 할 생존자들이 많았기 때문에 계속 후회하고 있을 수는 없었다.

나는 작게 고개를 끄덕인 다음, 주머니에서 엄지손가락 크기의 최상급 신성석을 꺼냈다. 그리고 곧바로 신성석을 땅에 박았다.

우우우우웅-.

신성석에서 뿜어져 나온 신성력이 빠르게 이 토굴 전체를 가득 메웠고, 곧 생존자들의 몸속으로도 파고들었다.

마기를 정화하고 신체의 회복력을 극대화시키는 힘.

저들에게 지금 당장 필요한 건 회복이었으니까.

액티브 스킬 〈신성 결계 Lv. Max〉를 시전합니다.

최상급 신성석을 중심으로 신성 결계까지 쳐 두었으니, 내가 상황을 정리하고 돌아올 때까지는 안전할 것이다.

다크 엘프 정찰병으로부터 뽑아낸 정보에는 이곳에 자리잡은 다크 엘프 부족의 중심지에 대한 정보까지 있었다.

가장 많은 생존자가 잡혀 있는 곳.

오는 길에 보이는 다크 엘프란 다크 엘프들은 싸그리 목숨을 끊어 뒀기 때문에, 녀석들은 아마 지금도 상황을 파악하는 중이겠지.

녀석들이 상황을 파악하기도 전에 몰아붙여야만 했다.

그래야 불필요한 희생이 줄어들 테니까 말이다.

그렇게 내가 토굴에서 나가려던 찰나.

"고맙습니다. 고맙습니다."

방금 전에 기절했던 남자가 금세 정신을 차리며 나에게 말했다.

성대를 오랜만에 사용하는 것인지 그의 목소리 끝이 갈라졌다. 그는 각성자인 모양인지, 신성력을 통한 회복이 무척이나 빨랐다. 그래도 그 목소리에 담긴 진심만큼은 나에게 정확하게 전달되었다.

아무리 신성력이 그들의 회복을 돕고 있다고 한들, 곧바로 일어나기 위해선 엄청난 정신력이 필요하다.

그런 의미에서 저 남자의 정신력은 확실히 대단한 면이 있었다.

나는 나를 향해 눈물을 흘리는 그를 향해 슬며시 미소를 지어 주었다.

"이름이 뭡니까?"

"이은택…… 이은택입니다."

"이은택. 이름 좋네요. 이은택 씨. 아실지는 모르겠지만, 아직 제 일이 다 끝나지 않아서요. 이은택 씨가 이곳을 지켜 줄 수 있겠습니까?"

내 질문에 이은택은 힘겹게 자리에서 일어났다. 그리고 바닥에 나동그라져 있던 다크 엘프의 검을 손으로 잡은 다음, 비장한 표정으로 고개를 끄덕였다.

"예, 죽더라도 지키겠습니다."

사투리를 사용하고 있는 것인지, 그의 입모양과 내 머릿속에 들어오는 말이 살짝 다르다.

동북 방언이 굉장히 강하다는 이야기는 들었는데, 〈언어의 축복〉을 통해서 사투리까지 통역되고 있었다.

그러나 그의 진심만큼은 가감 없이 전해져 온다.

"이번에는…… 이번만큼은 반드시 지키겠습니다. 다시는 같은 실수를……."

"좋습니다, 이은택 씨. 그럼 이곳은 잠시 이은택 씨에게 맡기도록 하죠. 그리 오래 걸리지는 않을 겁니다."

나는 두 발로 일어선 이은택을 바라보았다.

힘이 없어 떨리는 다리, 제대로 챙겨 먹지 못해 피골이 상접한 체격. 하지만 고작 그런 것들로는 저 남자의 의지를 무너뜨리지 못했다.

그의 눈에서는 결연함이 엿보였다.

어떤 사연이 있는지는 모르겠으나, 그의 표정에서는 다시는 물러서지 않겠다는 의지가 전해져 왔다.

그의 사연은 상황이 끝난 후에 들어도 충분했다.

"잘 부탁드리겠습니다, 이은택 씨."

"저, 한 가지만…… 딱 한 가지만 여쭙고 싶습니다."

"음, 뭔가요?"

"은인의 이름. 이름을 듣고 싶습니다."

별난 사람이네.

어려운 질문도 아니었기에, 나는 순순히 그에게 내 이름을 알려 주었다.

"김시우. 부족하지만, 리멘 교단을 이끌고 있는 사람입니다."

"김시우…… 리멘 교단…… 말씀해 주셔서 감사합니다."

기분 탓일까.

어쩐지 앞으로도 이 남자와 자주 보게 될지도 모른다는 느낌이 들었다.

"금방 다시 봅시다."

나는 내 이름을 되뇌는 이은택을 바라보면서 다시 한번 미소를 지었다.

생존자들이 남아 있는 토굴을 신성 결계로 완벽하게 봉인시켜 둔 다음, 곧바로 앞으로 나아갔다.

더 이상 가이드는 필요 없었다.

다크 엘프들의 주 거주지에 대해서는 이미 파악이 끝났기 때문이다.

마기에 물든 나무들로 가득한 이 기괴한 삼림 속, 그중에서도 가장 강력한 마기를 뿜어내는 거대한 나무 한 그루.

다크 엘프 정찰병의 증언에 따르면 그곳이 다크 엘프들의 주 거주지라고 했다.

그리고 그 말은 한 치의 거짓 없는 진실이었다.

"아주 성대한 환영식이야. 마음에 들어."

나는 내 앞을 가로막은 나무와 가시덩굴을 바라보면서 한쪽 입꼬리를 올렸다.

누가 보더라도 인위적인 장애물.

사방을 가로막고 있는 나무들 사이에서는 이미 다크 엘프들이 독이 묻은 화살로 나를 조준하고 있었다.

하긴.

아까 전에 착지할 때도 그렇고, 우리가 숲을 아예 아작 내고 있으니 가만히 있는 게 더 이상한 거겠지.

그래도 눈치는 좀 있는 놈들인 것 같다.

"화살이 시위에서 떠나는 순간 끝인 건 아나 봐?"

나는 시위를 당긴 채로 팔을 떨고 있는 다크 엘프들을 향해 이죽거렸다.

다크 엘프들은 엘프들이 마기에 타락하면서 생겨난 종족이므로, 기본적으로 궁술에 조예가 깊다.

어쩌면 궁술만큼은 녀석들의 원류라고 할 수 있는 엘프들보다 우위에 있을 것이다.

정령을 자유자재로 사용하면서 전투를 벌이는 엘프들과는 달리, 정령으로부터 버림받은 다크 엘프들이 선택한 수단은 독.

그리고 그 독을 가장 효과적으로 사용할 수 있는 무기가 바로 저 화살이었으니 말이다.

"네놈들 성격에 바로 안 쏘는 걸 봐서는 뭔가 있네, 그렇지?"

나는 녀석들을 조롱하면서 천천히 앞으로 걸어갔다.

한 발자국, 두 발자국.

대놓고 걸어가는데도 다크 엘프들은 나를 공격하지 않았다.

동족 살해도 번번이 일어나는 놈들치고는 꽤 신중한 모습이었다.

그리고 나는 곧 그 신중함이 어디에서 왔는지 알게 되었다.

쿠드드드득.

내 앞을 가로막고 있던 나무와 가시덩굴이 빠른 속도로 좌우로 갈라졌고, 곧 그 안에서 한 다크 엘프가 걸어 나왔다.

한 눈에 봐도 계급이 높아 보이는 다크 엘프.

녀석은 금실로 치장된 로브를 입고 있었으며, 몸속에 꽤 방대한 양의 마기를 축적시켜 둔 상태였다.

"이리 귀한 손님이 오실 줄은 몰랐습니다. 저는 이곳의 일족을 이끄는 장로……."

"이름은 안 궁금하고, 용건이나 말해. 10초 준다."

"인간 포로들을 넘겨드리겠습니다. 그것들을 구하러 이곳까지 친히 오신 것 아니겠습니까, 에덴의 교황이시여."

흥미로운 새끼였다.

다른 다크 엘프들은 나에 대해 모르는 눈치였는데, 이 녀석은 내 정체를 알고 있는 듯했다.

분명 누군가에게서 이야기를 들은 모양이다.

"방금 전 그 말이 네 수명을 좀 늘려 줬다? 1분 더 준다."

"듣던 대로 인자하신 분이십니다."

"내 이야기는 누구한테 들었어?"

"그분에 대해서는 저도 잘 모릅니다. 그저 저희를 이 세계로 인도하신 분이라는 것, 그것만 알고 있지요."

두루뭉술한 대답.

나는 그 대답을 듣자마자 미간을 찌푸리면서 말했다.

우리 교황님좀 말려 주세요

"30초 차감. 25초 남았다."

"인간 포로들을 구하러 오셨는데, 포로들이 죽어서야 되겠습니까. 현재 일족의 전사들이 포로들이 잡혀 있는 곳에 있습니다. 저를 죽이셔도 좋으나, 제가 죽는 순간 포로들도 죽습니다."

"결국 인질극을 벌이시겠다, 이 말이네. 어울려."

기껏 죽음을 각오하고 나와서 하는 말이 인질극이라.

저놈들이 단순히 인질극만으로 저런 배짱을 부릴 일은 없을 테고, 무언가 다른 걸 준비해 둔 것 같았다.

"또 뭘 준비하셨을까."

"저희 일족은 이곳에 자리 잡은 순간부터 숲 전체에 흑마법을 걸어 두었습니다. 간단한 주문을 외우면 숲 전체가 폭발합니다. 저희는 죽겠지만, 당신의 부하나 다른 인간들도 생각하셔야지요. 이곳까지 타고 오신 그 신기한 비행 물체가 과연 그 폭발에서 자유롭겠습니까?"

녀석들이 인질로 잡은 건 단순히 이 땅에 있던 생존자들이 아니었다.

이곳에 착륙한 나의 일행.

그들 전부를 인질로 잡아 둔 것이다.

다크 엘프 놈들이 자폭을 운운하니 꽤 신뢰성이 높다. 저놈들은 그런 짓을 하고도 남을 족속들이거든.

"이곳에서 공멸하는 것보다는 서로 한 발자국씩 물러나는 게 좋을 것 같습니다. 안 그렇습니까?"

이 장로라는 놈의 배짱이 두둑한 이유를 이해했다.

결국, 이 녀석은 내 일행의 목숨을 두고 베팅을 걸어온 것이다.

가스통이랑 라이터를 들고 협박하는 거나 마찬가지인 셈.

원래 저런 협박은 잃을 게 많은 놈들에게 아주 잘 먹힌다. 더 이상 가진 패가 없는 쪽에서 꺼내는 꼼수이자 마지막 발악이기도 하다.

즉.

"그거 말고는 별다른 수가 없나 보다?"

본인들 스스로가 불리한 위치에 있다는 것을 인정한다는 뜻.

나는 웃으면서 고개를 끄덕였다. 그리고 장로를 향해 천천히 다가가면서 말했다.

"네 소원대로 널 죽이지는 않을게. 대신 하나만 약속하자. 나중에 제발 죽여 달라고 애원하지나 마. 알겠지?"

이번에도 테러범과의 협상은 없을 예정이었다.

⁂

숲이 불탄다.

새하얀 불꽃이 검은색의 나무들을 우악스럽게 먹어 치워

나간다.

"……안 돼."

장로는 반쯤 정신이 나간 채로 그 모든 장면을 눈에 담았
다.

그들이 지구로 넘어온 지 어느덧 3년.

그들이 심혈을 기울여 키워 낸 나무들도, 성실하게 조련한
마수들도.

그들이 일구어 낸 모든 것들이 한 줌의 재로 변해 가고 있
었다.

설득할 수 있으리라 믿었다. 그러나 지금 그의 눈앞에 펼
쳐지는 모든 것은 그 오만에 대한 대가였다.

'어디서부터 잘못된 건가.'

신을 모시는 자라면 마지못해 제안을 받아들일 줄로만 알
았다.

하물며 같은 동족인, 인간의 목숨을 두고 도박을 하지 않
을 것이라고 생각했다.

하지만 모든 예상은 빗나갔다.

"날이 건조해서 그런가, 잘 탄다. 이래서 건조할 때는 불
씨를 조심해야 하는 거야. 자칫하면 산불이 난다고."

눈앞에서 실없는 소리를 내뱉는 인간.

그 자신을 비롯하여 그의 일족을 이 세계로 인도했던 이가
최근에 하수인을 보내서 저 인간에 대한 이야기를 해 준 적

이 있다.

남쪽에 신의 사도가 나타났으니, 준비를 해야 한다고.

장로는 그의 말을 듣자마자 이런 저런 준비를 해 두었다.

원래는 처분 예정이었던 인간 포로들을 살려 두었으며, 숲 곳곳에 흑마법진을 설치하여 다가올 침입에 대비했다.

비록 준비 기간은 짧았으나 마기에 물든 숲의 도움을 받아 만반의 준비를 갖췄다고 생각했다.

그러나 지금 이 순간,

화르르르르르륵–.

숲을 덮치는 새하얀 불길 앞에서 그들의 준비는 허무하리만큼 쉽게 무너져 내렸다.

"아아아."

장로의 귓가에는 동족들이 내지르는 비명이 똑똑하게 들려왔다.

나무들이 쓰러지고, 그 위에 몸을 숨겼던 동족들은 새하얀 불에 휩싸인 채 바닥으로 떨어졌다.

"끄아아아아아아!"

"꺄아아아아아!"

일족의 전사들이 허무하게 무력화되어 간다.

몸에 불이 붙은 그들은 불을 끄기 위해서 이리저리 굴렀지만, 그럴 때마다 불은 거세게 타올랐다.

꺼지지 않는 새하얀 불꽃.

그 불꽃은 오히려 그들의 비명을 잡아먹으면서 세를 불려 갔다.

장로는 그 모습을 보며 다급하게 인간을 향해 소리쳤다.

"당신은! 당신은 다른 인간들의 목숨이 중요하지도 않소? 이런 짓을 벌이면……."

"너무너무 중요하지. 그래서 갚아 주는 거잖아."

"……뭐?"

"너희의 손에 얼마나 많은 사람이 죽어 나갔을까, 그 생각은 안 해 봤냐. 포로를 잡아서 성대를 끊고, 자살도 못 하게 입을 막은 다음, 산 채로 독을 주입시켜서 실험하고. 너희가 3년 가까이 벌인 짓이다."

인간은 손을 뻗어 장로의 턱을 움켜쥐었다.

장로는 그 인간과 시선을 마주할 수밖에 없었다.

'어떻게 인간이…….'

장로가 자신의 세계에서 경험했던 '신을 따르는 자'들은 하나같이 나약했던 자들이다.

어떠한 상황에서도 신의 이름만 부르짖으며, 스스로 나아가지 못하는 자들.

그것이 그가 기억하는 형상이었다.

하지만 눈앞의 이 인간에게서는 그러한 모습이 전혀 보이지 않았다.

남자의 눈에서는 경건함, 신실함 따위의, 신을 모시는 자들이 으레 보여 주는 눈빛은 없었다.

그 자리를 대체하는 것은 오로지 증오뿐.

복수귀라고 해도 무방한 증오심 앞에서 장로는 표현하기도 힘든 공포감을 느꼈다. 그렇게 머리에서 번져 나가기 시작한 공포는 순식간에 온몸을 지배하며, 장로의 몸을 얼어붙게 만들었다.

"너희 세계에서는 어땠는지 모르겠는데, 우리 세계에서는 이랬다. 전쟁이란 게 그런 거다. 여지를 남겨 두면 반드시 훗날 화를 입어. 특히 너희같이 마기에 물든 족속들은 더더욱."

"이렇게 숲을 불태우면…… 주변에 있는 마수들이 가만히 있을 리가……."

"오라고 해. 아니, 왔으면 좋겠어. 그래야."

콰아아아아아앙-!

인간의 손에서 뻗어 나간 새하얀 불덩이가 순식간에 오른쪽으로 뻗어 나갔다.

그곳에는 장로를 구하기 위해 은밀하게 접근하던 전사들이 있었고, 불덩이에 적중당한 전사들은 순식간에 잿더미로 변해 버렸다.

장로는 허망한 눈으로 그 잿더미를 바라보았다. 그리고 그런 장로의 귓가에 인간의 목소리가 파고들었다.

"쓰레기들을 한곳에서 해치워 버릴 수 있잖아. 귀찮은 건 딱 질색이다."

재앙이었고, 재해였다.

이런 건 막을 수가 없다. 피하는 것이, 탈출하는 것만이 정답이었을 것이다.

하지만 후회는 이미 늦었다.

몸속의 마기를 폭발시키면서 남자와 자폭을 할까 하는 생각도 해 봤지만, 이미 그의 몸속의 마기는 말을 듣지 않았다.

"너희가 이곳의 인간들에게 했던 것처럼, 나도 똑같이 되돌려주는 것뿐이야."

"흐……흐하하하!"

헛웃음이 나왔다.

수많은 동족이 죽어 가는 절망 속에서, 장로는 크게 웃음을 터뜨렸다.

"알고 보니 우리보다 더한 인간이었어. 동족의 죽음 따위는 상관없다는 건가?"

"실성했네. 실성에는 이게 특효약이지."

우드드득-.

"끄아아아아악!"

장로의 오른팔이, 오른다리가 기괴하게 비틀렸다.

끔찍한 고통이 느껴졌고, 그 고통 속으로 인간의 목소리가 파고들었다.

"누가 인질들을 포기한다고 그랬어."

"지, 지금쯤이면! 전……사들이 너희 포로를……."

"마침 저기 오네."

고통에 의해 희뿌얘지는 시야 속, 저 멀리서 한 무리의 인간들이 걸어오고 있었다.

장로는 눈을 치켜뜨면서 그들을 바라보았다.

세 명의 인간들.

그들은 달려드는 전사들을 가차 없이 도끼로 베어 넘겼고 철퇴로 박살 냈으며, 반으로 접으면서 다가오는 중이었다.

그리고 눈을 몇 번 깜빡이고 났을 때쯤, 그들은 이미 장로의 눈앞까지 도착해 있었다.

"중심지에서 생존자 40여 명이 모여 있는 토굴을 발견, 완벽하게 정리해 두고 왔어요."

인간 여성이 철퇴에 묻은 피를 털어 내면서 말했다.

그 말을 들은 교황이 다시 시선을 장로에게로 돌렸다.

그리고 어느새 바닥에 쓰러져 있던 장로의 뾰족한 귀를 잡으면서 작게 속삭였다.

"이걸 어쩌나, 내가 인복이 있는 사람이라서. 인질들은 다 구출했다는데, 자 이제 너한테 뭐가 남았지?"

"숲과 함께 불타 죽-."

"저런."

잠시 후, 장로의 귓가에 절망적인 이야기가 울려 퍼졌다.

"우리가 정말 너희의 흑마법도 모르고 있었을 것 같아?"

탈출구가 없는 지옥이 그를 기다리고 있었다.

꽤 오래전, 어떤 게임의 시네마틱 영상이 있었다.

거대한 나무가 불타오르고, 사방에서 비명이 울려 퍼지는 영상.

지금 내 앞에 펼쳐지고 있는 장면은 그때의 그 영상과 크게 다르지 않았다.

차이라고 한다면 그것은 가상의 일이고, 이건 실제로 벌어지는 일이라는 점뿐.

"잘도 타는군."

내 옆에 선 에이든이 새하얗게 불타오르는 나무들을 바라보면서 고개를 끄덕였다.

에이든의 상체에는 녀석의 전투 스타일을 증명이라도 하는 듯, 다크 엘프들의 피가 곳곳에 묻어 있었다.

나는 건틀릿을 벗은 다음, 녀석을 향해 가볍게 손가락을 튕겼다.

우우우웅―.

내 손가락에서 흘러나간 신성력이 녀석의 상체에 묻어 있던 피를 깔끔하게 처리해 준다.

내가 평소에 애용하는 정결의 축복.

에이든은 자신의 몸을 슬쩍 확인하면서 말했다.

"편리한 능력이야."

"성직자로서 단정한 몸가짐을 할 수 있게 해 주는 귀한 능력이지. 온몸에 피를 뒤집어쓴 채로 생존자들을 데려갈 수는 없잖아?"

"그것도 맞는 말이군."

녀석은 가볍게 고개를 끄덕였다. 그리고 바닥에서 몸을 꿈틀거리고 있던 다크 엘프 장로를 턱짓으로 가리키면서 말을 이어 갔다.

"저 녀석은 어떻게 할 계획이지?"

"마기는 완벽하게 봉인시켜 뒀고, 저 상태로 끌고 갈 거야."

"생존자들과 같이 헬기에 태운다는 소린가?"

"무슨 소리를 하는 거야? 당연히 헬기 밖에 매달고 가야지. 로프로 단단하게 묶으면 문제없겠지 뭐."

내 대답을 들은 에이든이 한 5초 동안 말을 잇지 않았다. 워낙 창의적인 아이디어라서 감탄할 시간이 좀 필요한 듯 보였다.

"……그럼 끌고 가서는 어떻게 할 건데."

"일단 정보는 싹그리 뽑아낸 다음에, 생존자들에게 권리를 넘겨줘야지. 이 녀석의 최후는 그들이 선택하게 해 줄 거야."

곧바로 죽여 버리든, 아니면 연구 기관에 넘겨서 신체 실험을 시키든.

그 영역부터는 생존자들의 몫이었다.

누구보다 이 녀석에게 원한이 있는 건 그들일 테니 말이다.

내 대답을 들은 에이든은 턱을 긁적였다.

"51구역에 데려가려면 생존자들을 설득해야겠어."

"도대체 51구역에는 뭐가 있는 거야?"

"후후, 비밀이다. 디멘션 오프닝 이후로 51구역에 새로운 임무가 배정되어 있거든. 이 녀석이라면 아주 좋은 실험체가 되어 줄 것 같다."

몬스터들을 대상으로 이런저런 실험을 하고 있다고는 들었는데, 그게 사실이었나 보다.

하지만 나는 단호하게 손을 내저었다.

"미국으로는 안 보낸다."

"왜?"

"너희가 이놈 가지고 뭘 할지 내가 아냐? 시체면 몰라도, 살려서는 못 넘겨."

"이번 작전으로 친구가 되었다고 생각하는데, 아닌가?"

"친해졌지. 하지만 그건 별개의 문제야. 너희가 이 녀석을 완벽하게 통제할 수 있을지에 대해서는 아직 의문이거든."

내가 마기를 완전하게 봉인시켜 두기는 했지만, 이 다크 엘프 장로는 마족급의 마기를 보유하고 있다.

이번에는 상대가 나빴을 뿐, 자유롭게 둔다면 분명히 큰 사고를 일으킬 놈이었다.

생존자들의 결정에 맡기겠지만, 만약 살려 둔 채로 뭔갈 한다면 그 장소는 반드시 내 지근거리에서 이루어져야만 했다.

그래야 내가 통제할 수 있을 테니까.

"음, 그렇군. 연구원을 파견하는 건?"

"그건 나중에 생각하자고. 생존자들이 이놈을 죽여 달라고 할지도 모르잖아?"

"글쎄다. 이런 놈들은 죽이고 살리고가 문제가 아니야. 어떻게 죽이냐가 문제인 거지."

"문제의 본질을 잘 꿰뚫고 있네."

"우린 친구니까. 친구끼린 잘 통하거든. 안 그래?"

마지막 말에는 일부러 대답을 안 해 줬다.

나는 어깨를 으쓱인 다음, 다시 시선을 돌려서 활활 타오르는 숲을 바라보았다.

"잘도 탄다."

성화는 어느새 주위의 모든 것들을 불태우고 있었다.

마치 이 땅에 깊숙이 박힌 마기들을 전부 털어 내겠다는 듯한 기세였다.

"기름진 땅이 되겠네요."

세상에서 제일 재밌는 구경이 불구경이라고 했던가.

루나와 레오 역시 나를 따라 성화를 구경하는 중이었다.

"신성한 땅이 된 거지."

이 숲을 성화가 다 태워 버린다면, 대지를 잠식하고 있던 마기는 사라지게 된다.

그 자리에는 성화의 흔적만 남게 될 것이며, 그 말은 곧 이 땅에 다시 생명이 피어오르게 될 거란 뜻이었다.

루나의 말대로 기름진 땅, 즉 축복받은 대지로 변할 것이다.

"성하, 그런데 이번에는 혐과율인가 뭔가, 그놈이 별말 없어요?"

"그러네. 조용하다."

"다행이네요."

동료들을 여러 명 데려와서 그런 건지는 모르겠지만, 유일하게 걱정했던 부분이 깔끔하게 해결되었다.

솔직히 불을 지를 때만 해도 살짝 걱정은 했었는데 말이지.

신도가 급속도로 늘어나면서 기준점이 높아진 걸까?

아무튼.

그렇게 성화는 이곳에 남아 있던 다크 엘프들의 흔적을 빠른 속도로 제거해 나갔고, 더 이상 주변에 다크 엘프들의 기척은 느껴지지 않았다.

유일한 생존자는 장로 하나뿐.

"슬슬 생존자들을 수습해서 돌아가자. 곧 해지겠다."

"생존자들의 숫자가 꽤 많고 퍼져 있는데, 어떻게 옮길 건가. 일일이 옮기는 것도 꽤 시간이 걸릴 것 같다만."

에이든의 날카로운 지적.

날카롭기는 했지만 해결 방법이 없는 게 아니었다. 발상만 간단하게 전환해 주면 되거든.

나는 하늘을 가리키면서 말했다.

"헬기를 생존자들이 있는 토굴 쪽으로 옮기면 되지. 어차피 나무들도 싸그리 탔어."

성화가 나무들을 불태워 버린 덕분에 한때 숲이었던 이곳은 시야가 탁 트인 개활지가 되어 버렸다.

헬기가 얼마든지 착륙할 수 있는 환경이란 뜻이었다.

"그리고 좀 부족하다 싶으면 말만 해. 간이 착륙장 천 개라도 만들어 줄게."

"심플 이즈 베스트. 좋은 아이디어야."

에이든이 만족스럽다는 듯이 고개를 끄덕였다. 나는 그런 에이든을 향해 흐뭇하게 미소를 지었다.

"늦겠다. 빨리 다녀와."

"……어디를?"

"헬기 여기로 불러야지. 통신도 안 되는데, 내가 직접 가랴?"

"네 부하들을 시켜도 되는 거 아니……."

"에이, 힐러들은 남아서 생존자들 치료해 줘야지. 기본 상식 아닌가?"

꼬우면 신성력 각성하든가.

안 그래?

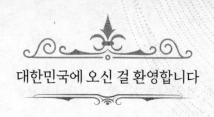

대한민국에 오신 걸 환영합니다

파악된 생존자들의 숫자는 총 102명.

베스가 말해 줬던 수치의 근사치였다.

생존자들을 모두 수습한 우리는 곧바로 남쪽을 향해 귀환했다.

거대한 불길을 보고 멀리서부터 달려드는 마수들이 일부 있었지만, 녀석들은 신성석으로 무장한 네 대의 헬기 앞에서 갈가리 찢겨 나갈 뿐이었다.

원래 목적은 해가 지기 전에 복귀하는 것이었지만, 예상보다 시간이 오래 소요되었다.

응급처치가 필요한 생존자들도 몇몇 있었기 때문이다.

"그래도 잘 도착했네."

나는 창문 밖으로 보이는 항공 대대의 모습을 살피면서 작게 한숨을 뱉어 냈다.

근래에 들어 부쩍이나 길게 느껴졌던 하루였다.

헬기를 이용하지 않았다면 이 많은 생존자를 데리고 복귀할 수 있었을까?

군용 헬기를 구매하고 싶은 욕구도 무럭무럭 샘솟았다.

"이곳이……."

내 옆에 앉아 있던 이은택 씨 역시 창밖을 바라보면서 감격에 벅찬 표정을 지었다.

이곳으로 오면서 이은택 씨와 많은 이야기를 나눴다.

디멘션 오프닝 이후 북한의 상황이 어땠는지, 어쩌다가 다크 엘프들에게 잡혔는지 등등.

물론 모든 이야기를 나누기에는 짧은 시간이라서, 자세한 이야기까지는 듣지 못했다.

하지만 이제부터는 남는 게 시간.

그와 이야기할 기회는 얼마든지 남아 있었다.

―착륙하겠습니다.

헤드셋을 통해 기장의 목소리가 전해져 왔고, 곧 우리가 타고 있던 헬기는 성공적으로 지상에 안착했다.

우우우웅.

닫혀 있던 헬기의 문이 열리자마자 곧바로 밖에서 대기하고 있던 의료 인력이 수송칸으로 진입했다.

"일단 환자들을 헬기에서 내리겠습니다, 김시우 교황님."

"부탁드립니다."

"예."

팀장으로 보이는 인원이 나에게 묵례를 취한 후, 팀원들을 지휘하며 빠르게 생존자들을 헬기 밖으로 내렸다.

일사불란한 움직임이었다.

나는 그들이 생존자들을 내리는 것을 잠시 지켜본 다음, 이은택 씨와 함께 옆문을 통해 내렸다.

항공 대대답게 확 트여 있는 시야.

네 대의 수송 헬기들을 맞이하기 위해 활주로를 깔끔하게 비워 둔 듯했다.

"김시우 교황님."

활주로에는 예상하지 못했던 손님이 한 명 와 있었다.

나는 내리자마자 나를 찾아온 남자의 얼굴을 바라보면서 어색하게 미소를 지었다.

"서 대통령님."

이제는 밖에서도 나를 '김시우 각성자'라는 호칭 대신, '김시우 교황님'이라고 매번 챙겨 불러 주는 서신우 대통령이었다.

서 대통령은 내 손을 잡으면서 말했다.

"교신 받았습니다. 감사합니다, 정말 감사합니다!"

"감사받을 일은 아닙니다. 그나저나 준비 엄청 많이 해 두셨네요."

활주로에는 상당한 의료 인력이 배치되어 있는 상태였다.

주변의 앰뷸런스들을 따로 수배해 뒀는지, 군용 앰뷸런스를 제외하고서라도 숫자가 엄청 많았다.

"오랜 시간 동안 그 땅에서 고통받은 분들입니다. 저야말로 당연히 해야 할 일이었습니다. 권력이란 이럴 때 사용하라고 주어지는 것 아니겠습니까?"

그렇게 내가 서 대통령과 가볍게 인사를 나누고 있을 때쯤, 내 옆에 서 있던 이은택 씨가 조심스럽게 입을 열었다.

"이분이…… 남조선의 대통령이십니까?"

"아, 소개부터 드려야겠네요. 서 대통령님, 여기 이분은 이은택 씨입니다. 생존자들 중에서 유일하게 정신을 유지하고 있던 분입니다."

"아아아."

서 대통령은 이은택 씨에게 허리를 숙였다. 갑작스러운 대통령의 돌발 행동에 이은택 씨가 당황하려던 찰나, 다시 고개를 든 대통령이 애써 감정을 억누르면서 말했다.

"저희의 부족함을 탓해 주십시오. 일찍 도와드리지 못해서 죄송합니다. 그 지옥에서 일찍 꺼내 드리지 못해서 정말…… 죄송할 따름입니다."

서 대통령은 잠시 말을 멈춘 다음, 조용히 이은택 씨를 바라보았다.

그리고 나지막한 목소리로 말을 맺었다.

"대한민국에 오신 걸 환영합니다, 이은택 씨."

"아아."

이은택 씨는 지금 어떤 기분일까?

한 가지 확실한 건, 그의 눈에서 다시 한번 눈물이 흘러내리고 있었다는 것이다.

나는 그 둘의 대화를 가만히 지켜보았다.

활주로에는 기자도, 그렇다고 대통령의 경호원도 없었다.

생존자들을 이송해 가기 위한 의료 인력들만이 정신없이 뛰어다니고 있었을 뿐.

분주하게 뛰어다니는 의료 인력과 고개를 숙인 대통령.

그리고 그런 대통령을 눈물을 흘리며 바라보고 있는 생존자 하나.

그 모습을 가만히 지켜보고 있자니 절로 마음이 뜨듯해진다.

그렇게 서 대통령은 한참 동안이나 이은택 씨에게 죄송하다는 말을 반복했고, 이은택 씨가 괜찮다며 서 대통령을 안아 주고 나서야 마무리되었다.

"김시우 교황님."

"예, 대통령님."

"여기 이분을 저희가 준비한 의료 시설로 모셔 가도 되겠습니까?"

나는 그의 질문에 당연하다는 듯이 고개를 끄덕였다.

"대통령이 국민을 직접 챙기겠다는데, 제가 막을 명분이 뭐가 있겠습니까?"

"……감사합니다."

"다른 생존자들 역시 긴급한 응급처치는 다 해 두었습니다. 만성적인 독은 단숨에 치료하기에는 무리가 있어서, 이분들이 이송되는 의료 시설만 따로 알려 주세요. 교단의 사제들을 파견하겠습니다."

3년 동안이나 버텼다는 게 신기할 정도의 몸 상태였다.

당장 생명을 위협할 수 있는 만성적인 중독 현상들은 치료해 두었지만, 신체의 밸런스를 회복시키기 위해서는 반드시 별도의 치료가 필요했다.

그들에게 회복 능력을 상승시켜 주는 축복을 내려 두었으니 적절한 치료가 더해진다면 금세 회복할 것이다.

다만, 신체적인 것보다는 다른 부분에서 큰 문제가 남아 있었을 뿐.

"대부분 정신이 피폐해져 있습니다. 신성력이 그분들에게 큰 도움이 되어 줄 수 있을 겁니다."

3년이라는 시간 동안 끔찍한 고통에 노출되었던 사람들.

이은택 씨의 말대로 그들 중 절반은 이미 정신이 붕괴되었을 정도로, 정신적인 피해가 심각했다.

어쩌면 생존자들에게 있어서 가장 큰 후유증은 그때의 기억일 것이다.

서 대통령은 내 말을 들으며 천천히 고개를 끄덕였다.

"명심하겠습니다."

이렇게 해서 우리의 일은 끝.

이제 남은 건 그들이 치료를 잘 받고, 그 기억을 이겨 낼 수 있기를 기도하는 것뿐.

"교황님."

이은택 씨가 나를 바라보았다.

"네, 은택 씨."

"……고맙습니다. 살려 주셔서 정말…… 고맙습니다. 다시 교황님을 뵐 수 있겠지요?"

나는 그의 질문에 다시 한번 활짝 미소를 지어 보였다. 그리고 부드럽게 대답했다.

"서울의 신전에서 기다리고 있겠습니다. 항상 문을 열어 둘 테니까, 천천히 오세요."

역시, 누군갈 구하는 일은 행복한 일이다.

"리멘께서 여러분의 상처를 따뜻하게 감싸 안아 주시기를."

내 나지막한 기도와 함께 이은택 씨가 서서히 멀어졌다.

피곤하지만 기분 좋은 밤이었다.

⚘

그렇게 해서 생존자들은 전부 정부에서 인계해 갔고, 나는 레오와 루나, 설화, 그리고 오준우 씨와 함께 신전으로 복귀했다.

갈 때도 헬기였고, 올 때도 헬기.

에이든은 항공 대대에서 미군 측과 함께 미군 기지로 복귀했다.

마지막까지 술이나 한잔하자고 졸라 대는 걸 겨우 떨쳐 냈다.

만약 미국에서 나온 사람들이 녀석을 끌고 가 주지 않았다면 큰일 날 뻔했다.

늦은 저녁에 서울로 오겠다고 했으니, 그 전까지 빨리 일을 마무리 짓고 퇴근할 계획이었다.

집에서 문 닫고 자고 있으면 쳐들어오진 못하겠지.

적어도 시연이 앞에서는 무례를 안 저지르는 놈이거든.

하여간에 우리 일행은 무사히 신전에 복귀할 수 있었다.

"교황 성하, 기다리고 있었습니다."

지구로 넘어온 이후로 신전의 터줏대감 역할을 수행해 주고 있는 라파르트 대주교가 헬기에서 내린 우리를 반갑게 맞이해 주었다.

그의 옆에는 오늘의 작업을 끝낸 듯 보이는 토비가 'I Love

Beer'라는 티셔츠 입은 채로 서 있었다.

"오셨습니까, 성하!"

"다들 늦은 시간인데 왜 퇴근들은 안 하고 계세요."

"성하가 안 돌아오셨는데 어찌 퇴근하겠습니까! 걱정하지 마십쇼! 야근 수당 꼭 챙겨 가겠습니다! 하하!"

우리 교단의 기본 능력 중 하나에 적응력이라도 있는 걸까?

지구의 생활에 놀랍도록 적응해 버린 토비였다.

그렇게 호탕하게 웃음을 터뜨린 토비는 곧 내 뒤를 쳐다보더니, 눈살을 찌푸리면서 말했다.

"저거, 귀큰놈. 다크 엘프 아닙니까?"

"토비가 눈썰미 하나는 좋다니까. 맞아요. 전리품입니다."

"지구에도 귀큰놈들이 있었군요. 그냥 귀큰놈들도 싫은데, 시키면 귀큰놈들이라니…… 후우. 오늘은 흑맥주라도 마셔야겠습니다. 에잉 쯧."

모든 사고방식이 맥주로 향하는 것도 쉽지 않은 일이다.

나는 어깨를 으쓱인 다음, 이번에는 라파르트 대주교를 보면서 말했다.

"북쪽에서 데려온 생존자들에게 치료가 필요합니다. 라파르트 대주교. 교육생들 중에서 잘 선발해 주세요. 승우도 포함시키겠습니다."

"알겠습니다. 적절히 선발해 두겠습니다. 치료는 언제부터 시작하는지요?"

"정부 쪽에서 명단이 넘어오는 대로 진행할 테니, 추후 변동 사항 있으면 따로 말씀드리겠습니다."

"예, 성하."

라파르트 대주교는 공손하게 고개를 숙였다. 그리고 곧 다크 엘프를 가리키면서 말했다.

"저것의 상태가 썩 좋지 않군요. 신성한 성지에 부정한 것을 들이는 것은 별로 내키지 않습니다."

"아, 이놈요?"

함흥에서 강원도 인제까지.

그리고 강원도 인제에서 이곳 서울 종로구까지.

이곳까지 이동하는 내내 헬기에 대롱대롱 매달아서 데려온 놈이다.

마기도 봉인시켜 두는 바람에 신체 능력도 저하되었을 텐데, 맨정신일 리가 있나.

나는 슬쩍 장로의 목을 잡아 올렸다.

예로부터 기절한 놈들을 깨우는 데 특효인 방법이 있다.

"다 왔다. 일어나."

짜아아아악!

녀석의 뺨을 가볍게 후려쳤다. 그러자 녀석이 눈을 번쩍 떴다.

"허어어어억."

"좋은 곳에 왔는데 계속 그렇게 정신을 잃고 있어서야 쓰

나. 아직 진짜 좋은 건 시작도 안 했는데, 벌써부터 이렇게 늘어져 있으면 되겠어?"

그 와중에 살고는 싶은지 녀석은 눈알을 데굴데굴 굴렸다.

주위를 살피면서 활로를 물색하려는 듯한 모양새.

나는 녀석의 뺨을 한 번 더 후려친 후, 슬쩍 땅바닥에 던져 버렸다. 그리고 라파르트 대주교에게 말했다.

"심문이 좀 필요할 것 같습니다. 제가 했다가는 죽여 버릴 것 같아서요."

"흠, 그렇습니까."

"인간을 잡아다가 독을 먹이고 해부를 하는 등, 별짓 다 한 놈입니다. 이 녀석의 일족들은 싸그리 멸족시켰고, 남은 생존자는 이놈뿐입니다. 게다가 아는 것도 꽤 있어 보이더라구요."

잃어버린 땅에서 생포해 온 최초의 이종족.

변화한 지형 등, 쓸모 있는 정보를 많이 알고 있을 것이다.

"제가 교황이란 사실도 알고 있던데, 그 부분도 집중적으로 캐 주세요. 그리고 추후에 저희 교단도 잃어버린 땅으로 진출할 수 있으니, 관련된 정보도 빠짐없이 캐내 주셨으면 합니다."

내 말에 라파르트 대주교는 고개를 끄덕였다. 그리고 천천히 다크 엘프 장로를 향해 다가갔다.

"제가 이제 나이가 좀 들어서…… 레오 대주교도 함께 심문에 참여했으면 합니다."

"좋습니다. 레오야. 부탁한다."

"안 그래도 심문에 참여할 수 있게 허락받으려던 참이었습니다. 감사합니다. 성하. 기대에 반드시 부응하겠습니다."

나와 함께 그 참상을 두 눈으로 목격한 레오였다.

그런 레오가 과연 저놈을 가만히 내버려 둘까?

레오의 표정만 보더라도 지금 레오가 얼마나 화를 참고 있는지 알아차릴 수 있었다.

지난번에도 말했지만, 심문 역시 스페셜리스트가 해야 한다.

약은 약사에게, 심문은 이단심문관에게.

나는 만족스럽게 고개를 끄덕인 다음, 바닥에 쓰러져 있던 장로 놈에게 조용히 말했다.

"잊지 못할 밤이 될 거야. 반대로 당해 보니까 기분이 어때? 아까도 말했지만…… 죽여 달라고 빌면 안 된다. 네가 죽여 달라고 해도 생존자들이 허락해 주기 전까지는 들어줄 수 없어."

"제, 제발……."

장로가 무어라 말하려던 찰나.

콰드드득.

"끄아아아악!"

녀석을 가만히 지켜보고 있던 라파르트 대주교가 녀석의

허벅지를 발로 짓눌렀다.

그리고 서리가 내린 듯한 차가운 목소리로 불쾌감을 표시했다.

"네놈이 성하와 대화를 섞을 자격이 있다고 생각하느냐? 이곳은 우리 교단의 성지. 너는 지금부터 우리가 허락하지 않으면 입조차 열 수 없다. 성스러운 인두로 네 입부터 지져주마. 레오 대주교!"

"예, 라파르트 대주교님."

"밤은 짧습니다. 서두릅시다."

"예."

레오는 라파르트 대주교의 말에 따라 장로를 질질 끌면서 신전의 뒷문을 향해 걸어갔다.

지하와 곧바로 연결되어 있는 비밀스러운 뒷문.

나는 조금씩 멀어지는 그들을 바라보면서 흡족하게 고개를 끄덕였다.

"해피 엔딩이야, 해피 엔딩."

옆에 있던 오준우 씨의 얼굴이 다시 한번 창백해졌다는 건 그냥 넘어가 주도록 하자.

🌿

장로에 관한 모든 걸 라파르트 대주교에게 맡긴 덕분일까?

나는 아주 홀가분한 마음으로 집으로 돌아올 수 있었다.

루나는 오준우 씨와 설화를 데리고 술을 마시러 갔으니, 아주 오랜만에 편안한 밤을 맞이할 수 있을 것 같았다.

회식하러 가자는 루나를 떼어 놓는 게 얼마나 힘들었는지 원. 그쯤 되면 회식 중독이다. 루 부장이라는 별명도 생겼다는데, 아주 어울리는 별명이라고 할 수 있겠다.

"오빠 왔다."

집 안으로 들어오면서 기분 좋게 말하자, 거실 쪽에서 시연이가 쏙 튀어나왔다.

"큰오빠! 오늘은 많이 안 늦었네!"

시계를 슬쩍 보니 어느덧 오후 9시.

정시 퇴근 시간을 가뿐하게 초과한 상태였음에도 시연이가 저런 말을 하는 걸 보면 확실히 내가 최근에 바쁘긴 바빴던 것 같다.

나는 나를 향해 해맑게 미소를 웃는 시연이를 향해 싱긋 미소를 지어 주었다.

"우리 시연이, 오늘 잘 있었어?"

"응! 오빠가 데려와 준 강아지랑 엄청 재밌게 놀았어! 내가 아까 저녁 먹고 산책도 시켜 줬다? 헤헤. 내가 앞으로 엄청 예쁘게 기를게!"

"음? 강아지?"

……설마?

아니나 다를까, 곧 시연이 뒤에서 검은색 래브라도 리트리버 한 마리가 모습을 드러냈다.

녀석은 나를 빤히 쳐다보더니, 곧 뭔가 맥 빠지는 목소리로 한마디 내뱉었다.

"……멍멍."

바로 베스였다.

어쩐지 아까 신전 주위에서 녀석이 안 느껴진다 했다. 오늘 워낙 일이 많았어 가지고 잠시 까먹고 있었는데, 우리 집에 있었을 줄이야.

게다가 베스의 등 위에는 하얀색 고양이 한 마리가 떡하니 올라타 있었다.

"주인. 왔어?"

백설이는 베스의 등에서 골골송을 불러 대는 중이었는데, 그 모습이 심히 심장에 괴로웠다.

귀여운 거에 귀여운 거. 거기에 귀여운 거를 중첩시켜서 그런가, 그 어느 때보다 집안의 분위기가 화목했다.

나는 베스를 측은한 표정으로 바라보면서 고개를 끄덕였다.

"고생이 많네, 우리 베스."

그러자 베스가 다시 한번 짖었다.

"멍멍."

"너와는 다르게 착하고 심성이 고운 아이다."

"입에 문은 사료라도 떼든가."

"흠, 맛이 좋더군. 네 말대로 이곳에 오길 참 잘한 것 같다."

개 사료를 맛있게 먹어 대는 영물이라…… 이것 참 귀하네.

최고급 사료인 게 흠이라지만, 그래도 투뿔 한우를 먹어 대는 것보단 낫지 않겠어?

게다가 신목이 있는 우리 교단 성지의 바로 앞이기도 했으니, 이곳에서도 충분히 요양이 가능할 것이다.

"오히려 좋아."

녀석이 집을 지켜 준다면 나로서는 대환영이다.

예로부터 개는 집을 지켜 주는 아주 소중한 동반자 중 하나였다.

특히 우리 집에는 열심히 돌아다니는 시연이와는 달리, 방 구석에 박혀서 대부분의 시간을 보내는 식구가 한 명 있다.

"형 왔어?"

"어, 그래. 편집 중이었냐?"

"요새 토비 아저씨 영상이 잘나가서 좀 바쁘네."

바로 인욱이였다.

인욱이는 하품을 내뱉으면서 거실로 나왔다.

그래도 내가 우리 집에 따로 배치해 둔 최상급 신성석 덕분에 인욱이의 다크서클은 눈에 띄게 줄어 있었다.

안색도 훨씬 좋아졌고 말이다.

나는 물을 따라서 마시는 인욱이를 향해서 넌지시 말했다.

"앞으로 베스 아침 산책은 네가 시켜."

"아침 산책?"

"베스 대형견이라서 아침저녁으로 산책시켜 줘야 해. 우리 교단 신목 있지? 거기 주변에서 꼭 산책시켜라."

아무리 신성력이 만병통치약이라고 하지만 적당한 운동은 필수.

내 말을 들은 인욱이가 귀찮다는 듯이 한숨을 내쉬었지만, 곧 베스를 꼭 껴안으면서 말했다.

"알겠어. 베스야, 형이랑 같이 매일 아침 산책 나갈까?"

"……멍멍."

"와, 진짜 사람 말 알아듣는 것 같네. 따로 훈련 안 시켜도 알아들을 수 있는 건가? 혹시 이런 게 천재견?"

인욱이는 그렇게 말하며 베스에게 얼굴을 비볐고, 베스의 등 위에 있던 백설이가 인욱이의 머리 위에 폴짝 올라탔다.

아무래도 루나가 베스를 이곳에 데려오면서 녀석의 정체에 대해서는 딱히 이야기해 주지 않은 것 같았다.

영물에게 천재견이라.

자존심이 상할 법도 한데 베스는 가만히 인욱이를 받아 주고 있었다.

저걸 성격이 좋다고 해야 하나, 귀찮아한다고 해야 하나.

'북적북적하네.'

그래도 그 모습이 참 보기 좋았다.

이사 온 이후로 넓게 느껴지기만 했던 우리 집이 가득 채워진 느낌이라고 해야 하나.

이래서 애완동물을 기르는가 보다.

특히, 검은색의 베스와 하얀색의 백설이가 같이 있는 걸 보면 조화롭기까지 했다.

흑과 백의 절묘한 조화.

이제야 부족한 퍼즐이 완성된 기분이었다.

"그럼 나 들어가서 씻는다."

"과일 깎아 둘게. 씻고 나서 먹어."

"고맙다."

그렇게 내가 옷을 갈아입기 위해 내 방으로 들어갔을 때였다.

"너희는 왜 따라 들어와."

방으로 들어온 나를 따라서 베스와 백설이가 당당하게 걸어 들어왔다.

가장 먼저 입을 뗀 건 백설이였다.

"주인. 솔직히 새로운 짐승을 데려올 거면 나랑 먼저 상의해야 하는 거 아니야?"

그 목소리는 원래는 나에게만 들려야 정상인데, 듣는 방법이 따로 있는지 베스가 대신 대답했다.

"어린 영물이 건방지군. 이런 하룻강아지가 있다는 이야기는 없지 않았나?"

"누가 하룻강아지래? 따지고 보면 하룻고양이거든? 나이 더 처먹어서 좋겠다, 이 늙탱아. 그리고 영물이 아니라 신수거든? 신.수."

"입이 거칠구나. 교황의 얼굴을 봐서 몇 번은 참아 주마. 그러나 내 인내심은 그리 길지 않아."

"누가 할 소린데!"

따지고 보면 백두산을 먹고 있던 베히모스와, 리멘 교단을 대표하는 신수가 신경전을 벌이는 장면인데…….

"캬아아아아!"

"멍멍!"

왜 겉으로 보기에는 그냥 애완동물끼리 이빨을 드러내는 것처럼 보이는 걸까?

나는 내 앞에서 벌어지는 두 축생의 신경전을 바라보면서 한숨을 푹 내쉬었다.

"아까는 잘만 붙어 있더만. 백설이 너, 아까는 베스 등 위에 올라타 있지 않았어?"

"그건 시연이나 인욱이를 안심시켜야 하니까! 첫날부터 싸우면 둘이 얼마나 걱정하겠어? 그래서 그냥 어울려 준 거야."

"네 가족들에게는 사이좋은 것처럼 보여야 될 것 아닌가."

의외의 부분에서 타협을 보았군.

적어도 내 동생들 앞에서 싸우는 꼴은 보이고 싶지 않다는 건가?

똑똑한 놈들답게 선은 지키는 모양이다.

"사이좋게 지내라."

"내가 저 미련한 놈이랑 어떻게 사이좋게……."

"나는 내 영역에 다른 영물이 있는 걸 좋아하지 않……".

쉽게 좁혀지지 않을 것 같은 영물과 신수 사이의 신경전.

나는 그 둘의 신경전을 가만히 지켜보다가 슬쩍 주머니에서 건틀릿을 꺼냈다.

그리고 그 건틀릿을 내 침대 위에 올려 두면서 말했다.

"그럼 둘이서 한번 싸워 보든가. 어떻게 되나 한번 보자고."

내가 씨익 웃으며 던진 말에 둘은 나와 건틀릿을 번갈아 보면서 쳐다보았다. 곧 백설이가 베스 위에 다시 올라가면서 말했다.

"앞으로 잘 지내자, 베스."

"나도 잘 부탁한다."

그래, 안 싸우니까 얼마나 보기 좋아?

❧

다음 날 아침.

가족들의 배웅 속에서 다시 신전에 출근한 나는 집무실에 도착하자마자 라파르트 대주교가 진행한 심문의 결과를 받아 볼 수 있었다.

"이종족 간의 교류는 거의 존재하지 않았고, 마기를 보유한 이상한 존재들과 네 번 접촉한 것이 전부…… 이 정도가 끝입니까?"

"지금까지 알아낸 건 그렇습니다. 그리고 이것은 녀석의 증언을 통해 작성한 그 주변 지역의 지도입니다."

라파르트 대주교가 건네준 작은 지도.

녀석들의 거주지를 중심으로, 주변 지역의 지형을 비롯하여 어떤 이종족과 마수들이 자리 잡고 있는지를 표기한 지도였다.

나는 그 지도를 확인하면서 천천히 고개를 끄덕였다.

"가장 고무적인 성과네요."

"저 역시 그렇게 생각합니다, 성하."

"알비노 오크, 트롤, 고블린…… 더럽게도 많네."

"에덴의 북지를 보는 듯합니다. 에덴의 북지에도 다양한 이종족들이 있었지요."

지도상에 레오의 글씨가 적혀 있는 걸 봐서는, 레오가 직접 손을 본 지도인 듯했다.

다크 엘프들은 기본적으로 정찰에 아주 능하다.

나무에 몸을 숨기는 은신술을 중심으로 이루어지는 정보 수집 능력만큼은 무시할 게 못 된다.

실제로 각 마왕의 군단에서 정보를 담당하던 종족이기도 했으니까.

그런 다크 엘프들이 수집한 정보였고, 상황이 상황이니만큼 거짓은 섞여 있지 않을 것이다.

추후 대한민국의 북진 작전에 있어서 아주 큰 도움이 되어 줄 것 같았다.

나는 천천히 고개를 끄덕이면서 지도를 살폈다. 그리고 레오가 지도상에 붉은 점으로 표기해 둔 한 지점을 가리키며 중얼거렸다.

"죽은 것들의 요새라."

"장로의 말에 따르면 언젠가 갑자기 등장한 요새라고 합니다. 언데드들이 튀어나오며, 이미 그 군세가 상당하다더군요."

"그 정도 되는 요새였다고 하면 우리가 감지를 못 해냈을 리가 없는……."

그때, 문득 지난번에 왕 웨이를 통해서 접하게 되었던 그 특수한 금속이 떠올랐다.

마기를 완벽하게 차폐해서 숨겨 주었던 금속.

만약 그 금속을 사용해서 요새를 건설했다면, 우리의 감지 능력에서 벗어났을 가능성이 있었다.

그리고 그 말은 곧 정화자가 그 요새에 관련되어 있을 확률이 높다는 뜻이기도 했다.

생각해 보면 요새 정화자 놈들이나 백명교 쪽이나, 너무 조용하다 싶었다.

그런 놈들이 조용하면 보통 무언가 음모를 꾸미고 있는 경우가 대부분인데 말이지.

"직접 이야기를 나눌 필요가 있을 것 같은데, 그놈 여전히 밑에 있습니까?"

내 질문에 라파르트 대주교가 고개를 끄덕였다.

"예, 심문실에 있습니다. 하지만 이야기를 제대로 나눌 수 있는 상태는 아닙니다."

"음?"

"성하께 보여 드릴 수 있는 상태는 결코 아닙니다. 눈을 버리실 수도 있으니, 조금 나중에 보시지요."

"……얼마나 심하길래."

"말씀드리기가 참 송구합니다."

모르긴 몰라도 내가 상상하는 것을 가뿐하게 뛰어넘는 상태임에는 틀림없었다.

역시, 그들에게 심문을 맡기길 잘했다.

죽이지 않고서 필요한 정보만 뽑아낸다는 게 여간 쉬운 기술이 아니라서 말이지.

섬세한 기술이 필요한 게 바로 심문이라고 할 수 있겠다.

지구로 돌아온 이후로는 이런저런 눈치를 보느라 조심조심했지만, 이번 경우에는 손 속을 아낄 이유가 전혀 없었다.

"레오야."

"예, 성하."

"표정 좋아 보인다? 스트레스 제대로 풀었나 봐."

"그렇지 않습니다. 저는 그저 녀석에게 죄를 물었을 뿐. 그들의 죄는 오로지 고통으로만 씻어 낼 수 있는 겁니다."

레오의 저 후련한 표정이 바로 그 증거였다.

레오는 늘 그렇듯 외눈 안경을 쓴 채로 성서를 왼손에 들고 있었다.

어젯밤에는 저 손에 다른 게 들려 있었을 거란 생각을 하니까…… 좀 무섭다.

"걱정하지 마십시오, 성하. 피해자들이 녀석을 심판하기 전까지 반드시 녀석의 목숨은 살려 두겠습니다."

"든든해서 좋다. 정화자에 대해서 조금 더 집중적으로 물어봐. 금제 같은 거 걸려 있을 수도 있으니까 확실하게 확인하고."

"알겠습니다."

정화자와 관련되어 있는 일이다.

확실하게 해 둘수록 좋았다.

장로 녀석은 우리에게 골수까지 빨아먹힌 다음, 생존자들의 손에 넘어갈 예정이었다. 그 전까지 뽑아낼 수 있는 건 다 뽑아내 줘야지.

"레오가 작성한 지도를 복사해서 정부 측에 제공해 주도록 합시다. 작전 계획을 세우는 데 도움이 많이 될 겁니다."

이 지도는 우리 교단이 아니라 정부에 더 필요한 상황이다.

정부에서 전력을 다해 준비하고 있는 북진 계획에 아주 중요한 이정표가 되어 줄 것이다.

"슬슬 우리 교단도 준비를 시작합시다."

정부에서 추진하고 있는 북진 작전은 정부뿐만이 아니라 대한민국의 모든 각성자에게도 엄청난 기회였다.

그리고 그것은 우리 교단도 마찬가지.

지난번 동북아 교류전을 통해서 정부로부터 받아 낸 이권 중에는, 우리 교단이 잃어버린 땅에서 발견하는 마정석 광산에 대한 소유권도 있었다.

"이번 기회에 새로운 신성석 광산도 확보하고, 신입들에게 실전 경험도 더 쌓아 주고. 알차게 한번 준비해 봅시다."

그렇게 내가 라파르트 대주교와 함께 앞으로의 계획에 대해서 이야기를 나누고 있을 때쯤.

똑똑똑.

누군가 집무실의 문을 두드렸다.

"들어오세요."

그러자 신전의 관리인이자 승우의 아버지, 진서준 씨가 집무실 안으로 들어왔다.

진서준 씨의 표정은 그 어느 때보다 당혹스러워 보였고,

나는 그의 표정을 보자마자 무슨 일이 벌어졌다는 걸 직감했다.

"교황님, 작은 문제가……."

그리고 뒤이은 진서준 씨의 말에, 나는 인상을 찡그리면서 되물었다.

"……신전 앞에요?"

　　　　　　　　　　　※

진서준 씨의 이상한 보고를 듣고 신전 앞에 나온 나는 눈앞에 펼쳐진 광경을 바라보면서 고개를 끄덕였다.

"한 가지는 확실해."

"뭐가요, 성하?"

"저놈들이 백명교에서 나온 놈들이 아니다에 내 우리 백설이를 걸 수 있다."

진서준 씨의 호출을 받고 빠르게 현장에 합류한 루나.

루나는 옆에서 팝콘을 먹으면서 재밌다는 듯이 미소를 짓고 있었다.

"백명교가 아닌 이유는요?"

"백명교 놈들이라면 저렇게 멍청하고 의미 없는 짓을 할리가 없지. 너 걔네 성격 모르냐? 음침하고 신중함이 극에 다른 놈들인데, 그놈들이 뭔 이득이 있다고 저러겠냐."

"그건 인정."

진서준 씨가 말한 '작은 문제'.

그것은 바로.

"여러분! 사이비에게 넘어가시면 안 됩니다!"

"리멘 교단은 자금원을 해명하라!"

"대한민국을 구시대적 신권정치 국가로 만드는 리멘 교단은 반성하라!"

"언론과 권력을 등에 업고 다른 종교를 탄압하는 리멘 교단! 진실을 밝혀라!"

신전에서 그리 멀리 떨어지지 않은 곳에서 아침 댓바람부터 기습적으로 시작된 불법 시위였다.

기습 시위를 벌이고 있는 인원들의 숫자는 총 열둘. 그들은 제각기 '해명하라', '신권정치 X' 등등의 피켓을 든 채로 시위를 감행하고 있었다.

당연히 사전 신고 따위는 없이 이루어진 기습 시위였다. 게다가 그들의 뒤에는 어디선가 갑자기 튀어나온 미튜버들 몇몇이 카메라를 든 채로 시위 현장을 촬영하는 중이었다.

"가만 보니까 재밌네요. 팝콘 먹으면서 보기 딱 좋은데요?"

"아침부터 팝콘이냐?"

"아침 대신이죠, 뭐. 요새 다이어트 중이라서."

어젯밤에 한우 한 마리를 통째로 구워 먹었다는 이야기를 들었는데 다이어트는 무슨.

　나는 루나를 슬쩍 째려본 다음, 다시 시위 현장을 바라보면서 말했다.

　"경찰 신고는 했지?"

　"아까 진서준 관리인이 했다던데, 그런데 굳이 경찰을 부를 필요 있었을까요? 저런 애들은 우리 식구들 부르면 알아서 해결될 텐데."

　"해결이야 되겠지."

　몬스터조차 생으로 씹어 먹을 '식구들이' 나타나면 충격과 공포 속에서 알아서 해산될 것이다.

　우리 교단 신입들은 내가 보더라도 성직자보단 차라리 '그쪽'에 어울리는 비주얼.

　'그쪽'이 어디인지는 상상에 맡기도록 하겠다.

　하여간에 신입들이 강제로 해산시켜 버리면 골치 아파질 것이다. 그리고 그것이야말로 저들이 원하는 그림이 아닐까 싶었다.

　"역시 대한민국이야. 나를 실망시키지 않아. 매일매일이 정말 즐겁다니까?"

　"성하."

　"왜."

　"솔직히 저 사람들 지하 심문실로 끌고 가고 싶으시죠. 진짜 솔직하게 말씀하셔도 돼요."

"그 정도는 아니야. 저 사람들은 거기 가면 죽어."

우리 신전의 지하 심문실은 일반인들이 방문해서는 안 되는 금지(禁地)다.

소 잡는 칼을 닭 잡는 데에 사용할 수는 없는 노릇.

그렇게 나는 한참 동안 시위 현장을 묵묵히 바라본 다음, 천천히 발걸음을 옮겼다.

그러자 옆에 서 있던 루나가 팝콘을 옆에 내려놓으면서 말했다.

"어떻게 하시게요, 성하?"

"말로 잘 해결해야지."

백명교나 정화자 놈들이 이딴 머저리 같은 짓거리를 벌일 리는 없을 테고.

나는 얼굴 가득 미소를 지으면서 시위 현장으로 걸어갔다. 그러자 그 뒤에서 시위를 구경하고 있던 인원들이 나를 알아보기 시작했다.

"어?"

"김시우 교황님이다!"

"교황니이이이임!"

"여기요, 여기 봐 주세요!"

시간이 꽤 지났음에도 불구하고 우리 교단의 성지는 여전히 서울에서 가장 유명한 관광 코스다.

며칠 전에는 '대한민국에서 반드시 가 봐야 하는 장소 1위'

에 뽑혔다고 하는데, 그 덕분에 이렇게 평일 오전에도 사람들이 미어 터지는 중이었다.

그 사람들 하나하나가 지금 이 일의 목격자가 되어 주고 있는 셈.

나는 나를 향해 환호를 보내는 사람들을 향해 가볍게 손을 흔들어 주었다. 그리고 시위대의 바로 앞까지 다가갔다.

방금 전까지만 하더라도 목소리 높여서 피켓을 흔들고 있던 그들은 나를 보자마자 입을 다물었다.

긴장한 기색이 역력한 얼굴들.

그 찰나의 순간에 서로가 서로의 눈치만 살피는 걸 보면 같은 단체에서 나온 사람들은 아닌 것 같았다.

다들 긴장한 것 같은데 아이스 브레이킹을 좀 해 보도록 할까?

"하던 것들 하세요. 그래도 여기는 우리 교단의 성지인데, 제가 설마 여러분들을 잡아먹기라도 하겠습니까? 하하!"

내 딴에는 나름 농담으로 던진 말이었다. 하지만 받아들이는 사람에 따라서 다른 식으로 해석이 될 수도 있는 법.

그 한마디에 시위에 참여하고 있던 모든 이의 몸이 얼어붙었다.

효과는 아주 탁월했다.

나는 석상처럼 굳어 버린 이들 중, 가장 앞장서서 소리를 높이고 있던 청년을 향해 걸어갔다.

기껏해야 20대 초반.

그 청년의 오른손에는 '사이비 타도'라는 피켓이 들려 있었는데, 청년은 내가 가까이 다가오자마자 떨리는 눈빛으로 나를 바라보았다.

갑작스럽게 조성된 긴장감에 순식간에 숙연해지는 이곳.

이 장면을 촬영하고 있는 미튜버들의 카메라만이 부지런하게 움직이고 있었다.

나는 청년을 한 번 쳐다본 다음, 여유롭게 그 카메라들까지 둘러보았다. 그리고 주머니에서 아침에 시연이가 나에게 건네준 사탕 하나를 꺼냈다.

"아침 식사는 하고 오셨습니까, 형제님?"

내 말에 청년은 가까스로 고개를 가로저었다.

"아……니요."

"한국인은 밥심인데, 그래서야 힘이 나겠어요? 다음부터는 정식으로 집회 신고를 하시고, 아침밥도 든든하게 챙겨 먹고 오세요. 다들 먹고살자고 하는 일인데, 굶지는 않아야죠."

나는 그렇게 말하며 청년의 손에 사탕을 쥐여 주었다. 그리고 부드럽게 미소를 지으면서 말했다.

"제 여동생이 챙겨 준 사탕입니다. 저는 피곤할 때면 단게 당기더라구요. 많이 시장하시면 신전 옆에 있는 훈련 시설로 가도록 하세요. 그곳에 식당이 있습니다. 제가 따로 말을 해 둘 테니, 그곳에서 허기라도 채우셨으면 합니다."

꼭 강제로 밀어 버리는 것만이 능사는 아니다.

딱 봐도 이놈들이 무슨 목적으로 이곳에 왔는지는 알겠다.

어떻게든 트집거리를 만들기 위해서 온 것 같은데, 고작 이딴 저급한 장난질에 당해 줄 생각은 없었다.

주변에 잔뜩 모여든 인파.

거기에 이 장면을 생중계하고 있는 듯한 일부 미튜버들까지.

다르게 생각해 보면 참 좋은 기회다. 그리고 내가 이런 좋은 기회를 놓칠 리가 있나?

"리멘 교단은 여러분들이 저희와 다른 신념을 가지고 있다고 한들, 고작 그런 이유로 여러분들을 차별하지 않을 것입니다. 리멘께서는 모두를 사랑하시는 분이니까요."

나는 시위대를 향해 정중하게 고개를 숙였다.

"한 가지만 부탁드리겠습니다. 이곳을 찾아온 시민분들께 피해가 가지 않도록 해 주셨으면 합니다. 이곳에 소중한 분들을 추모하기 위해 오신 분들도 있다는 것을 생각해 주시길 바랍니다."

내 유창한 이야기가 끝이 나자마자 사방에서 시위대를 지탄하는 목소리가 거세게 일어나기 시작했다.

"저런 교황님이 뭐? 다른 종교를 탄압?"

"진짜 양심이 있어야지."

"야야, 저 사람들 얼굴 빨리 찍어!"

"진짜 리멘 교단은 리멘 교단이다. 대인배야. 마인드부터가 달라."

눈 깜짝할 사이에 조성되는 비난 여론.

원래 아무리 철면피라도 일방적으로 쏟아지는 비난 앞에서는 견디기 힘든 법.

저런 사람들한테는 이런 방법이 훨씬 효과적인 법이다.

나는 불법 시위대를 향해 쏟아지는 비난을 들으면서 가볍게 고개를 숙였다. 그리고 다시 뒤로 물러섰다.

그 장면을 처음부터 끝까지 지켜보고 있던 루나가 박수를 치면서 만족스럽다는 듯이 미소를 지었다.

"아무리 봐도 우리 성하는 정치인이 천직이야. 어찌 이렇게 쇼맨십이 좋으실까? 이래서 리멘님이 성하를 선택한 것 아닐까요?"

"가끔은 말로 해결할 줄도 알아야지. 항상 무력만 앞세워서야 되겠어?"

"성하 입에서 그런 말이 나오니까 되게 새삼스럽네요."

비난 여론을 만들어 뒀으니 불법 시위대는 경찰이 오기도 전에 알아서 해산될 것 같고.

그나저나 저 사람들의 배후에 대해서 궁금하기는 하다. 어떤 배짱 좋은 놈이길래 우리 교단의 성지에서, 그것도 저런 말도 안 되는 이야기들로 불법 시위를 벌이게 한 걸까?

굳이 저 사람들을 지하 심문실로 끌고 가지 않아도 알아낼 수 있는 방법이 한 가지 있다.

나는 주머니에서 스마트폰을 꺼냈다. 그리고 이능관리부의 김 실장에게 전화를 걸었다.

잠깐의 연결음 이후에 곧바로 연결된 통화.

─전화받았습니다.

"김 실장님. 좋은 아침입니다. 다름이 아니라⋯⋯."

친구 둬서 좋은 게 이런 거 아니겠어?

✤

김 실장과 전화한 지 2시간 뒤.

김 실장은 내가 요청한 정보를 들고 집무실에 찾아왔다.

"새하늘성전이라는 종교 단체가 있습니다. 꽤 오래된 종교 단체인데⋯⋯."

"제가 아는 그 새하늘성전?"

"맞습니다."

"이야, 오래가네, 오래가."

2020년경 코로나 사태 이후로 말도 많고 탈도 많았던 새하늘성전이라는 종교 집단.

워낙 유명했던 단체라서 내가 모를 수가 없었다.

그놈들이 이번 일에 연관되어 있었을 줄이야.

백명교나 정화자 같은 놈들과 비교해 보면 한 줌에 불과한 놈들인 건 맞지만, 당황스러운 건 당황스러운 거였다.

"원래 걔네는 개신교 쪽이랑 싸우던 친구들 아닌가요?"

"저희가 조사한 바에 따르면 아까 불법 시위를 감행한 인원들은 새하늘성전을 비롯하여, 소위 말하는……."

김 실장이 말을 흐렸고, 그가 무슨 단어를 말하려는지 대강 이해했다.

나는 손을 가볍게 내저으면서 말했다.

"사이비 종교 소속이다, 그 말씀 하시려는 거죠?"

"……맞습니다."

"좀 억울하긴 하네요. 우리 교단만큼 다른 종교를 색안경 없이 바라보는 곳이 어디 있다고."

우리가 다른 종교를 배척한 것도 아닌데 저러는 걸 보면 확실히 대한민국에서 리멘 교단의 영향력이 많이 넓어지기는 했나 보다.

원래 맛있는 냄새가 나는 음식에 파리 떼가 꼬이기 마련이다.

나는 레오가 타 준 녹차를 한 모금 목으로 넘겼다. 그리고 조용히 숨을 뱉어 냈다.

"동종업계 경쟁자가 잘되는 것만큼 배 아픈 일도 없는 법이죠. 쯧. 그래도 이렇게 상도덕이 없어서야."

내 말에 김 실장은 어색하게 웃으면서 고개를 끄덕였다.

그리고 빠르게 이야기를 이어 나갔다.

"어쩌면 이번 일은 빙산의 일각일지도 모릅니다, 교황님."

"음?"

"이미 지방에서는 리멘 교단을 사칭하면서 활동하는 종교 단체도 상당하다고 들었습니다. 리멘 교단의 교리를 알려 주겠다면서 접근하는 단체도 있다고 합니다."

"……재밌네. 알려 주셔서 감사합니다, 김 실장님."

"당연히 알려 드려야 할 이야기였습니다."

명품 브랜드를 카피한 수많은 짝퉁이 존재하는 법.

그것은 어느 분야나 마찬가지다. 한 가지가 잘되면 너도 나도 그것을 따라 하면서 관심을 끌고자 노력한다. 그쪽이 훨씬 싸고 효과적이기 때문이다.

우리 교단의 정책이라든지 사회 활동 같은 것들을 모방하는 것까지는 이해할 수 있다. 하지만 우리 교단의 이름을 사칭하는 것은 전혀 별개의 문제였다.

"라파르트 대주교."

나는 눈살을 찌푸리면서 라파르트 대주교를 불렀다.

그러자 아까 전부터 조용히 차를 마시고 있던 라파르트 대주교가 나지막하게 대답했다.

"예, 성하."

"라파르트 대주교는 어떻게 생각합니까?"

"교단의 세가 확장될수록 교단을 시기하며 질투하는 자들은 늘어나기 마련입니다. 크게 놀라운 일은 아닌 듯합니다. 에덴에서도 교단의 이름을 사칭하며, 리멘의 이름을 더럽혔던 이들이 있지 않았습니까?"

우리 교단의 영향력이 확대되었으니, 그 영향력에 기대어 이득을 취하려는 자들은 얼마든지 등장할 수 있었다.

인간이란 모름지기 그런 존재다.

이득이 된다면 무엇이든 할 수 있는 존재.

이익 앞에서 부모까지 팔아먹는 놈들도 있는데, 남이 모시는 신을 사칭하는 것쯤이야 그리 어려운 일도 아니었다.

"성하, 그런 이들을 가만히 내버려 둬서는 곤란합니다. 교단의 이름을 사칭하며, 거짓되고 왜곡된 교리를 퍼뜨리는 자들은 교단의 적이나 마찬가지입니다."

"가만히 넘어가서는 안 되는 일이죠."

"리멘의 이름을 사칭하며 위협하는 존재들과 맞서 싸우기 위해서는 철저하게 교육된 전문 인력이 필요합니다. 성하께서도 잘 알고 계시지요?"

라파르트 대주교가 말하는 '전문 인력'이 어떤 건지는 그 누구보다 잘 알고 있다.

엄청난 정신력.

교리에 대한 해박한 지식.

교단의 가치를 위협하는 이들에게는 무자비한 징벌을 내리는 존재들.

내 DLC 상점에는 일찍이 갱신되었던 직분이기도 했지만, 당장은 쓸 일이 없어서 보류해 두었던 바로 그 직분.

"성하, 지금이야말로 이단심문관이 필요할 때입니다."

이단심문관.

우리 교단에서 이단을 전문적으로 담당하는 자들에게 주어지는 직분.

21세기의 지구와는 전혀 어울리지 않는 직분임에는 틀림없……

서브 퀘스트 〈이단심문관〉이 자동으로 시작됩니다.

갑작스럽게 떠오른 메시지 창.

오랜만에 생성된 서브 퀘스트의 보상을 확인한 나는 한숨을 내쉬면서 고개를 끄덕일 수밖에 없었다.

"……키웁시다, 이단심문관."

거절하기에는 너무 좋은 보상이었다.

우리 교황님 좀
말려 주세요

지구식 이단심문관

[이단심문관]
● 종류: 서브 – DLC
● 설명: 당신이 모시는 신의 이름을 더럽히는 자들이 곳곳에서 나타나고 있습니다. 이단은 이교도들과는 전혀 다른 존재들입니다. 그들은 교단의 이름을 더럽히며, 잘못된 교리를 전파합니다. 당신이 교단을 이끌어 나감에 있어서 가장 큰 적 중 하나라고 보아도 무방합니다. 교황이시여. 이단심문관을 양성하여 신의 이름을 더럽히는 자들에게 엄벌을 내리십시오. 강인한 정신력과 철저한 교리로 무장한 이단심문관은 교단의 훌륭한 비수가 되어 줄 것입니다.
● 완료 조건
–1. 특수 직분 〈이단심문관〉 구매
–2. 건물 〈이단심문소〉 설치
–3. 10명 이상의 훈련된 〈이단심문관〉 양성
● 보상: 〈성유물 선택권〉
*퀘스트 완료 시 〈이단심문관〉과 〈이단심문소〉에 소비한 신성 점수를 되돌려 받을 수 있습니다.

아주 오래간만에 눈앞에 나타난 서브 퀘스트.

나는 서브 퀘스트의 내용을 슬쩍 확인하면서 작게 한숨을 내뱉었다.

아까 전에도 말했다시피, 이번 서브 퀘스트는 거절하기에는 너무 좋았다.

내가 손해 보는 게 없는 장사.

퀘스트만 완료하더라도 성유물을 선택할 수 있는 쿠폰.

거기다가 마지막 줄이 핵심이다.

퀘스트 완료 시, 퀘스트를 위해 소모한 모든 신성 점수를 되돌려 준다는 것.

무려 100프로의 페이백 행사였다. 제정신이라면 이런 퀘스트를 거절할 수 있겠냐고.

따라서 나는 한 치의 고민도 없이 퀘스트를 받아들였다.

다만, 딱 한 가지가 마음에 걸리긴 한다.

"에덴에서의 이단심문관을 그대로 들여오면 좀 과할지도 모르겠는데요."

"성하. 그렇게 걱정하실 필요는 없는 것이, 에덴에서도 리멘 교단의 이단심문관들은 자비롭기로 유명한 편이었습니다."

"자비롭기야 자비로웠죠. 상대적으로."

이단을 산 채로 불태우고, 마녀사냥을 일삼았던 다른 교단의 이단심문관들에 비해서 확실히 리멘 교단의 이단심문관들은 얌전한 구석이 있었다.

아무리 혐의점이 뚜렷한 이단이라고 할지라도 이단심문소에서 종교재판을 받기 전까지는 그 어떠한 조치도 취하지 않았으니 말이다.

대신 재판관들에 의해 이단이라고 판결 난 순간부터는…… 말을 아끼도록 하겠다.

"현대 사회에서는 이단심문관들이 활동할 수 있는 영역이 굉장히 협소합니다. 알고 계시죠, 라파르트 대주교?"

"물론입니다. 지원 군으로부터 성실하게 교육받고 있습니다. 지구에서 교단을 이끌어 나가기 위해서는 당연히 지구를 이해하는 것이 먼저 아니겠습니까?"

교단의 경영 고문으로 데려온 박지원 씨로부터 여전히 과외를 받고 있는 우리의 라파르트 대주교.

라파르트 대주교는 내가 무엇을 걱정하고 있는지 이해한다는 듯, 천천히 고개를 끄덕이면서 말을 이어 나갔다.

"에덴과는 다르게 지구에서는 사법기관들의 힘이 강력한 편이니, 그 특성을 고려하여 이단심문관들을 양성하면 될 것 같습니다."

"막 산 채로 불태운다거나, 피부를 벗긴다거나. 그런 짓은 안 됩니다."

"허허, 성하께서는 이단심문관들에 대한 약간의 오해가 있으시군요. 이단심문관들은 그렇게 야만적인 존재들이 아닙니다. 교단의 그 누구보다 교리에 해박하며, 상황을 판단하는 능력이 뛰어난 전문가들입니다."

"라파르트 대주교가 이단심문관 출신이라서 저를 가스라이팅하는 건 아니구요?"

"허허."

라파르트 대주교는 내 말에 그저 웃음으로 대답한 다음, 차를 한 모금 머금었다. 그리고 능구렁이같이 말을 돌려 버렸다.

"이단심문소의 형태를 조금만 달리하면 될 것 같습니다. 법무 법인을 비롯한 법률 전문가들을 이단심문소에 포함시키는 방법 등이 있습니다."

마치 이런 순간이 올 것임을 예상하고 있던 건지, 라파르트 대주교는 기다렸다는 듯이 대안을 제시하기 시작했다.

"이단심문관들이 수집해 온 증거를 통해 대상이 이단이 확실시되는 순간, 법적 조치를 비롯한 수단을 동원하여 이단에게 엄벌을 내리면 됩니다. 그리고 심각한 신성모독이 발견될 시에는……."

"……발견될 시에는?"

"아무도 모르게 신성모독자를 신전의 지하 심문실로 데려오면 될 뿐이지요. 흔적과 증거만 남지 않는다면 무죄 추정의 원칙에 따라서 법적인 책임에서 자유로울 수 있……."

"그만."

우리 교황님 좀
말려 주세요

그야말로 백색공포라는 이명에 걸맞은 사고방식.

말이 법적인 책임에서 자유롭다는 거지, 완전범죄를 하자는 말과 뭐가 달라?

정말 위험한 노인네다.

"말씀은 그렇게 하셔도…… 고개를 끄덕이고 계시는군요, 성하."

하지만 나는 나도 모르게 라파르트 대주교의 말에 고개를 끄덕이고 있었다.

흔적만 안 남기면 된다는 말에 본능적으로 동의해 버리고 만 것이다.

똑똑똑.

나와 라파르트 대주교가 이단심문관에 대해서 이야기를 나누고 있을 때쯤, 집무실의 문을 열고 한 거구의 남성이 들어왔다.

당연히 레오였다.

"레오 왔어? 앉아. 긴히 나눌 이야기가 있단다."

"예, 성하."

레오는 라파르트 대주교의 옆에 앉았고, 나는 그런 레오를 향해 빠르게 본론을 꺼냈다.

"우리 교단의 이름을 사칭하면서 나쁜 짓을 벌이는 놈들이 많다고 하더라고. 그래서 이제 본격적으로 이단심문관들을 육성해 볼까 하는데, 너는 어떻게 생각하나?"

"리멘의 이름을 더럽히는 자들에게는 응당의 책임을 물어야합니다. 성하의 말씀이 옳다고 생각합니다. 그럼 혹시 성하께서 저를 급히 부르신 이유는……."

"신입 교육생들 중에서 이단심문관이 될 만한 재목들을 골라 줬으면 해. 네가 그쪽으론 전문이잖아?"

내 말을 들은 레오는 천천히 고개를 끄덕였다. 그리고 왼손에 들고 있던 성서를 탁자 위에 내려놓으면서 말했다.

"성하께서도 알고 계시겠지만, 이단심문관의 가장 중요한 소양은 교리에 대한 해박한 지식입니다. 상대의 신앙이 무엇이 그릇되었으며, 어떤 지점이 교단의 교리와 어긋나 있는지를 판별해 낼 수 있어야 합니다."

"교육생들도 교리를 집중적으로 배우고 있는데, 그걸론 부족한 건가."

"아무래도 전투 능력에 집중되어 있던 교육이라, 교리에 대한 지식은 부족한 편이라고 생각합니다."

우리 교단의 신입들은 현재 그 어떤 각성자들보다 가파른 성장 곡선을 보여 주고 있다.

문제는 그것이 성직자로서라기보다는 각성자로서의 성장에 초점이 맞춰져 있다는 것.

전투를 중점으로 해서 신입들을 키워 냈기에 나타난 결과였다. 교리를 아예 가르치지 않은 것도 아니었지만, 아무래도 교리 교육 시간이 부족했기 때문에 손색이 있을 수밖에 없었다.

레오는 지금 그 지점을 지적하고 있는 것이다.

라파라트 대주교도 레오의 말에 동의하는 듯 고개를 끄덕였다.

"그건 레오 대주교의 말이 맞습니다. 이단심문관들은 사제나 성기사들과는 차별화된 부분이 있는 전문 인력. 제가 보더라도 이번 교육생 중에선 마땅한 인재는 없어 보입니다."

보통 이단심문관들 중에서는 광신도의 기질을 보이는 친구들이 많다.

열렬한 신앙심을 기반으로 해서 교리를 연구하며 이단을 찾아내는 존재들이기 때문이다.

확실히 1기 교육생들 중에서 광신도의 이미지를 주는 친구들은 없긴 하다.

나는 손가락으로 볼을 긁은 다음, 미간을 살짝 찌푸리면서 말했다.

"새로운 인재를 데려다가 육성해야 한다는 건데, 인재가 하루아침에 등장하는 것도 아닌……."

그때였다.

"성하."

조용히 내 말을 듣고 있던 레오가 천천히 이야기를 시작했다.

"리멘 교단의 교리를 연구하며, 신앙을 위해 언제든지 투

신할 훌륭한 인재들이 모여 있는 곳을 알고 있습니다."

"그런 곳이 도대체 어디…… 잠깐만. 레오야, 너 설마……."

"맞습니다."

레오가 저렇게 의욕적인 모습을 보여 주는 건 참 오랜만이다.

레오는 그 어느 때보다 자신만만한 목소리로 나에게 말했다.

"리없죽. 그들이 있지 않습니까?"

등잔 밑이 어둡다더니.

레오의 말대로, 그 사람들이라면 해결법이 되어 줄지도 모르겠다.

나는 애써 웃음을 지었다.

이게 맞나?

※

광신도들이 모여 있는 조직, 리없죽.

리없죽과 접선을 하는 건 그리 어려운 일이 아니었다.

내 스마트폰에 저장되어 있는 연락처 하나만 딱 클릭하면.

"교황 성하의 부름을 받아 신속하게 도착했습니다! 그간 잘 지내셨습니까!"

"지난번보다 안색이 훨씬 좋아 보이네요, 서태호 형제님."

"이게 전부 리멘님과 성하의 은혜 덕분입니다!"

리없죽의 실세 중 한 명인 서태호 기자와 연락을 할 수 있었다.

나는 서태호 기자에게 차를 권한 다음, 슬며시 웃으면서 고개를 끄덕였다.

내가 지난번에 단독 인터뷰를 해 준 이후로 서태호 기자와 그가 속한 세종일보는 승승장구하는 중이었다.

오늘만 하더라도 그렇다.

"아침에 작성하신 기사 잘 봤습니다. 반응이 아주 좋던데요."

"잃어버린 땅에서 귀환한 생존자. 그리고 그들을 직접 구출하신 교황 성하! 이 얼마나 감동적인 이야기입니까? 저희는 그저 사실을 있는 그대로 전달했을 뿐입니다. 아, 그리고 아까 있었던 불미스러운 일에 대한 기사도 신속하게 보도했습니다."

"불미스러운 일이요?"

"여기, 이것을 봐 주십시오."

서태호 기자는 능숙하게 가방에서 태블릿 PC를 꺼낸 다음, 웃으면서 나에게 건네주었다.

태블릿 PC의 화면 위에는 뉴스 기사를 비롯하여 인터넷 반응들이 짜깁기 되어 있었는데, 아주 따끈따끈한 반응들이었다.

〈새하늘성전, 그들의 패악질은 도대체 어디까지인가?〉
〈새하늘성전이 이끄는 사이비 종교 협의체, 리멘 교단의 성지를 더럽히다〉
〈(사진) 불법 시위대에게도 자비로운 미소를 지어 주는 리멘 교단의 김시우 교황〉
〈일부 개신교 목사 공동 성명 '새하늘성전은 개신교의 가장 큰 적. 우리와는 전혀 관련이 없는 일.'〉

일단 이쪽이 세종일보에서 일제히 업로드한 기사들.
딱 봐도 세종일보가 어떤 노선을 걷고 있는지 알 수 있는 기사 제목들이었다.
그리고 단순히 기사뿐만이 아니었다.
"이것은 저희 리없죽 카페에 올라온 화면 캡쳐인데, 각 인터넷 커뮤니티에서 리멘 교단에 대한 이미지가 어떤지 파악할 수 있는 좋은 자료입니다."
서태호 기자는 화면을 가볍게 터치했고, 어느 인터넷 커뮤니티의 게시글이 기사들을 대체했다.

[제목] 새하늘성전이나 리멘 교단이나 다 똑같은 놈들이지ㅋㅋㅋ

우리 교황님 좀
말려 주세요

[내용] 어차피 걔네 둘 다 사이비 아님? 둘 다 신의 이름 팔아서 장사해 먹는 놈들인데 뭘 둘을 구분함? 지들끼리 물고 뜯으라 하셈 그냥ㅋ

ㄴ먹이 주지 마셈. 이 새끼 글 남긴 거 보니까 새하늘성전 신도더라

ㄴ(작성자) 아니 둘 다 종교인 건 같지 않냐고. 왜 반박을 못 해?

ㄴ둘 다 사이비는 무슨ㅋㅋ 니네는 사회에 기여나 하고서 쳐 말하셈. 디멘션 오프닝 이후로 하루가 멀다 하고 종말이 다가온다면서 지랄하던 놈들이잖아

ㄴ리멘 교단이 가정을 파탄 내기라도 했어, 헌금을 뜯어 가기라도 했어, 사회에 물의를 일으키기라도 했어? 이 새끼 들은 그냥 양심 없는 게 맞음ㅋㅋ

ㄴ다들 닥쳐라. 지금부터 리멘 교단이 국교다. 반박시 새 하늘성전

ㄴ-리멘-

ㄴ-리멘-

사이버 검투장이라는 생각이 들게 만들 정도로 뜨거운 사이버 전투.

사실 뭐 전투라고 부를 것까지도 없었다.

"집단 린치에 가깝네요."

"이곳의 분위기만 이런 게 아닙니다. 전체적인 여론이 그렇습니다."

서태호 기자는 감격스러운 듯한 표정으로 고개를 연신 끄덕였다.

"저희 리없죽의 정식 회원들은 매일 성스러운 전쟁에 임한다는 마음가짐으로 활동하고 있습니다. 다행스럽게도 많은 국민이 리멘 교단에 호응해 주는 중입니다. 이것 역시 리멘님의 은혜라고 할 수 있겠지요."

그야말로 사이버 성전사.

나는 서 기자로부터 느껴지는 뜨거운 열정을 느끼며 어색하게 미소를 지었다.

그는 내가 기대했던 것 이상으로 잘해 주고 있었다.

"제가 지난번에 구로에 있는 대학병원에서 제 전신상을 봤는데……."

"아! 회원님들이 자발적으로 돈을 모아서 세운 전신상을 말씀하시는군요. 맞습니다. 교황 성하께서 사실상 최초로 리멘님의 기적을 보여 주신 자리 아니겠습니까? 그곳 역시 성지라고 할 수 있으니, 기념비적인 전신상을 세우는 건 당연한 일입니다."

내가 에덴에서 몸으로 체득한 것들 중 하나가 바로 이거다.

광신도들을 이해하려 들지 말 것.

그들의 사고방식은 일반인들과 궤를 달리한다. 그렇기 때문에 뭐라고 질책을 하려다가 포기했다.

대신에 빠르게 본론으로 넘어갔다.

"리없죽에 소속되어 있는 회원님들과 함께해 보고 싶은 일이 하나 생겼습니다. 그래서 여러분들을 정식으로 초대해 볼까 하는데⋯⋯."

나는 말끝을 흐리면서 레오를 슬쩍 쳐다보았다. 그리고 나지막한 목소리로 말을 맺었다.

"혹시 리멘 교단의 명예를 위해 일해 볼 생각이 있으십니까?"

❧

서 기자와의 긴 이야기가 끝난 후, 레오와 단둘이 남게 된 집무실.

나름 생산적인 이야기가 이어졌음에도 레오의 표정은 좋지 않았다.

"저, 성하."

"왜?"

"⋯⋯제가 리없죽의 수장인 것은 어떻게 알아차리신⋯⋯."

이유는 간단했다.

레오가 그토록 숨기고 싶어 했던 비밀이 나에게 들켰기 때문이다.

나는 냉장고에서 콜라를 꺼내면서 어깨를 으쓱였다.

"너무 티가 나잖아. 고작 그런 것도 눈치 못 챈다면 교황 못 하지."

"도대체 어느 부분에서……."

"거기 회원들한테 교리를 상세하게 알려 줄 만큼의 교리 전문가. 그리고 최상급 신성석을 몰래 빼돌려서 전신상에 박아 넣을 수 있는 위치. 그게 가능한 사람들은 우리 교단 간부들뿐인데, 루나는 귀찮아서 안 할 거고. 라파르트 대주교는 뒤늦게 지구로 왔으니까 남는 건 한 명뿐이잖아?"

리멘이 나 몰래 에덴에서 또 다른 인원을 파견한 게 아니고서야 그 모든 조건을 만족시키는 건 한 명뿐이었다.

레오.

리없죽을 만들었다는 '엘로'라는 사람은 틀림없이 레오였다.

나는 콜라를 한 모금 마신 다음, 레오를 슬쩍 쳐다보면서 말을 이어 갔다.

"차라리 다행이지 뭐. 너를 통해서 관리가 가능한 조직이니까, 적어도 통제는 될 거 아니야."

의문의 교리 전문가가 수장으로 있는 것보다는 차라리 레오가 수장으로 있는 쪽이 당연히 낫다.

지구의 문물을 빠르게 습득한 레오가 저런 광신도 조직을 만들어 낼 것이라고는 예상하지는 못했다만, 지금에 와서는 오히려 이득이 되었다.

"네가 직접 교육해라. 네가 불러온 재앙인 건 알지?"

"충분히 인지하고 있습니다."

"신성석도 빼돌려 쓴 주제에, 아주 그냥 알아달라고 발악을 하고 다닌 거잖아."

내 질책에 레오가 굳은 표정으로 고개를 끄덕였다.

그래도 뭐 오늘 서 기자와의 미팅은 아주 큰 소득을 거두었다고 봐도 무방했다.

"지구식 이단심문관이라."

나는 내 앞에 놓여 있던 리없죽의 회원 명단을 보면서 작게 감탄사를 내뱉었다.

지구 식으로 재해석된 이단심문관.

오로지 현장 활동, 즉 오프라인 활동에 치중했던 에덴과는 다르게, 지구에서는 온라인까지 그들의 활동 영역으로 삼기로 했다.

게다가 내가 생각했던 것보다 일이 훨씬 잘 풀렸다.

이단심문관들을 어떻게 키워 내야 하나 고민을 정말 많이 했는데, 리없죽에 소속된 회원 중에서 의외의 인물들이 많았기 때문이다.

"현직 판사, 전직 검사, 전직 수사관, 흥신소 직원, 전직 경찰…… 진짜 말도 안 된다. 이단심문관에 적합해 보이는 인물들이 많네. 이 중에서 잘 선별하면 되겠다."

"제로 베이스에서 시작하진 않을 것 같습니다."

인재 풀은 화려했다.

현대의 수사 기법이나 법률 지식에 전문적인 회원들이 예상보다 많았다.

비록 그들 대부분이 비각성자였지만, 그것은 크게 문제가 되지 않는다.

"세례의 쿨타임이 돌면 세례를 내려 주면 되니까, 문제는 없지. 그리고 뭐 꼭 이단심문관이 각성자일 필요도 없긴 하니까."

지난번에 세례를 내렸던 것처럼, 그들에게도 세례를 내리면 된다.

그 전까지는 계속 교리를 가르치면서 이단을 판별해 낼 수 있는 지식을 전수해 주면 될 뿐.

"에덴의 이단심문관들은 이단들과 맞서 싸워 이길 수 있는 무력이 필수적으로 요구되었지만, 지구에서는 그 기준이 상당히 완화될 것으로 사료됩니다."

레오의 말대로 에덴에서만큼 뛰어난 무력은 요구되지 않는다.

지구에서는 이단과 직접적으로 맞서 싸우는 경우가 크게 없을 테니 말이다.

우리 교황님을
맡려 주세요

이단이라고 해서 마구잡이로 때려 부수면 그건 우리가 교단이 아니라 폭력 조직임을 천명하는 셈이다.

조금 더 세련된 방법으로 이단 문제에 접근할 필요는 있었다.

나는 천천히 고개를 끄덕였다.

"그래도 스스로의 몸을 지킬 수 있을 정도는 교육해야 한다."

"예, 커리큘럼에 포함시키도록 하겠습니다. 걱정하지 마십시오, 성하. 리멘 교단에 나약한 성직자란 존재할 수 없습니다."

"……그래. 라파르트 대주교랑 이야기를 잘 나눠 보고, 같이 상의해서 잘 뽑아 봐."

현재로서는 라파르트 대주교가 신입 교육에 대한 전권을 부여받은 상태다.

라파르트 대주교의 능력이라면 지구에 걸맞은 이단심문관들을 충분히 육성해 낼 것이다.

선을 넘는 부분이 있다면 그 부분만 내가 직접 손보면 되는 거고.

"성하, 이단심문관들은 음지에서 리멘님을 위하여 활동하는 자들입니다. 지구에서도 마찬가지일 것입니다."

"그렇게 말하니까 첩보 기관 같다."

어둠의 리멘 교단, 뭐 그런 건가?

내 말에 레오는 크게 고개를 끄덕였다.

"리멘님을 모독하는 자들을 조사하고, 증거를 모아서 이단 심문소의 재판장 위에 올리는 것이 이단심문관들의 가장 중요한 임무입니다. 엄밀히 따지자면 첩보 기관이 맞습니다."

"언제까지 정부나 미국 측에 기댈 수는 없는 법이지. 좋아. 어디 한번 제대로 조직해 봐."

"믿어 주셔서 감사합……."

"대신에 관리 제대로 못 하거나 사고 치면…… 알지? 책임은 네가 지는 거다."

광신도들은 광신도가 알아서 잘 통제해 주겠지.

나 몰래 인터넷으로 광신도를 찍어 내고 있던 레오가 살짝 괘씸하기는 했지만, 레오의 돌발 행동이 의외의 도움이 되어 줄 것 같았다.

이래서 사람 일이란 게 모른다니까.

그래서 재밌는 걸지도.

그렇게 해서 리멘 교단의 새로운 조직, '이단심문소'의 출범이 확정되었다.

이제 남은 건 구체적인 계획을 세운 다음, 새로운 조직의 체계를 잡아 나가는 것.

"그래도 라파르트 대주교가 있어서 참 다행이네."

리멘한테 라파르트 대주교를 보내 달라고 안 했으면 어쩔 뻔했어?

생각만 해도 아찔하다.

나는 페트병에 남아 있는 콜라를 남김없이 목으로 넘겼다. 그리고 가볍게 숨을 뱉어 냈다.

"후우."

어째 시간이 가면 갈수록 신경 써야 할 일이 계속 늘어나는 기분이다.

이럴 때 리멘이랑 이야기를 나누면 참 좋으련만.

에덴에서의 일이 꽤 급박하게 돌아가고 있는 건지, 연락을 넣어도 답이 없다.

이것도 베스가 지난번에 말한 그 '일그러진 신'들과 관련되어 있는 걸까?

무소식이 희소식이라지만, 내 경험상 무소식이 희소식인 경우는 없었다.

아마 지금쯤 에덴에서 뭔가를 열심히 수습하고 있겠지.

"레오야."

"예, 성하."

"우리도 열심히 하자."

우리가 할 수 있는 건 그녀가 다시 신탁을 내리기 전까지 성실히 교단을 키워 나가는 것.

레오는 내 말에 공손하게 고개를 숙였다.

"항상 최선을 다하겠습니다."

"광신도…… 적당히 좀 키우고. 항상 말하지만 과하면 오히려 안 좋다. 알지?"

"걱정하지 마십시오. 사회에 분란을 일으킬 정도로 분간 없는 신도를 키워 내는 것이 아닙니다. 신앙으로 내면을 철저히 무장한 이들을 길러 내는 것입니다."

……겉과 속이 철저하게 다른 광신도들을 길러 내겠다는 소리로 들리는 건 내 착각일까?

겉은 멀쩡한 광신도라…….

오히려 그쪽이 더 위험할지도 모르겠다.

❧

이단심문소의 출범을 확정한 후, 오늘 내 업무는 사실상 종료였다.

곧 있으면 훈련소에 입소할 2기 교육생들을 위해서 준비를 시작한 것 말고는 특별한 일이 없었다.

이래서 능력 있는 부하 직원들이 제일이다.

초창기에는 내가 이것저것 다 신경 써야 했지만, 부하 직원들 덕분에 내 부담이 많이 줄어들었다.

인사가 만사라는 말이 딱 맞다.

좋은 인재를 적재적소에 배치하고 나면 확실히 부담감이 덜했다.

그렇게 한가로운 오후를 맞이하고 있을 때쯤, 반가운 손님이 신전에 방문했다. 그리고 나는 손님과 함께 기분 좋게 정원에 산책을 나왔다.

손님의 정체는 바로.

"여기는 항상 따뜻해서 좋아."

한 손에는 베스의 리드 줄을, 한 손에는 토비가 직접 만들어 준 솜사탕을 들고 있는 시연이었다.

토비가 최근 즐겨 먹고 있는 간식, 솜사탕.

솜사탕을 얼마나 좋아하는지, 토비의 작업방에 솜사탕 기계가 있을 정도였다.

"솜사탕 맛있어?"

"응! 오빠도 먹을래?"

"그거 많이 먹으면 이빨 썩……지는 않겠구나."

신성력으로 가득 찬 공간에서 만들어진 솜사탕이라서 그런가, 솜사탕에서조차 은은한 신성력이 느껴지는 중이었다.

이빨은 안 썩거니와, 오히려 은은하게 깃든 신성력 때문에 몸에 이로울 것이다.

나는 열심히 솜사탕을 먹는 시연이의 머리를 살짝 만져 주었다.

"많이 먹어, 시연아."

"오빠랑 이렇게 산책하니까 좋다. 오빠, 오늘 일은 다 끝냈어? 내가 방해한 건 아니지?"

"그러엄, 오늘 일 다 했지."

시연이랑 산책한다고 그러면 라파르트 대주교조차 허락해
줄 것이다.

다른 건 몰라도 라파르트 대주교 역시 시연이를 엄청 예뻐
한다. 우리 교단 간부들의 힐링 포인트라고 해야 하나, 귀여
움과 사랑을 독차지하고 있는 시연이였다.

"큰오빠."

"응?"

"사실…… 나 좀 부끄러워."

시연이는 흘긋흘긋 주위를 둘러보면서 말했다.

시연이가 그렇게 말할 수밖에 없는 것이, 성지에 여행 온
수많은 사람이 우리의 산책을 지켜보고 있었기 때문이다.

"교황님 동생인가 봐."

"귀엽네."

"애완동물들도 엄청 귀여워. 저거 봐!"

"엄청 큰 검은콩 위에 찹쌀떡이 올려져 있네. 진짜 귀엽
다……."

주위에서 몰려드는 수많은 관심.

시연이의 귀여움도 귀여움인데, 베스와 베스 위에 올라탄
백설이는 사람들의 관심을 독차지하기에 충분했다.

확실히 내가 봐도 귀여웠다.

저 둘의 정체를 알고서도 귀여워할 사람이 얼마나 있겠냐
마는, 비주얼만큼은 정말 압도적이었다.

나는 우리 일행을 바라보는 이들을 향해 가볍게 손을 흔들면서 말했다.

"동생이 부끄러움이 많아서요. 대신에 동물들은 사진 찍으셔도 됩니다. 많이들 찍어 가세요."

그러자 베스와 백설이가 동시에 나를 바라보았다.

"왜 우리 의사는 안 물어봐?"

"그 말에 동의한다. 왜 우리에게는 허락을 받지 않는 것인지."

그 말에 나는 슬쩍 웃으면서 대답했다.

"그럼 너희도 앞으로 밥이나 간식 먹을 때마다 내 허락받고 먹든가."

"……음, 그냥 궁금해서 물어본 거야."

"나 역시 마찬가지다."

"밥을 얻어먹었으면 밥값이라도 해야지. 사진 찍는다고 닳는 것도 아닌데, 어?"

뜨거운 반응을 보아하니 이 녀석들을 데리고 미튜브 영상을 찍어도 괜찮을 것 같은데 말이지.

나도 옛날에 펫 브이로그 같은 영상도 한번 찍어 보고 싶었다.

나중에 인욱이랑 진지하게 이야기를 해 봐야겠다.

누가 봐도 잘 어울리는 고양이와 개.

이 녀석들이 각각 신수와 베히모스라는 걸 알고 있는 사람은 오로지 우리 교단의 간부들뿐.

"그래도 좋아."

사람들의 관심을 부끄러워하는 시연이었지만, 그렇다고 해서 싫어하는 표정은 아니었다.

"오빠랑 같이 걷는 건 언제나 좋으니까."

해맑게 웃는 시연이.

나는 그런 시연이를 향해 미안한 감정을 느낄 수밖에 없었다.

더 많은 시간을 함께해 주겠다고 약속까지 했는데, 근래에 계속 바빴기 때문이다.

어릴 적 맞벌이 부부셨던 부모님도 이런 기분이셨을까.

"오빠가 더 신경 쓸게."

내 말에 시연이는 천천히 고개를 가로저었다. 그리고 그 작은 손으로 내 손을 살포시 잡았다.

"나는 지금만으로도 행복해. 가족들도 엄청 많아졌잖아? 다 오빠 덕분인걸."

어쩜 말을 해도 이렇게 기특하게 말하는지.

시연이는 씩씩하게 고개를 끄덕이고는 다시 힘차게 앞으로 걸어갔다.

그리고 나는 웃으면서 시연이를 따라갔다.

그 뒤로 산책은 다소 소란스러운 분위기에서 이어졌다.

산책이라기보다는 팬 미팅에 조금 더 가까운 모양새였지

만 말이다.

그렇게 얼마나 시간이 지났을까.

"주인."

"백설, 시연이를 지켜라."

당당하게 앞을 향해 걷고 있던 두 동물이 멈춰 섰다. 그리고 녀석들은 순식간에 각자의 기운을 끌어올리면서 전방을 주시했다.

나는 녀석들을 따라 천천히 시선을 앞에 둔 다음, 크게 한숨을 뱉어 냈다.

"오늘따라 초대받지 않은 손님들이 자꾸 오네."

아침에 나타났던 불법 시위대 따위와는 비교조차 할 수 없는 손님.

"교황, 저 녀석에게서……."

"나도 알아."

한 소녀가 저 멀리서부터 천천히 다가오고 있었다.

그녀에게서는 우리와 본질부터가 다르지만, 굉장히 방대하고 순수한 신성력이 느껴졌다.

상대가 어디에 소속되어 있는 녀석인지를 알아차리는 건 굉장히 쉬운 일이었다.

백명교.

"그것도 보통 놈이 아니라 수뇌부급인 것 같은데."

지금까지 상대했던 피라미들과는 비교조차 할 수 없는

거물.

　나는 그 소녀를 바라보면서 미간을 찌푸렸다.

　"……제발 좀 쉬고 싶다."

　제발.

⁂

　"성하, 위험하면 바로 신성력 끌어올려 주세요. 무기 들고 바로 들어올 테니까. 아시겠죠?"

　"내가 위험한 상황이라면 네가 들어온다고 해서 뭐 달라질까?"

　"말이 그렇다는 거죠. 저도 성하 걱정은 안 해요. 신전이 무너질까 봐 그렇지."

　"……알았으니까 나가 봐."

　"꼭 저를 부르세요."

　루나는 나가기 전, 내 앞에 앉아 있는 금발의 소녀를 째려보았다. 그리고 나에게 고개를 숙이면서 인사한 후, 조심스럽게 집무실 밖으로 나갔다.

　소녀는 붉은색 눈동자를 빛내면서 루나가 나가는 모습을 바라보았다. 그리고 다시 고개를 돌리면서 말했다.

　"수하분들과 사이가 좋아 보여서 질투가 나네요."

　가녀리면서도 고운 목소리.

목소리만 들어서는 그녀의 정체를 쉬이 짐작할 수 없을 만큼 부드러운 목소리였다.

하지만 나는 이 소녀의 정체에 대해서 이미 알고 있다.

어쩌면 소녀라고 부르기에는 어폐가 있을지도 몰랐다.

나는 내 앞에 놓인 국화차를 한 모금 마신 다음, 숨을 뱉어내면서 물었다.

"질투고 뭐고. 그딴 거 물어보려고 온 건 아니잖아?"

"제가 못 올 곳이라도 온 건가요?"

"한 가지 확실한 건 이곳이 네가 속 좋게 차나 마실 곳은 아니란 거지."

"모시는 신이 다르다고 한들, 인사 정도는 주고받는 게 좋지 않을까요."

그녀는 살포시 웃으면서 나를 따라 차를 한 모금 넘겼다.

"향이 좋은 것 같아요. 잘 마실게요."

"눈치가 없는 건가, 겁이 없는 건가. 어느 쪽이야?"

내가 던진 질문에 소녀는 고개를 천천히 가로저었다. 그리고 자신의 적안을 빛내면서 대답했다.

"그 어느 쪽도 아니에요. 저는 단지 당신이 궁금해서 왔을 뿐. 그것은 당신도 마찬가지 아니었나요?"

"궁금하기야 했지."

탁.

나는 찻잔을 탁자 위에 소리 내어 내려놓았다.

"박살 내기 전에 얼굴 한 번은 마주하고 싶은 거, 사람이라면 당연한 욕구잖냐."

"솔직함은 성직자로서의 미덕이죠. 그런 의미에서 리멘교단의 교황님은 참된 성직자네요."

그 질문에 소녀는 더더욱 짙게 미소를 지었다.

어린아이의 그것처럼 순진무구한 미소.

그렇기에 기분이 더 더러웠다.

소녀의 정체는 굳이 설명할 필요도 없었다. 그녀의 몸에서 살아 숨 쉬는 막대한 신성력과 '격'.

그것은 일전에 백명교의 하수인 중 하나가 말했던 '대교구장'이어야만 설명이 가능한 힘이었다.

"좋은 말을 듣고 싶어서 온 건 아닐 테고, 도대체 무슨 깡으로 이곳에 친히 오셨을까? 전쟁이라도 하자고?"

"전쟁이라뇨. 21세기에 그런 야만스러운 짓을 누가 하겠어요? 저는 정말 궁금해서 왔을 뿐이랍니다. 그리고 정말 저희가 전쟁을 원했다면…… 지금까지 가만히 있었을까요?"

이 여자의 입장에서 생각해 보자면, 그녀가 있는 이 신전은 적의 심장부다.

내가 여태까지 백명교에게 보여 준 행동들만 보더라도 우리 교단이 자신들을 적대하고 있다는 것쯤은 알 수 있었을 것이다.

그럼에도 이 여자는 대놓고 신전에 찾아왔다.

그것도 혼자서.

나는 소녀의 적안을 빤히 바라보면서 말을 이어 갔다.

"내가 이 자리에서 네 목을 꺾어 버릴 수 있다는 생각은 안 하고 왔을까?"

"이곳은 리멘 교단의 성지. 저항할 생각도 없는 사람의 목을 꺾어 버릴 정도로 당신이 무례하다는 생각은 안 해요. 당신은 최소한의 선은 지키니까요."

"그 최소한의 선은 얼마든지 내 마음대로 조절할 수 있어."

"저를 죽인다고 하셔도 바뀌는 건 없을 거예요. 장담하죠."

소녀는 계속해서 미소를 짓는다.

죽음에 대한 두려움은 그녀의 얼굴에서 찾아볼 수 없었다. 그것은 내가 자신을 죽이지 않을 것이라는 확신에서 기인하고 있었다.

"당신의 그 눈이라면…… 제가 지은 죄가 없다는 것쯤은 보이지 않나요?"

악인을 판별하는 내 패시브 스킬, 멸악의 의지.

상대방이 지독한 악인이라면 당연히 발동해야 했지만, 이 소녀를 상대로는 멸악의 의지가 발동하지 않았다.

내 능력을 대강 파악하고 있는 것일까?

그녀는 다시 한번 차를 한 모금 홀짝였다.

"기댈 것 없는 이들에게 안식처를 마련해 주었을 뿐. 희고 밝은 빛을 따르는 자들에게는 사악한 의도는 없어요. 중국에서 기생하고 있는 그 벌레들과 저희를 비교하시면 곤란해요."

"네가 아직까지 악행을 저지른 적이 없다고 하더라도 장담할 수는 없지. 손톱을 드러내지 않았을 뿐이야."

"마음대로 생각하셔도 좋아요. 그것 역시 교황님의 자유니까요. 미움받는 것에는 익숙하거든요."

백명교는 그들이 제휴를 맺었던 전각련이 무너진 이후로도 별다른 행동을 보여 주지 않았다.

그들과의 마지막 충돌은 지난번 설화와 처음 만났던 그 던전으로 거슬러 올라가야만 한다.

그들은 정부 측의 집중 관리 대상에 올라가 있었지만, 나에게 따로 이야기가 들어오지 않았다.

나는 베스로부터 들었던 이야기를 잠시 떠올렸다.

백명교가 숭배하는 신.

베스의 말에 따르면 지구의 고대에 존재했다던 일그러진 신들.

그 정보들을 얼추 취합해 보자면, 백명교의 가장 중요한 목표는 하나였다.

"너희의 신을 지구로 다시 데려오고 싶은 거잖아. 안 그래?"

"백두산의 영물을 데려오셨다는 이야기는 들었는데, 이야기는 대강 들으셨나 보네요. 맞아요. 딱히 숨길 이유도 없겠네요. 저희는 그분들을 다시 이 세상에 모셔 올 생각이에요. 그분들이라면 이 어지러운 세상에 새로운 질서를 세워 주실 테죠."

그 말은 내 의중을 떠보기 위한 블러핑 따위가 아니었다.

오히려 나에게 백명교라는 종교가 어떤 방향성을 지니고 있는지 똑똑히 표명한 것이나 다름없었다.

어디로 튈지 모르는 정화자 놈들과는 뿌리부터가 다른 목표.

무명이라고 불렸던 정화자의 리더 놈이 도대체 뭘 원하는 건지 짐작할 수 없던 것과는 반대로, 백명교는 본인들의 목적을 명확하게 밝히고 있었다.

그렇기 때문에 이놈들은 위험했다.

어쩌면 정화자 놈들보다 훨씬 더.

나는 미간을 잔뜩 찌푸렸다.

"위대한 존재들이 만들어 낸 새로운 질서. 그 속에서는 고통도, 절망도 없을 거예요. 서로를 존중하며 함께하는 새로운 세상이겠죠. 가축이나 다름없는 인간들이 만들어 낸 조악한 세상과는 달리, 그분들이 만들어 낸 세상은 완전할 거예요."

소녀는 사이비 교주나 내뱉을 법한 말을 자연스럽게 내뱉고 있었다. 하지만 그 말에는 나를 설득하고 싶다거나, 함께 하고 싶다는 뉘앙스는 전혀 담겨 있지 않았다.

그저 담담하게 자신과 백명교의 목표를 나에게 말해 줄 뿐.

하지만 그들의 목표는 리멘 교단의 추구하는 것과 정반대의 방향이었다.

나는 한쪽 입꼬리를 비릿하게 올렸다. 그리고 소녀의 눈을 똑바로 바라보면서 말했다.

"신의 이름을 팔아서 인간들 위에 군림하겠다는 소리를 뭘 그리 거창하게 하냐?"

"당신도 충분히 공감할 수 있는 이야기 아닌가요?"

"인간을 개돼지 취급하겠다는 말에 공감은 무슨."

내 대답에 소녀는 궁금하다는 듯이 고개를 살짝 기울였다.

"어째서요?"

"내가 모시는 분은 인간 위에 군림하실 생각이 없거든. 너희의 그 게걸스러운 신들과는 다르셔."

나는 의자 등받이에 등을 기댄 다음, 그 어느 때보다 능글거리는 목소리로 말했다.

"뭐 하나만 물어보자."

"얼마든지요."

"인간들을 가축이나 다름없다고 말했지? 그럼 너희가 모시는 그 신이라는 놈들은 가축들의 신인 거냐?"

우리교황님좀
말려주세요

어째서 그놈들이 지구에서 쫓겨나게 되었는지 알 수 있을 것 같았다.

내 말을 들은 소녀는 그저 웃는 낯으로 나를 빤히 바라보았고, 나는 소녀를 향해 더더욱 비웃음을 지었다.

"가축들을 비하하는 건 아니지만, 리멘님께서는 가축들의 믿음까지 갈구하실 정도로 급하진 않으셔서 말이야."

이래도 웃을 수 있는지 한번 보자고.

나는 만족스럽게 고개를 끄덕였다.

❧

백명교의 대교구장이 떠난 집무실 안.

나는 여전히 의자에 앉은 채로 녀석이 마지막에 남겼던 말을 곱씹었다.

−그분들은 당신의 상상을 아득히 뛰어넘는 존재들입니다. 고작 작은 차원계의 주신 따위가 그분들을 감당할 수 있을지는 모르겠네요.

마치 현재 내가 리멘과 연락이 잘 닿지 않는다는 것을 알고 있는 듯한 말투.

신경이 안 쓰이려야 안 쓰일 수가 없었다.

에덴에서 벌어지고 있다는 일이 지구에서 추방된 그 일그러진 신들과 관련되어 있는 걸까?

"정화자에 백명교라."

하나는 그냥 미쳐 날뛰는 놈들.

하나는 미친 세상을 만들고 싶어 하는 놈들.

한 가지 분명한 것은 그 어느 쪽도 우리 교단과 공존할 수 없는 놈들이란 점이다.

정화자와 백명교의 사이가 좋지 않다는 것은 의외긴 한데, 백명교의 대교구장이란 놈이 한 말을 생각해 보면 충분히 이해할 수는 있었다.

백명교가 추구하는 세상에 정화자의 자리는 없을 것이다.

그때 이야기를 나누었던 정화자 놈들을 생각해 본다면 녀석들은 혼란을 추구하는 놈들이다.

강력하고 새로운 질서를 추구하는 백명교와는 당연히 대립할 수밖에 없는 관계였다.

그래서 지난번 그 무명이라는 놈이 나에게 함께 백명교를 치자고 제의했던 걸지도 모르겠다.

"삼파전이라."

백명교의 대교구장은 가기 전에 나에게 선물을 하나 제공하고 갔다.

나는 그녀가 건네준 잃어버린 땅의 지도를 눈으로 훑으면서 한숨을 내쉬었다.

다크 엘프 장로로부터 뽑아낸 함흥 일대의 지도와는 달리, 백명교가 건네준 지도에는 잃어버린 땅 전역에 대한 조사가 이루어져 있었다.

어느 지역에 어떤 놈들이 살고 있으며, 숫자는 어느 정도 되는지, 그런 것들이 꽤 상세하게 적혀 있었다.

일종의 전술지도.

값어치를 상상할 수 없을 정도로 귀중한 정보였다.

-이제는 필요 없어졌으니, 선물로 드릴게요.

선물이라.

정말 그 녀석들이 호의로만 이 정보를 건네준 걸까?

그렇게 내가 지도를 보면서 이런저런 생각을 하고 있을 때쯤, 어느새 집무실 안으로 들어온 루나가 나에게 말했다.

"배짱 하나는 인정해 줄 만하네요."

"성지에서 우리가 함부로 못 한다는 것쯤은 눈치채고 들어온 거지. 그리고 쉽게 안 죽어 줄 거란 자신도 있던 것 같던데."

"성하께서 그년과 붙었으면 어떻게 되었을까요?"

"당연히 이겼겠지."

이겼겠지만 이긴 게 아니었을 것이다.

간단하게 제압이 가능한 상대는 아니었다. 충돌이 일어났을 것이고, 성지가 쑥대밭이 되었을 것이다.

　안 그래도 인구 밀집도가 높은 지금, 이곳에서 충돌이 일어났다면?

　신전이 파괴되는 걸 떠나서, 성지를 보러 온 사람들도 셀 수 없이 죽어 나갔을 것이 분명했다.

　그야말로 최악의 결과.

　그렇기 때문에 그녀가 대놓고 배짱을 부릴 수 있던 걸지도 모르겠다.

　"질이 나쁜 놈들이야."

　대교구장은 이곳에 모인 사람들의 목숨을 담보로 움직인 셈이다.

　그녀는 내가 사람들의 목숨을 판돈으로 걸지 않을 것이란 걸 확신했던 모양이다.

　"정화자 놈들이랑은 사이가 안 좋아 보이던데."

　"일부러 연막작전을 펼치는 건 아닐까요?"

　"그렇다기에는."

　나는 탁자 위의 지도를 손가락으로 두드렸다.

　"제공해 준 정보가 너무 상세해. 잃어버린 땅에 있는 정화자 놈들의 시설이 싹 적혀 있더라."

　다크 엘프들이 보았다는 함흥의 〈죽은 것들의 요새〉부터 시작해서, 정화자의 입김이 닿은 모든 것이 그 지도 안에 담겨 있었다.

지도가 정확한지에 대해서는 아직까지 증명된 건 없었다.

대신 다크 엘프 장로로부터 뽑아낸 함흥 지역의 지도와 비교해 보았을 때, 함흥 지역 일대는 정확하게 일치했다.

어느 정도 신뢰성은 있는 지도라는 뜻.

"이이제이인가."

루나가 혼잣말처럼 중얼거렸고, 나는 천천히 고개를 끄덕거렸다.

"일단은. 자신들의 손에 피를 묻히진 않겠다는 것 같다."

이 지도만 있으면 북진 작전의 성공률을 대폭 높일 수 있다.

정부와 거래를 했다면 엄청난 이윤을 남길 수 있는 상품이었는데, 이런 걸 아무런 조건 없이 우리에게 내어 주었다.

정말 녀석들이 호의로 준 선물일까?

장담하건대, 그럴 가능성은 없었다.

"사람의 목숨을 판돈으로 움직이는 놈들이 호의를 베풀 리가 있나."

녀석들이 정말 우리 교단과의 관계 개선을 원했다면, 내 앞에서 '우리가 원하는 세상은 이런 것이에요' 따위의 말을 지껄이진 않았을 것이다.

가장 현실적인 건 우리가 정화자들과 싸우면서 힘을 소진하길 원한다, 뭐 그런 이유인데…….

복잡하군.

간만에 머리를 굴리려니까 짜증이 난다.

이럴 때일수록 간단하게 생각할 필요가 있다.

사실, 삼파전을 해결하는 방법은 아주 간단하다.

"그냥 둘 다 아작 내 버리면 되는 거잖아."

압도적인 힘으로 밀어붙이는 것.

힘 앞에서는 전략이고 뭐고 무의미하다.

"애들 더 굴려. 어디 가서 맞고 다니지 않아야 하니까 더 빡세게 굴려."

이럴 때일수록 교단의 선제적 방어 능력을 극대화시켜야 할 때였다.

내 말에 루나는 비장한 표정으로 고개를 끄덕였다.

"저만 믿으세요, 성하. 제가 아주 미친놈들로 만들어 버릴 게요."

"듬직하다."

"전문가잖아요, 전문가."

첫째도 힘.

둘째도 힘.

힘만큼 효과적인 억제 수단은 없는 법.

나는 루나의 호언장담을 들으면서 천천히 고개를 끄덕였다.

그놈들이 무슨 짓을 꾸미더라도 상관없었다.

우리는 우리의 길을 가면 될 뿐.

그렇게 리멘 교단이 지구에서 맞이한 첫 겨울이 지나가고 있었다.
그리고 첫 번째 봄이 찾아왔다.

봄봄봄

언론에서 유난히 추웠다고 하는 겨울이 지나갔다.

겨울의 대부분을 성지에서 보내서 그런가, 솔직히 춥다는 생각은 별로 안 들었다.

에덴의 북지에서 경험했던 혹한과 비교해 보더라도 그다지 춥게 느껴지지 않았던 겨울이었다.

시연이의 겨울방학도 끝났고, 정부의 북진 작전 계획도 거의 마무리되어 가는 시점.

우리 교단에도 특별한 행사가 하나 준비되어 있었다.

그것은 바로.

"교육생들은 각자 배정받은 조로 모입니다."

"훈련소에 입소하기 전에 지인들과의 시간이 준비되어 있으니, 지시에 따라 주시길 바랍니다."

2기 교육생들의 입소식이었다.

나는 성지에 위치한 우리 교단의 훈련소에서 진행되고 있
는 입소식을 보면서 흐뭇하게 미소를 지었다.

예전처럼 직접 발로 안 뛰어도 이렇게나 많은 지원자가 몰
려들다니, 교황으로서 참으로 흐뭇한 장면이 아닐 수 없었다.

"꼭 신병 훈련소를 보는 것 같군."

"오, 에이든. 미국도 저렇습니까?"

"물론이야, 서진. 대신 교관들의 눈빛이 좀 달라. 미국의
교관들도 어딘가 미쳐 있는 것 같은데…… 저 교관들이 한술
더 뜨는군그래."

"다 들린다, 에이든. 지금 우리 교관들 비하하냐?"

"칭찬이다, 시우. 정말 경이로워. 나중에 팁이라도 얻고
싶은 마음이야. 자고로 전장에 나갈 병력을 길러 낼 자들이
라면 저런 광기쯤은 있어야지."

에이든은 양복을 입은 채로 가볍게 박수를 쳤다.

에이든의 옆에는 피부색만 제외하면 형제라고 부르기에
충분한, 도깨비 길드의 최 대표가 웃으면서 서 있었다.

바바리안이 하나가 아니라 둘인 셈.

평소에 에이든이 최 대표의 훈련을 많이 도와줘서 그런가,
둘 사이에는 사나이 간의 끈끈한 우정이 형성된 듯싶었다.

리멘 교단 2기 교육생들의 입소식에 이 둘이 초청된 이유

는 딱 하나였다.

"나에게 축사를 부탁하는 놈은 세상에서 너 하나뿐일 거다, 시우."

"이레귤러 친구 좋은 게 뭐냐? 이럴 때 서로 돕고 그러는 거지."

"그럼 나중에 내가 축사를 요청하면?"

"그건 또 따져 봐야 하는 거야. 내가 막 다른 종교 기념식에서 축사를 할 수는 없잖냐? 원래 종교인들은 자리를 조심해야 한다고."

에이든과 최 대표는 오늘 우리 입소식에서 축사를 해 주기로 했다.

친구를 좀 도와줄 수 있잖아?

미국의 이레귤러가 축사를 해 준다면, 우리 2기 교육생들의 어깨에도 힘이 들어갈 것이다.

아, 물론 정부에서도 사람을 보내왔다.

"늙어서 그런지 이제 기력이 다하는 느낌입니다, 교황님. 다음 달이면 은퇴하는데, 이 늙은이를 너무 부려 먹으시는 거 아닙니까?"

이능관리부의 유선호 장관은 앓는 소리와 함께 미소를 지었다.

나는 그런 유선호 장관을 향해 살짝 어깨를 으쓱였다.

"노인 공경은 해 드려야죠. 피곤하시면 돌아가셔도

괜…….”

"허허, 무슨 그런 섭한 말씀을. 대한민국에 큰 도움이 되어 주실 분들이 훈련소에 입소하는 날인데, 어찌 가만히 있을 수 있겠습니까. 안 그렇습니까, 여러분?"

"흐흐. 맞습니다, 유 장관님. 이럴 때 아니면 또 언제 한 숟가락 올리겠습니까?"

"장관님의 말이 맞습니다. 생색은 낼 수 있을 때 내야 하는 법이죠. 이때 아니면 또 언제 우리 김 교황님께 생색을 내 보겠습니까. 흐하하!"

참 잘 어울리는 조합이다.

생긴 것과 다르게 정치 능력 하나만큼은 기가 막힌 에이든과 천상 정치인 유선호 장관.

거기에 재벌가 자제님인데도 눈치가 기가 막힌 최서진 대표까지.

이 셋이면 죄 없는 사람도 죄인으로 만들기에 충분할 것 같다.

이 환상의 트리오가 내 편이라는 게 다행이라고 해야 하나.

나는 그 셋의 티키타카를 들으면서 천천히 2기 교육생들을 살펴보았다.

입소식은 예정보다 살짝 늦어졌다.

1기 교육생들의 특별 훈련이 생각보다 늦게 종료되었기

때문이다.

"교관들의 표정들이 하나같이 범상치 않아 보입니다."

유선호 장관은 나를 따라서 교관, 그러니까 1기 교육생들을 흐뭇하게 바라보며 말했다.

"그럴 수밖에 없습니다. 저 친구들, 어제까지만 해도 지옥에서 뒹굴었거든요."

"이야기는 들었습니다. 어제까지 잃어버린 땅에 계셨다지요?"

"전지훈련이라고 생각하시면 될 것 같습니다. 우리 루나 레벤톤 경이 힘을 많이 썼어요. 덕분에 독기 하나만큼은 잘 얻어 나온 것 같습니다."

2기 교육생들의 숫자는 총 2백 명.

그중에는 일본에서 온 1백 명이 포함되어 있었는데, 겁에 질린 한국인들과는 다르게 일본인들은 아직까지도 여유로운 표정이었다.

훈련에 대한 두려움보다는 자신들이 이곳에 왔다는 사실에 설레는 모습들이 대부분이었다.

그에 반해 한국인들은…….

"군필자로 보이는 분들이 두려움과 혼란을 느끼고 있는 것 같습니다."

"익숙하겠죠. 원래 가장 무서운 공포는 학습된 공포니까요. 딱 봐도 비슷하게 느껴지는 거겠죠."

군대에 다녀왔을 것으로 추정되는 이들을 중심으로 잔뜩 공포에 질려 있는 상태.

아직까지는 우리 교단의 교관들이 살갑게 교육생들을 맞이해 주는 중이었지만, 빠른 속도로 공포가 퍼져 나가는 중이었다.

"1기 교육생들이 이를 악물었어요. 2기 교육생들의 훈련 성과는 1기보다 훨씬 좋을 겁니다."

루나와 레오에게 전적으로 의지했던 1기 교육생들과는 달리, 2기 교육생들은 선배들로부터 집중 마크가 예정되어 있었다.

지난 지옥 훈련을 통해서 독기가 바짝 오른 1기 교육생들은 2기 교육생들을 쉴 새 없이 굴려 댈 것이다.

원래 인간은 굴린 만큼 강해지는 법.

개인적으로 2기 교육생들의 성과가 기대되는 이유 중 하나였다.

유선호 장관은 내 말을 듣자마자 웃으면서 고개를 끄덕였다.

"적어도 파벌 같은 건 안 나뉘어지겠군요. 개인적으로 걱정을 많이 했습니다. 일본인과는 가위바위보조차 지지 말라, 이런 말이 있지 않습니까? 하지만 그런 걱정은 붙들어 매도 괜찮을 것 같습니다."

"그렇게 생각하시는 이유라도?"

"인간은 원래 극한의 상황에서는 자연적으로 뭉치는 법입니다. 생존보다 우선시되는 욕구는 없지요. 숨조차 쉽게 쉴 수 없는 하루가 이어질 텐데, 파벌을 나눠 싸울 여력이 있겠습니까?"

역시 유선호 장관이다.

우리가 2기 교육생들을 위해 준비해 둔 커리큘럼을 단번에 눈치챘다.

나는 웃으면서 고개를 끄덕였다.

"정확하십니다."

"으음, 그렇게 생각하고 저들을 바라보니 안쓰럽다는 생각이……."

정신도 못 차리게 굴려 댈 건데, 한국인 일본인 나뉘어서 싸울 생각이나 하겠어?

그런 생각이 든다면 우리가 녀석들을 충분히 굴리지 못했다는 증거다.

패싸움을 벌였다는 소식이 들릴 때마다 훈련 강도를 높여 주면 금세 정신을 차릴 것이다.

그렇게 내가 귀빈들과 이야기를 나누고 있는 사이, 이번 입소식을 총괄하고 있는 라파르트 대주교가 우리에게 다가왔다.

교단의 정식 행사인 만큼 라파르트 대주교는 하얀색 사제복을 입고 있었다.

"성하, 모든 준비가 끝났습니다."

라파르트 대주교가 나를 향해 정중하게 고개를 숙였다.

"단상으로 올라가면 됩니까?"

"예, 입소식은 성하의 축복으로 시작됩니다. 올라가셔서 우리 교단의 새로운 일꾼들에게 축복을 내려 주십시오."

질질 끌 이유는 없지.

나는 라파르트 대주교에게 가볍게 손짓한 다음, 귀빈들을 향해서 말했다.

"그럼 입소식 슬슬 시작하겠습니다. 이따가 축사 잘 부탁드리겠습니다, 여러분."

"내 인생 최고의 축사를 해 주지. 믿어도 좋다."

에이든이 가슴을 쿵쿵 두드리면서 기세 좋게 말했다.

네가 제일 못 미더워, 이 자식아.

그렇게 나는 단상에 올라섰고, 곧 2기 교육생들의 시선이 나를 향해 모여들었다.

설렘 반, 두려움 반.

그러나 그들에게서는 공통적으로 기대감이 전해져 왔다.

나는 그 귀여운 병아리들을 잠시 감상한 다음, 기분 좋게 첫마디를 뗐다.

"이곳에 오신 형제 자매님들을 진심으로 환영합니다. 저는 리멘 교단의 교황, 김시우입니다."

지옥에 온 걸 환영한다, 병아리들.

우리 교황님좀
말려 주세요

리멘 교단의 2기 교육생으로 선발된 카시미 시계지는 도저히 흥분을 감출 수가 없었다.

'내가…… 내가 리멘 교단의 일원이 되다니.'

처음 2기 교육생으로 선발되었을 때가 아직도 그의 눈앞에 선했다.

엄청난 경쟁률을 뚫고 선발된 일본의 1백 명.

'센다이 시의 기적'이라고 불리는 야마타노오로치 이후, 리멘 교단은 단연코 일본에서 가장 뜨거운 종교였다.

일본에서 신성력을 각성한 플레이어들 대부분이 토속신앙이 아니라 리멘 종교를 신앙으로 채택했을 정도였으니 말이다.

그런 와중에 리멘 교단에서 일본인 1백 명을 2기 교육생으로 선발한다는 이야기가 들려왔고, 덧붙여 그 1백 명이 일본 포교의 초석이 될 것이라는 소식도 전해져 왔다.

일본 열도에 리멘 교단의 씨앗을 뿌리는, 그야말로 영광스러운 임무.

시계지는 자신을 괴롭혔던 27년 동안의 불운이, 지금에 와서야 보상받게 되었다는 생각을 했다.

'교황님…….'

시계지는 눈앞에서 김시우 교황이 보여 주는 기적을 바라보면서 눈물을 흘렸다.

한국어를 배운다고는 노력했지만, 아직까지 그의 한국어는 완전하지 않은 상태.

하지만 놀랍게도 김시우 교황의 말은 언어의 장벽을 가볍게 뛰어넘었다.

일본어가 아님에도 불구하고 그의 머릿속에 모든 뜻이 정확하게 전달되고 있던 것이다.

"여러분들은 앞으로 우리 교단의 일원으로서 많은 것을 배우게 될 것입니다. 리멘님을 모시는 이로서의 자긍심, 약자들을 위해 기꺼이 희생할 수 있는 고결함. 그리고 그 어떠한 악과도 타협하지 않는 강인한 정신력까지. 리멘 교단의 일원으로 살아가기 위해 필요한 모든 것을 이곳에서 얻게 될 것입니다."

시게지는 눈을 부릅뜬 채로 김시우 교황의 모든 말을 받아들였다.

악을 가차 없이 징벌하는 영웅.

상처를 돌보는 성인(聖人).

'언젠가는 저분 옆에서……'

저분의 쓰임을 받는 사람이 되어, 리멘의 이름을 널리 알리고 싶었다.

그리고 그것은 비단 자신만의 목표는 아닌 듯했다.

그의 옆에 있는 다른 교육생들 역시 각자 결연한 표정으로 김시우 교황의 이야기를 듣고 있었으니까.

"이곳이 여러분들의 새로운 시작점이 되기를, 리멘님의 이름으로 축복하겠습니다."

그렇게 김시우 교황의 연설이 끝났고, 곧이어 유명한 인물들의 축사가 이어졌다.

하지만 그들의 이야기는 시게지의 머릿속에 전혀 들어오지 않았다.

'그 누구에게도 질 수 없다. 반드시 인정받겠어.'

어쩌면 그의 인생에서 마지막 기회가 될지도 모른다.

그렇기 때문에 시게지는 간절했고, 또 절박했다. 그저 그런 교육생 중 하나로 남고 싶지는 않았다.

짝짝짝.

시게지가 여러 생각을 하고 있는 사이, 사방에서 박수가 터져 나왔다.

입소식이 그가 생각했던 것보다 훨씬 빨리 끝난 것이다.

그리고 잠시 후, 교관으로 보이는 사람들이 주위를 돌아다니면서 말했다.

"교육생들은 마지막으로 지인들과 인사를 나누고 옵니다. 시간은 10분 줍니다!"

일본인들을 배려해 준 것인지, 교관들 중 일부가 일본어로 소리쳤다.

시게지는 그 말을 듣자마자 빠르게 우측을 향해 달려갔다.

그곳에는 그의 부모님이 눈물을 흘리면서 기다리고 있었다.

"시게지."

"정말, 정말 괜찮겠니?"

꿈도 희망도 없이 놀고먹었던 자신을 끝까지 붙잡아 주셨던 부모님.

시게지는 자신의 부모님을 바라보면서 힘차게 고개를 끄덕였다.

"다녀오겠습니다. 아버지, 어머니."

긴말은 필요 없다고 생각했다.

말 대신에 행동으로, 성과로 보여 준다면 된다고 생각했다.

그렇기에 시게지는 긴말하지 않고 부모님을 한 분씩 안아 드렸다. 그리고 그분들을 향해 허리 숙여 인사한 다음, 다시 원래 있던 자리로 돌아왔다.

그리하여 지인들과의 마지막 시간이 끝났고.

"교육생을 제외한 분들은 이제 훈련소에서 퇴소해 주시길 바랍니다!"

순식간에 훈련소에는 교관들과 교육생들만이 남게 되었다.

마지막 가족이 훈련소에 퇴장한 그 순간, 시게지의 앞에 빨간색 모자를 쓴 한 교관이 다가왔다.

"122번 교육생, 카시미 시게지. 맞습니까?"

"제 이름이 맞……."

"지금부터 맞으면 예, 틀리면 아닙니다로 대답합니다. 알겠습니까."

"예! 알겠습니다!"

시게지는 배에 힘을 꽉 주면서 힘차게 대답했다.

그런 시게지의 우렁찬 대답이 마음에 들었던 걸까?

빨간색 모자를 쓰고 있던 교관이 앳된 목소리로 말했다.

"목소리 좋습니다. 본 교관은 앞으로 122번 교육생을 담당하게 된 오재민입니다."

시게지는 몰랐다.

지금 그가 서 있는 이곳이 지옥의 입구라는 것을.

그렇게 2기 교육생들의 입소식이 마무리되어 가고 있었다.

⚜

입소식이 끝난 후의 집무실.

나는 집무실의 책상에 앉아서 레오가 건네준 서류를 읽어 내려갔다.

"다행스럽게도 1기 교육생 중에서 일본어 회화가 가능한 인원들이 꽤 있네."

서류에는 2기 교육생들의 명단과 함께 2기 교육생을 담당하게 될 1기 교육생들의 명단이 적혀 있었다.

레오와 루나를 도와서 2기 교육생들의 훈련을 도와주게 될 50명의 1기 교육생.

그중에서 가장 눈에 띄는 1기 교육생이 하나 있었다.

"재민이가 의외다?"

"어렸을 때 일본에서 살았다고 합니다. 저도 의외라고 생각했습니다."

"재민이 실력은 어때?"

"초기 5인방답게 기대치를 상회하고 있습니다. 1기 교육생들 중에서도 최상위고, 나이가 어리다고 해서 무시하진 못할 겁니다. 1기 교육생들 중에서도 재민 형제를 무시하는 교육생은 없습니다."

첫인상은 굉장히 건방진 꼬맹이였는데 말이지.

아무래도 레오가 직접 담당해서 예의범절을 교육시킨 것이 특효약이었던 듯싶다.

나는 만족스럽게 고개를 끄덕이면서 서류를 내려놓았다.

"2기 교육생들에 집중한다고 해서 1기 교육생들의 훈련을 대충 하면 안 된다. 실전이 곧이야. 오늘 이능관리부에서 회의가 있다는 거, 알고 있지?"

"항상 명심하고 있습니다. 계획에 차질이 없도록 확실하게 해 두겠습니다."

"예산이 부족하다 싶으면 바로 라파르트 대주교에게 말하고. 교육에는 돈 안 아낄 거니까, 필요한 거 있으면 언제든지 써."

"감사합니다, 성하."

"그래, 이만 나가 봐."

레오는 내가 내려놓은 서류를 챙긴 다음, 허리를 숙이면서 인사를 건넸다.

탁.

그렇게 레오가 조심스럽게 집무실에서 나갔고, 곧이어 내 집무실 한편에 누워 있던 베스가 몸을 일으켰다.

나는 그런 베스를 향해 육포 한 조각을 던져 주었다.

그러자 베스는 날렵하게 뛰어오르면서 육포를 입에 집어넣었다.

우물우물.

"잘도 먹네."

"맛있으니까."

"밥값을 해야 할 텐데……."

"음, 노력하는 중이다. 그래도 일그러진 신들에 대한 정보는 꽤 요긴하지 않았나?"

"됐고, 빨리 힘이나 제대로 회복해서 다른 영물들이랑 연락 좀 돌려 봐."

"그것 역시 노력하는 중이다."

개 팔자가 상팔자라는 말을 증명이라도 하듯, 베스는 현재 최고의 호사를 누리는 중이었다.

집에서는 시연이가 쉴 새 없이 간식 챙겨 줘, 나가고 싶을 때 산책도 나가 줘.

거기에 신목 덕분에 요양까지 가능해.

이쯤 되면 녀석이 흑우가 아니라 내가 흑우가 된 기분이다.

"북쪽의 땅을 정화해 준다면 이 은혜는 반드시 갚도록 하겠다."

"언제까지 공수표만 남발할 거냐고. 솔직히 지금만 해도 싸울 수 있는 수준은 되지 않냐?"

"영기를 완전히 회복하기 전까지는 힘들다. 만에 하나 그 부정한 기운이 내 몸에 스며들기라도 한다면, 지금까지 몸을 요양한 것이 말짱 도루묵이 된다."

말이라도 못 하면 덜 미울 텐데.

나는 한심하다는 표정으로 베스를 쳐다본 다음, 기지개를 켰다.

"좋은 시절 다 갔다, 다 갔어."

동북아 교류전을 제외하면 큰 빅 이벤트가 없었던 겨울.

덕분에 우리 교단은 내실에 집중할 수 있었지만, 이번 봄부터는 정신없이 바쁠 예정이었다.

일단 가장 먼저 북진.

정부의 주도하에서 잃어버린 땅을 본격적으로 수복할 계획인데, 그 과정에서 우리 교단이 챙겨야 할 것이 꽤 많다.

동북아 교류전에 우리 교단의 인원 세 명을 차출하는 대신, 정부에서 약속해 준 것.

그것은 바로 잃어버린 땅에 있는 자원들이었다.

예를 들면 마정석이라든가 미스릴 등의 이계의 금속들.

신전의 뒤에 위치한 최상급 신성석 광산의 채굴량이 빠르게 줄어들고 있는 상황이라서, 광산을 새로 확보할 필요가 있었다.

미스릴 역시 마찬가지.

지난번에 대한민국 정부에 미스릴 제련법을 전수해 주는 대가로 받아 온 미스릴도 거의 바닥을 보이는 중이었다.

"이번에 들어온 신입이 2백 명이라서, 걔네들 장비 다 맞춰 주려면 빡세단 말이지."

"장비에 의존하는 건 별로 좋지 않아."

"그거 네가 인간이 아니라서 공감을 못 하는 거야."

"흠."

"이해 못 하겠으면 말해. 맨주먹으로 한 방. 건틀릿 끼고 한 방 먹여 줄 테니까."

"그렇게 말하니 이해가 쉽군. 예시를 들어 줘서 고맙다."

"반쯤은 진심이었어."

어쨌든 우리 교단도 이번 북진을 통해 자원을 확보해 두면 좋다.

자원은 원래 많으면 많을수록 좋은 거다.

"아, 회의 가기 귀찮다."

아까 레오에게도 말했지만, 오늘 이능관리부에서 회의가
있다.

당연히 정부에서 주도하는 회의인데, 이번 북진 작전의 담
당 구역을 배정하는 회의였다.

이번 작전은 정부에서 주도하는 형태였지만 민간 길드도
참여하는 작전이었기에 사전 조율은 필수적이었다.

물론 여태까지의 회의와는 다를 것이다.

예전의 정부는 이빨 빠진 호랑이나 다름없었지만, 지금은
판도가 아예 뒤바뀐 상황.

정부에게는 현재 주도할 만한 힘이 있다.

"그 사람의 본성을 알고 싶으면 칼을 쥐여 줘 보라는 말이
있지. 이번 기회에 한번 보자고."

유선호 장관의 말에 따르면 현재 대한민국 정부의 힘은 그
어떤 때보다 강력하다고 했다.

심지어 진영이 형이 한국에 있었을 때보다 더욱 강력하다
던가.

그 힘을 어떻게 사용하는지는 지켜봐야 할 것 같다.

우리가 정부 측과 충분한 신뢰를 쌓아 두기는 했지만, 원
래 힘이란 건 편중될수록 부패하는 법이니까.

"그런데 개인적으로 한 가지 궁금한 게 있다, 교황."

"뭐?"

"내가 예전에 한창 활동하고 있을 때만 하더라도 인간의 사회가 이렇게 복잡하진 않았다. 너 정도 되는 강자면 인간들을 규합할 수 있을 텐데, 왜 그렇게 하지 않지? 그쪽이 더 편하지 않나?"

베스는 정말 궁금하다는 듯, 눈을 동그랗게 뜨면서 물었다.

"규합이라고 한다면?"

"굳이 설득하고 이야기를 나눌 필요가 있나? 힘으로 뭉개면……."

"음."

아직 사회화가 덜 되었군.

성견은 교정하기가 힘들다고 하니, 애완견 전문가라도 불러야겠다.

강영욱. 씨인가, 그분 아직도 활동하시던가?

민수 씨한테 물어보면 알겠지?

꽃

입소식이 끝난 후, 이곳은 이능관리부 본청에 위치한 회의실.

이곳에는 꽤 오랜만에 왔다.

대부분의 일을 내 집무실에서 처리하기도 했고, 정부 주관의 회의도 오랜만이었기 때문이다.

회의실 내부의 분위기는 예전과 달랐다.

전각련이 대한민국의 주류 세력이었을 때만 하더라도 다들 나를 견제하기 바빴는데, 지금의 분위기는 전혀 그렇지 않았다.

"다들 표정 푸시라니까요? 저 여러분들 안 잡아먹어요, 진짜. 누가 보면 내가 교황이 아니라 두목인 것처럼 알잖아요. 예?"

"죄, 죄송합니다."

"죄송……."

회의를 주관하는 유선호 장관이 아직까지 회의실에 들어오지 않은 상황.

예전에 보았던 전각련 소속 대형 길드의 대표들은 그 어디에서도 찾아볼 수 없었다.

회의에 참석하는 길드가 달라졌다기보다는, 대표들이 싸그리 물갈이된 것으로 보였다.

"거 대표님들 꼴이 사나운 맹수 앞의 귀여운 양들 같습니다. 흐하하! 안 그렇습니까, 김 교황님!"

"최 대표님 때문에 더 그러는 것 같은데."

"걱정하지 마십쇼. 예전에 저를 어비스 던전에서 구해 주

우리교황님좀
말려주세요

실 때 약속드리지 않았습니까? 교황님을 지키는 듬직한……."

"제발 좀."

"흐흐, 루나 양한테 배운 기술이 꽤 효과적입니다. 리액션 보는 맛이 쏠쏠합니다."

최 대표가 넉살 좋게 웃음을 터뜨렸다.

최 대표의 도깨비 길드 역시 이번 북진 작전에서 단단히 한몫을 챙길 예정이라고 한다.

지난번 전각련의 대형 스캔들이 터지는 바람에 도깨비 길드가 반사이익을 봤다.

전각련에 소속되지 않았던 최상위권 길드는 오직 최 대표의 도깨비 길드뿐이었으니까.

덕분에 이 자리에서 최 대표의 발언권 역시 대폭 상승했다.

예전 같으면 몇몇 대표들이 최 대표를 향해 몇 마디 쏘아붙였겠지만, 그 누구도 최 대표를 제지하지 않았다.

정확히는 '못 했다'가 맞는 표현이겠지.

"몸이 벌써 근질근질합니다."

에이든과의 훈련으로 부쩍 성장한 최 대표를 감히 누가 막겠어?

모르긴 몰라도 현재 최 대표의 무력은 세 손가락 안에 들거다.

원래도 스펙이 어마무시했던 양반이, 에이든이라는 이레귤러한테 직접 가르침을 받았으니까.

뭐, 최 대표가 저렇게 너스레를 떠는 이유야 단순하다.

회의실의 분위기를 완전히 장악하기 위해서.

실제로 최 대표의 기에 짓눌려서 나머지 길드 대표들은 입을 열지 못하고 있었다.

혼자서 여러 명의 대표들과 신경전을 벌이던 예전과는 비교조차 할 수 없는 장면이었다.

재미로 따지면 그때가 훨씬 재밌었던 것 같긴 하다.

최 대표가 시원하게 치고받는 걸 보고 있으면 사이다를 마시는 기분이었더랬지.

"아, 김 교황님. 저희 도깨비 길드는 이번에 설화 길드랑 함께 잃어버린 땅에 들어가기로 했습니다."

"이야기 들었어요. 1기 교육생들 파견 요청하셨잖아요?"

"예."

"아까 승인해 드렸습니다. 20명이 도깨비 길드 쪽에 배속될 예정입니다."

"오오, 감사합니다."

"사람 사이에 의리가 있어야죠. 우리가 남도 아닌데, 안 그렇습니까?"

"하하! 사실상 피를 나눈 형제 아닙니까!"

사실상 나와 최 대표가 회의실을 전세 낸 듯한 모양새.

우리 둘을 제외하고서 일곱 명의 대표들이 더 있었지만, 그들은 찍소리조차 내지 못했다.

도리어 서로를 째려보면서 견제하고 있을 뿐.

전각련이 중부련, 남부련 등으로 찢어졌다는 말이 사실인 것 같았다.

그렇게 나와 최 대표의 독무대가 펼쳐지고 있을 때쯤.

"다들 일찍 나오셨군요."

유선호 장관이 회의실 안으로 들어왔다.

그러자 자리에 앉아 있던 대표들이 동시에 자리에서 일어섰다.

"장관님."

"허허, 다들 평소 하던 대로 해 주세요. 환대도 받던 놈이 잘 받지, 항상 안 좋은 소리만 들었던 사람이라 부담스럽습니다. 자 자, 다들 앉으세요."

유선호 장관의 말에는 가시가 있었다.

급격하게 뒤바뀌어 버린 세력 판도.

게다가 유선호 장관은 그 판도를 제대로 이용할 줄 아는 장사꾼이었다.

유선호 장관의 말에 따라 대표들은 어색한 표정으로 자리에 앉았고, 본격적인 회의가 시작되었다.

"여러가지 일로 바쁘실 대표님들을 이렇게 부른 이유는 이번 잃어버린 땅에 관해 긴히 토의를 나누고 싶기 때문입니다."

유선호 장관이 가볍게 손짓을 하자 곧 회의실 앞에 달려 있던 스크린에 잃어버린 땅의 지도가 송출되기 시작했다.

백명교에서 건네준 지도와 장로로부터 뽑아낸 정보들을 기반으로 만든 일종의 작전지도.

지도 위에는 붉은색 점이 한 곳 찍혀 있었는데, 바로 개성이었다.

"작전의 첫 번째 목표는 개성에 전초기지를 마련하는 겁니다. 플레이어들이 숙식을 해결할 수 있으며, 장비를 보급받을 수 있는 거점을 세워 두는 것이지요."

잃어버린 땅에 자리 잡고 있는 몬스터들은 이미 셀 수가 없을 정도였다.

하루아침에 전역을 휩쓸어 버리는 것은 불가능하다.

게다가 지금 이순간에도 게이트들이 등장하여 몬스터를 쏟아 내고 있으니, 차근차근 진행하는 것이 정답이었다.

이번 작전의 최종 목표는 단순히 몬스터를 지워 내는 것이 아니라 영토를 수복하는 것.

따라서 정부에서는 곳곳에 거점을 마련하는 방식으로 나아갈 생각인 듯 보였다.

"따라서 구 서부 전선을 통해 밀고 올라갈 계획입니다. 지역을 안정화시키는 것이 목표기 때문에 단번에 개성까지 돌파하지는 않을 겁니다. 화면 속의 검은 점은 몬스터들의 군락지를 의미하는데, 이 군락지들을 하나씩 파괴해 나가면서 북상을 이어 갈까 합니다."

간단하게 작전의 개요를 브리핑한 유선호 장관은 곧바로 본론으로 들어갔다.

"이번 작전을 통해서 각 길드에서 획득하는 부산물에 대해서는 면세 혜택이 주어질 것입니다. 또한 군락지 지역에서 발견하는 모든 자원의 소유권 역시 발견한 길드에 주어질 예정입니다."

유선호 장관은 한껏 긴장한 대표들을 향해 당근을 던졌다.

그러자 대표들의 눈이 탐욕으로 물들었다.

몬스터들의 부산물과 이계의 자원들은 엄청난 값어치를 지닌 것들.

충분한 이익을 뽑아내기 위해서는 최대한 많은 군락지를 선점할 필요가 있었다.

"모두가 성숙한 민주 시민이신 만큼, 충분한 토의를 통해 합의에 이르셨으면 합니다. 정부에서는 남는 군락지들을 토벌할 테니, 대표님들께서는 부담 없이 먼저 선택하시면 됩니다."

유선호 장관의 말에 대표들 간의 치열한 신경전이 시작되었다.

말이 토의지, 빠른 속도로 오고 가는 고성들.

"우리가 먼저지. 당신 길드는 숫자도 많이 줄었잖아?"

"뭐? S급 헌터들도 없……."

항상 느끼는 거지만 탐욕 앞에서는 위아래가 없다. 방금 전까지만 하더라도 내 눈치를 보던 사람들이 쉴 새 없이 고성을 주고받는다.

과연, 민주 시민다운 활발한 의견 교류구만.

저 사람들이 저렇게 열심히 민주주의를 실천하고 계시는데, 나도 질 수야 없지.

"음, 여러분?"

내가 뱉은 한마디에 순식간에 조용해지는 회의실 내부.

나는 나를 쳐다보는 대표들을 향해 웃으면서 말했다.

"저희가 먼저 선택할게요. 괜찮죠? 아, 혹시 불만 있으신 분?"

⁂

결론부터 말하자면, 불만 있는 사람은 없었다.

즉, 우리가 원하는 대로 일이 잘 풀렸다. 그리고 그뿐만이 아니었다.

우리 교단과 도깨비 길드에서 영양가 높은 군락지들을 선점한 이후, 남은 군락지들을 두고 각 길드의 대표들이 아귀다툼을 벌였다.

그 기세가 얼마나 사나웠는지, 유선호 장관이 직접 중재를 했을 정도였다.

공략에 나설 군락지를 확정 지은 리멘 교단과 도깨비 길드를 제외하고서 토의가 진행될 예정이라던가?

그렇게 해서 나와 최서진 대표는 회의실에서 나와 이능관리부 최상층에 있는 접객실로 향하게 되었다.

"아까 대표 놈들의 얼굴을 영상으로 남겼어야 했는데, 정말 아쉽습니다."

"그래도 한때 같은 식구들이었는데, 진짜 살벌하게 싸우던데요?"

"애초에 전각련이란 게 그런 조직이었던 겁니다. 이권으로 뭉쳤을 뿐, 소속감이나 의리 따위는 없었으니까요."

서부전선은 동부전선과 비교했을 때 평야가 주를 이루는 지역임에는 틀림없었다.

하지만 지대가 낮다 뿐이지, 지형마다 급이 있는 법.

우리 교단과 최 대표의 도깨비 길드가 가져가게 된 군락지의 숫자는 총 다섯 개.

한 곳을 빼고 전부 다 평야 지대에 생성된 군락지들이었다.

그야말로 노른자위 땅.

다른 군락지들이 야산이나 강을 끼고 있는 형태인 것을 고려했을 때, 평야 지대에 위치한 군락지들의 공략 난이도는 무척이나 쉬운 편에 속했다.

물론 단순히 난이도 때문에 그 군락지들을 선택한 것만은 아니었다.

"해당 군락지 주변에 미스릴 광맥, 상급 마정석 등등, 쓸 만한 것들이 다수 매장되어 있을 겁니다."

"전량 리멘 교단에서 가져갑니까?"

"그럴 리가요. 도깨비 길드에게도 지분이 있습니다."

"회장님께서 좋아하시겠군요. 이래서 친구를 잘 사귀란 말이 있나 봅니다. 친구를 잘 사귀니 자다가도 마정석이 생기잖습니까? 하하!"

어떤 자원들이 매장되어 있는지는 제대로 탐사를 해 봐야 알겠지만, 믿음직한 정보원으로부터 전달받은 내용이다.

아낌없이 주는 우리의 흑우, 베스에게 육포 4봉지를 제공하면서 얻어 낸 정보였기 때문에 신뢰도는 걱정할 필요가 없었다.

영물은 영물이더라.

앞으로 자원을 탐사할 때 요긴하게 사용할 수 있을 것 같았다.

밥값은 충분히 했다고 본다.

나는 은근히 미소를 지으면서 최 대표에게 말했다.

"그리고 저희 리멘 교단이랑 유선 그룹의 관계를 생각해 봤을 때, 이 정도는 챙겨 드려야 하지 않겠어요?"

"저희 회장님께서는 항상 받은 만큼은 돌려주십니다. 이

이야기를 들으시면 정말 기뻐하실 겁니다."

최서진 대표의 본가라고 할 수 있는 유선 그룹은 현재 우리 교단 수입의 상당 부분을 책임져 주는 곳이다.

교단의 축성소에서 생산되는 물품 대부분이 유선 그룹의 유통망을 통해서 빠르게 퍼져 나가고 있었다.

신성석 팔찌는 현재 없어서 못 팔 지경이고, 특히 중급 성수에 대해서 현재 여러 가지 이야기가 이어지고 있다고 들었다.

"제약 회사들 쪽에서 성수에 관심을 보이고 있다는군요. 김 교황님과 진지하게 이야기를 나누고 싶다는 요청이 쏟아지는 중이라고 합니다. 한국의 제약 회사들뿐만 아니라, 외국의 제약 회사들도 달려들고 있습니다."

제약 회사라.

성수를 분석해서 뭔가 만들어 보려는 생각인 것 같은데, 사실 성수는 과학적으로 작용한다기보다는 '기적'이라는 표현이 더 잘 어울린다.

아무리 과학적으로 분석하려고 하더라도 감히 따라 할 수 없는 물건이란 소리다.

하지만 그렇다고 해서 제약 회사들과의 대화가 필요없다고 생각하는 건 아니다.

그들이 성수를 인위적으로 복제하는 것은 불가능하겠지만, 현대 지구의 제약 기술과 신성력을 결합시키는 일은 충분히 시도해 볼 법했다.

"긍정적으로 생각해 보고 있다고 전해 주세요."

"오, 제약에 관심이 있으신 겁니까?"

"시너지를 일으킬 수 있다면요."

연구해서 나쁠 것 없는 일이다.

특히, 우리 교단은 그런 쪽에 있어서 굉장히 개방되어 있
는 교단이었다.

제약 회사들과의 협상은 필요하겠지만 말이다.

내 말의 뜻을 이해한 최 대표는 천천히 고개를 끄덕였다.

"그렇게 전달하겠습니다. 따로 전할 말씀은 있으십니까?"

"이윤만을 추구한다면 함께 일하지 않는다. 그 점만 확실
하게 명시해 줬으면 합니다."

"알겠습니다."

아이디어는 괜찮았다.

막말로 시중에 판매되는 감기약에 축성을 한다고 하면 약
의 효과가 한층 강화될 것이다.

부작용은 없애고, 약효는 강하게 만드는 것.

신성력을 이용한다면 가능한 일이었다.

그런 점에서 생각해 보면 제약 회사들과 딱히 거리를 둘
필요는 없을 것 같다. 선만 잘 지킨다면 확실히 공공의 이익
을 극대화할 수 있는 일이었으니까.

그렇게 나와 최 대표가 이런저런 이야기를 주고받으면서

시간을 보내고 있는 사이.

똑똑똑.

누군가 접객실의 문을 두드렸고, 곧 유선호 장관이 부드러운 미소를 머금은 채로 안으로 들어왔다.

"오래 기다리게 해서 죄송합니다. 다른 길드 대표님들이 워낙 열정적이셔서 말이지요."

"회의는 끝났습니까?"

"이야기가 길어질 듯하여, 저녁 시간을 가지고 다시 모이기로 했습니다. 아시다시피 현재 길드들 간의 신경전이 정점에 다다른 상황인지라, 다들 쉽게 양보할 생각은 없어 보입니다."

유선호 장관은 부드러운 목소리와 함께 천천히 자리에 앉았다.

중재하려면 얼마든지 중재할 수 있었겠지만, 유선호 장관은 일부러 방관하고 있었다.

"그들이 뭉쳐서 목소리를 내는 것보다는 훨씬 통제하기 쉽지 않겠습니까? 당분간은 이런 구도를 유지해 볼까 합니다."

"그들이 쉽게 뭉치지 못하게 적절하게 당근도 제시해야겠네요."

"장사 밑천을 털어 가시면 곤란합니다, 김시우 교황님."

맛있는 당근을 던져 준다면 또 그걸 먹겠다고 서로 붙어서 싸울 거다.

현재 대형 길드들은 이권을 조금이라도 더 확보하려고 혈안이 되어 있는 상태.

유선호 장관이라면 이런 상황을 십분 활용하려 들 것이다.

서 대통령도 그렇고, 이 노인도 그렇고.

손에 들어온 카드만큼은 알뜰하게 사용하거든.

유선호 장관은 자신의 비서가 가져다준 차를 한 모금 들이켰다. 그리고 나를 바라보면서 말을 이어 갔다.

"김 실장으로부터 듣기로는 김시우 교황님께서 정부 측에 용건이 있으시다고."

"아, 그렇죠."

회의가 끝났는데도 내가 이곳에 남은 이유.

나는 내 앞에 놓여 있던 찻잔을 만지작거리면서 유선호 장관에게 말했다.

"교단 차원에서 실험을 하나 진행해 볼까 하는데, 정부 측의 협조가 필요할 것 같습니다."

"리멘 교단에서 요청한다면 무엇이든지 들어드려야지요. 어떤 협조를 원하십니까?"

인자한 표정을 짓고 있던 유선호 장관.

나는 그를 향해 씨익 미소를 지으면서 폭탄을 던졌다.

"미사일에 축성을 할 수 있는지, 저희가 한번 실험을 해 보고 싶습니다."

내 말에 유선호 장관은 3분 정도 말을 잇지 못했다.

–미사일을 비롯한 현대식 무기의 대부분은 몬스터들 상대로 억제력을 지니지 못한다.

이것은 지난 5년 동안 충분히 증명된 팩트라고 한다.

핵미사일같이 끔찍한 파괴력을 지닌 무기라면 모를까, 대부분의 무기들은 몬스터들을 상대로 효율이 극히 떨어진다고 들었다.

하지만 현대의 무기들에 신성력을 담을 수 있다면?

사실, 이 아이디어 자체는 에이든으로부터 출발한 아이디어였다.

실제로 미국을 비롯한 선진국들은 마정석 등을 이용해서 기존의 무기를 개량하는 방향으로 기술을 발전시키는 중이라고 들었다.

일종의 마도공학.

미사일에 축성을 하겠다는 내 아이디어는 그들의 것을 벤치마킹한 아이디어였다.

신성력을 가득 담은 미사일들이 하늘에서 빗발치는 장면. 그것이야말로 정말 하늘에서 정의가 빗발치는 게 아닐까?

상상만 해도 가슴이 웅장해진다.

시스템이 어떤 식으로 제약을 걸지는 모르겠지만, 한번 실험을 해 볼 필요성은 있었다.

만약 그런 식으로 신성력을 응용할 수 있다면 현대식 무기의 재발견이 이루어질 테니까.

언제까지 내가 헬기 타고 다니면서 기동타격대 노릇을 할 수도 없잖아?

게다가 잃어버린 땅에는 정화자들이 만들어 둔 시설들이 있었으니, 실험 대상도 충분했다.

"그래서, 유선호 장관님은 뭐라시는데?"

"대통령이랑 이야기 좀 나눠 보겠다더라. 이능관리부에서 결정할 일은 아니래. 국방부와도 이야기를 나눠 봐야 하고…… 아무튼 복잡하다더라."

"그런데 형."

"왜?"

"아무리 생각해도 미사일이랑 교단은…… 안 어울리는 것 같아."

"고정관념에 사로잡히지 마."

"고정관념 문제가 아니라 이건…… 아니다, 내가 무슨 말을 하겠어."

나는 하루의 고된 일을 끝내고 집으로 돌아와 편한 복장으로 사과를 집어 먹는 중이었다.

인욱이 역시 오늘 치 작업을 다 끝냈는지, 내 옆에 앉아서 나와 함께 TV를 시청 중이었다.

["서 대통령은 잃어버린 땅을 수복할 것을 공식적으로 선언했으며, 이에 미국과 일본은 각국의 대사관을 통하여 적극적인 협력을 약속하였습니다. 또한 중국은 오늘 외교부를 통하여 '대한민국의 성공적인 수복 작전을 기원한다'라는 공식 성명을……."]

"요새 잃어버린 땅 이야기밖에 안 나오네."

"인터넷에서도 온통 저 이야기뿐이야. 사람들이 그만큼 관심을 가지고 있다는 거지. 미튜버들도 온통 저 이슈에만 꽂혀 있어."

한국인들에게 있어서 저 잃어버린 땅은 아픈 손가락이나 마찬가지였을 것이다.

우리가 반드시 수복해야만 하는 땅.

물론 단순히 그런 상징적인 요소만으로 국민들이 열광하고 있는 건 아니었다.

우리가 저 땅을 수복했을 때 발생하는 온갖 경제적인 효과.

엄청난 상징성에 막대한 경제 효과까지 더해지니, 당연히 국민들의 관심이 폭발적으로 증가할 수밖에 없었다.

그리고 그것은 당연히 서 대통령을 비롯한 정부의 노림수이기도 했다.

"그런데 진짜 그 정도로 자원이 많아?"

인욱이가 넌지시 물었고, 나는 내 옆에 다소곳하게 앉아 있던 베스의 등을 쓰다듬으면서 고개를 끄덕였다.

"이계의 마력이 잔뜩 몰려들었고, 그 상태로 5년 동안이나 인간의 손이 안 닿았어. 당연히 자원이 많을 수밖에 없지."

그 자원들을 확보만 할 수 있다면, 대한민국의 국력 역시 대폭 강화될 것이다.

잃어버린 땅이라는 리스크도 제거하고, 자원도 확보하고.

성공할 경우에 얻는 게 큰 장사였다.

각성자들 역시 엄청난 경험을 쌓을 수 있을 테고, 그것 역시 이번 작전을 통해 얻을 수 있는 큰 수확 중 하나다.

"미튜브 촬영 가능하려나?"

"심각한 마력 간섭만 없으면 가능할 거다. 일부 지역에서는 힘들 수도 있겠다만, 촬영이 가능한 곳에서는 촬영을 시도할 거야. 그건 걱정하지 마라. 민수 씨네 촬영팀이랑 설화 길드 촬영팀도 함께 갈 거야."

"요새 일 너무 많은데, 형. 나 진짜 힘들어."

"그럼 다른 편집자를 고용해. 너 친한 편집자들 있지 않아?"

"……그래도 돼?"

"안 될 게 뭐야."

교단의 덩치도 커진 만큼, 미튜브의 규모도 굉장히 커졌다. 인욱이 혼자서 감당할 수 없는 수준인 건 분명했다.

앓는 소리는 별로 안 내길래 괜찮은 줄 알았다만, 그건 또 아니었던 모양이다.

인욱이는 사과를 하나 집어 먹은 다음, 한숨을 푹 내쉬면서 말했다.

"내가 언제 밑에 사람을 두고 일해 봤었어야지……."

"민수 씨랑 잘 이야기해 봐. 인건비는 아끼지 말고. 그런데다가 돈 아끼는 거 아니야."

"형."

"응?"

"오늘 많이 낯설다. 방금은 좀 리더 같았어."

그렇게 인욱이랑 일 이야기를 잠시 하고 있을 때쯤.

"작은오빠아."

시연이가 백설이를 목에 두른 채로 방에서 쪼르르 달려 나왔다.

시연이는 소파에 누워 있던 인욱이 옆에 앉더니, 곧 눈을 빛내면서 말했다.

"내일 10시까지! 알지?"

"당연히 알지."

"헤헤."

내일은 수요일.

시연이가 학교 가는 날인데, 무슨 일이라도 있나?

"내일 뭐 해?"

"아, 내일 시연이 학부모 참관 수업이라고 해서. 그렇지,

시연아?"

"응! 큰오빠는 일 때문에 바쁘니까, 작은오빠가 오기로 했
어."

나는 그 말을 듣자마자 미간을 살짝 찌푸렸다. 그리고 시
연이를 향해 은근한 목소리로 말했다.

"왜 오빠한테는 안 물어봤어. 오빠 섭섭해."

"큰오빠는 항상 바쁘잖아. 작은오빠는 항상 집에 있구."

"시연아, 나는 집에서 아무것도 안 하는게 아니라 집에서
일을……."

"교황님은 항상 다른 사람들 도와줘야 한다고 했어. 참관
수업은 큰일 아니야. 그러니까 큰오빠가 굳이 안 와도 돼."

문득 이사 가기 전, 함께 등교를 했던 때의 기억이 떠오른
다.

나랑 함께 등교하는 게 자랑스럽다는 듯이 어깨를 으쓱였
던 시연이의 모습.

그렇게나 나를 자랑하고 싶어 하는 시연이가 저렇게 말하
니 그저 기특할 뿐이었다.

나는 그런 시연이를 내 앞에 앉혔다. 그리고 활짝 미소를
지으면서 말했다.

"오빠 내일 시간 괜찮아."

"진짜?"

"당연하지. 시연이 말대로 오빠가 교황이야. 교황이 거짓

말하는 거 본 적 있어?"

우리 시연이가 기죽는 꼴 절대 못 보지.

"그럼 내일 큰오빠가 오는 거야?"

"그러자."

"좋아!"

그런데 도대체 뭘까.

시연이의 표정에서 보이는 저 미묘한 성취감 말이다.

마치 내가 이렇게 나올 거라고 예상한 듯한…….

에이, 아니겠지?

저 뒤끝 없어요

다음 날 아침.

—헤헤, 오빠. 이따가 꼭 늦지 않게 와야 돼! 알겠지? 내
친구들 부모님도 다 오신다고 하셨어.

시연이는 나를 꼭 껴안아 준 다음에 등교를 했다.

저렇게까지 했는데 내가 빠질 수야 있나.

어째서인지 시연이의 함정에 빠져 버린 기분이지만, 어차
피 작전 시작 전까지는 시간이 남았다.

본격적으로 북진을 시작하게 되면 당분간 가족들에게 쓸
시간이 부족해질 테니, 시연이와 좋은 추억을 미리 쌓아 두

는 것도 좋을 것 같았다.

그렇게 해서 결국 나는 아침을 대충 토스트로 때운 다음, 시연이가 다니는 서울제일초등학교에 도착했다.

내가 학부모 참관 수업에 참여하는 건 이번이 처음이었다.

당연히 내가 에덴으로 납치되기 전, 시연이는 유치원생이 었기 때문이다.

그런데 보통 학부모 참관 수업은 학부모들끼리 '하하호호' 하면서 모여드는 게 정상 아닌가?

그런데 내 눈앞에 펼쳐진 건.

"학교를 배경으로 느와르물이라도 찍나."

초등학교의 정문 앞에서부터 벌어지고 있는 치열한 신경 전이었다.

고위 공무원 자제님, 재벌 그룹 자제님들이 문제가 아니 었다.

정말 문제가 되는 건 대형 길드에 소속된 헌터들의 자제 들.

대각성자시대라는 명칭에 걸맞게, 입김이 가장 센 건 역시 헌터들이었다.

전각련이 해체했다고 한들, 전각련을 구성하고 있던 대형 길드들이 사라진 건 아니었다.

학교의 정문 앞에는 그것을 증명이라도 하는 듯이 대형 길 드들이 그 어느 때보다 날카로운 눈빛으로 서로를 견제하는 중이었다.

초등학교의 정문 앞에서 벌어지는 유치한 신경전.

다들 어린아이의 동심으로라도 돌아간 걸까.

하는 짓거리가 정말 유치하기 짝이 없었다.

"이딴 학교에 내가 내 동생을······."

대형 길드들의 헌터들끼리 서로를 견제하는 중이라서 당연히 분위기는 흉악했다.

지나가는 시민들도 슬쩍 눈초리를 줄 정도였다.

하지만 다른 학부모들은 그것을 이상할 것 없다는 듯 받아들이며 학교로 들어가고 있었다.

······도대체 어떻게 돌아가는 학교지?

최고의 교육 수준을 자랑한다는 학교가 마침 주변에 있어서 전학을 시키긴 했다만, 벌써부터 학교의 분위기가 예상이 가는 것 같다.

그렇게 내가 툴툴거리면서 그 수많은 인파를 뚫으려던 순간.

"성하!"

그 인파들 사이에서 누군가 나를 부르면서 손을 흔들었다.

신성력이 물씬 풍겨 오는 두꺼운 판금 갑옷.

그 판금 갑옷 뒤로 흩날리는 붉은색 머리카락.

"리멘 교단이야······."

"저 사람들이 그 몬스터들을 반으로 접는다는······."

주변에서 우리 교단의 존재를 한눈에 알아차릴 수 있게 해 주는, 리멘 교단의 마스코트.

"저희랑 같이 가셔야죠."

루나였다.

게다가 루나뿐만이 아니었다.

루나가 나를 알은체하면서 다가오는 순간, 대형 길드들끼리의 신경전이 빠르게 소강상태로 접어들었다.

그들이 단순히 루나만을 의식해서가 아니었다.

루나의 뒤를 따라서 정문에 도착한 30여 명의 1기 교육생들.

토비의 장인 정신이 담긴 판금 갑옷을 두른 성기사들이 당당하게 정문에 도착했기 때문이다.

"……레오도 같이 왔네?"

성기사들의 앞에는 레오가 왼손으로 성서를 든 채 서 있었다.

꼭 영화에서나 나올 법한 장면이었다.

성기사들이 입은 판금 갑옷이 햇빛에 빛나고, 그 앞에는 검은색 사제복을 입은 사제가 엄숙한 표정으로 서 있고.

배경이 초등학교만 아니었다면 정말 영화로 담아도 될 것 같은, 너무나도 성스러운 장면.

표정만 보면 다들 그냥 성전에라도 나서는 것처럼 결연한 표정이었다.

"오늘은 중요한 날이잖아요. 우리 시연이가 기죽으면 안 되죠. 어차피 시연이네 학교도 신전에서 별로 안 멀고, 겸사 겸사해서 왔어요. 우리 애들도 시연이 되게 좋아하거든요."

"1기 교육생들이?"

"네. 시연이가 훈련소에 자주 놀러 왔었어요. 물론 저를 보려고 왔었던 거지만, 어느새 교육생들이랑 친해졌더라구요. 아마 시연이는 뭘 해도 될 거예요. 붙임성이 너무 좋다니까? 지난번에는 애들 먹으라고 김밥도 싸 오던데요."

아무리 생각해도 시연이는 작은 여우가 틀림없다.

언제 1기 교육생들까지 홀려 둔 거지?

루나의 말이 사실인 게, 이곳에 온 교육생들의 표정에서는 귀찮음 따위는 찾아볼 수조차 없었다.

그 어느 때보다 열정적으로 불타오르는 눈빛들.

이곳을 눈빛만으로 정리하기라도 하겠다는 듯한 기세들이었다.

문제는 왜 저 열정을 이런 곳에다가 불태우냐는 것.

"원래는 연례행사라더라구요."

"뭐가?"

"이렇게 유치하게 신경전 벌이는 거요. 인터넷에 검색해 보면 바로 나와요. '서울제일초등학교 학부모 참관 수업'. 대형 길드들의 작은 각축장이라던데…… 자료 조사는 조금 하고 오시지."

루나의 말에 나는 깊게 한숨을 뱉어 냈다.

"참관 수업을 오기 전에 조사를 한다는 게 상식적으로 이해가 가냐?"

"애초에 이 학교 자체가 상식적이지 않은걸요."

"……그건 맞지."

입구부터 이 난리면 학교 분위기도 알 만하다.

지난번에 시연이를 데리러 왔을 때 눈치를 챘어야 했다.

부모들이 저러는데 아이들이 뭘 보고 배웠겠어?

그렇게 내가 루나랑 이야기를 나누고 있는 사이, 어느새 성기사들은 내 앞에 멈춰 섰다. 그러자 주변에 있는 사람들이 드디어 내가 있다는 걸 알아차렸다.

"……김시우 교황?"

"저 사람이 왜 여기에……."

평상복을 입고 있었기에 나를 알아보는 사람들이 꽤 적었지만, 이놈들 때문에 다 글러 먹었다.

성기사들은 일제히 고개를 숙이면서 나에게 예의를 표했고, 레오가 그들을 대표해서 말했다.

"교황 성하를 뵙습니다."

절도된 동작.

딱딱한 목소리.

레오의 허스키한 목소리가 주위에 내려앉았고, 순식간에 주변의 분위기가 냉각되었다.

아까 전까지만 하더라도 신경전을 주고받던 대형 길드 소속 헌터들의 안색이 흙빛으로 뒤바뀌는 건 한순간이었다.

나는 그 모습을 바라보면서 크게 한숨을 뱉어 냈다.

"됐으니까 다들 돌아가."

"성하, 하지만……."

"……위화감 조성하잖아."

지옥 훈련을 견뎌 낸 1기 교육생들의 기세가 워낙 흉흉했다. 기세만 보면 지금 당장 마굴로 기어 들어가, 마수들을 도륙 낼 것만 같은 분위기였다.

이게 교단인지, 아니면 폭력 조직인지.

그들이 입고 있는 갑옷만 아니었다면 여러 오해를 샀을 것이다.

"다 내 업보다, 내 업보야."

어쩐 하루의 시작부터 심상치 않다.

나는 다시 한번 한숨을 뱉어 냈다.

오늘 하루도 쉽지 않을 것이라는 예감이 드는 건…… 단순히 기분 탓일까?

❦

돌이켜 생각해 보자면 아까 정문에서 있었던 일은 현재 대한민국 판도의 축소판이나 다름없었다.

대형 길드 간의 신경전.

각자의 이해관계 속에서 새롭게 구성되는 판세.

부모는 자녀의 거울이라는 말답게, 학생들 사이에서도 비슷한 분위기가 조성되어 있었다.

시연이의 나이가 올해로 11살.

이제 막 초등학교 4학년에 올라왔는데, 학교의 분위기는 중학생이나 고등학생 저리 가라다.

"이야, 애들끼리 장난 아닌데요? 못된 것만 잔뜩 배워 뒀어."

"그러니까 너는 왜 안 돌아갔냐고."

"저는 시연이를 아끼는 언니의 마음으로…… 어, 그래! 시연아! 성하, 시연이한테 손 흔들어 주세요."

루나는 내 질문에 대답을 하는 둥 마는 둥 하면서 시연이를 향해 손을 흔들어 주는 중이었다.

나는 그런 루나를 째려본 다음, 시연이를 향해 오른손을 흔들어 주었다.

시연이의 표정은 굉장히 밝았다.

아침보다 어깨가 훨씬 올라가 있는 것 같기도 하고.

그 모습이 너무나도 귀여워서 나도 모르게 입꼬리가 올라갔다.

사실, 참관 수업은 그다지 특이할 건 없었다.

학생들이 꿈을 발표하는 등의 다소 평범한 구성.

다만 스케일이 좀 달랐을 뿐인데, 몇몇 학생들은 전문가의 손길이 묻은 PPT를 통해서 꿈을 발표하더라.

그렇게 학생들의 발표가 이어지고 있을 때쯤.

"김시우 교황님."

양복을 입은 한 남자가 내 옆으로 다가왔다.

"이런 곳에서 만나 뵙게 될 줄은 몰랐습니다."

나는 고개를 돌려 나에게 말을 건 남자를 쳐다보았다.

정확하게 기억은 안 나지만 어디선가 한 번 본 듯한 얼굴.

내가 자신을 제대로 기억하지 못한 걸 눈치챈 걸까? 충분히 기분 나쁠 법하지만, 남자는 전혀 내색하지 않은 채로 말했다.

"어제 이능관리부의 회의실에서 교황님과 잠깐 인사를 나누었습니다."

"아!"

"레이스 길드의 대표, 황석호입니다. 그리고…… 저기, 김시우 교황님의 동생분 옆에 앉아 있는 사랑스러운 여자아이의 아빠이기도 합니다."

레이스 길드.

전각련이 무너진 이후 새롭게 떠오른 대형 길드 중 하나이며, 중부련에 소속된 길드였다.

생각해 보니 어제 악수를 한 번 나눴던 것 같다.

나를 두려워했던 다른 대표들과는 달리, 오히려 나에게 호감을 표시했던 사람이기도 했다.

황 대표는 부드러운 미소와 함께 말을 이어 갔다.

"김시우 교황님의 동생분께서 이 학교에 다니고 있는 줄은 몰랐습니다."

놀랍게도 첫 대화부터 장난질이었다.

아마 시연이가 내 동생이란 걸 모르는 사람은 없었을 거라 생각한다.

겨울방학 전에도 내가 한 번 찾아오기도 했었거니와, 시연이는 현재 우리 교단의 미튜브에도 자주 출연하고 있었다.

교황의 동생이라는 화제성에다가 시연이 특유의 붙임성 덕분에 귀여움을 독차지하고 있는 중이다.

백설이, 베스와 함께 애완동물 브이로그도 기획 중이었고, 리멘 교단에 관심이 있는 사람이라면 알아볼 수 있을 만큼의 인지도를 쌓아 뒀다.

이런 상황에서 시연이를 못 알아봤다고?

그랬을 리가 없지.

요즘 초등학생들이 얼마나 유행에 민감한데.

그러니까 이 황 대표라는 사람의 말은 속이 뻔히 들여다 보이는 거짓말이었지만, 사실 딱히 거슬리는 거짓말은 아니 었다.

나와 말을 붙이기 위해서 꺼낸 말이었기 때문이다.

"제 동생이 지난 학기에 전학을 와서요. 첫 학부모 간담회니까 한번 와 봤습니다. 그런데 제가 생각했던 것보다 분위기가 많이 다르네요."

나는 넉살 좋게 말을 건넸고, 그러자 황 대표는 힘겹게 웃으면서 고개를 끄덕였다.

"저도 제 안사람이 꼭 가야 한다고 해서 왔습니다. 올해로 벌써 4년째네요. 아빠 노릇 하는 게 참 쉽지가 않습니다. 아마 그건 다른 분들도 마찬가지일 겁니다."

황 대표는 주위를 슬쩍 둘러보았다.

"자식들의 자존심은 곧 부모의 자존심인 법이니까요."

"그런가요?"

"게다가 이 학부모 참관 수업 이후에 이루어지는 간담회는 좋은 사교 모임이기도 합니다. 정재계 인사와의 인연을 맺을 수 있는 기회죠."

이곳에 입학하기 위해 목을 매는 이유 중 하나.

인맥.

자식의 교육도 교육이지만, 이곳에 다니는 학생들의 부모들은 대부분이 한자리씩 하시는 분들이다.

상류층의 커뮤니티라고 해야 하나.

나로서는 쉽게 공감할 수는 없었지만, 그렇다고 해서 이해가 안 가는 건 아니었다.

그들에게는 그들만의 세계가 있다.

여유로운 사람들끼리 뭉쳐서 놀겠다는데, 그걸 누가 뭐라고 하겠어?

"김시우 교황님께서 여동생분을 이곳에 보내신 것 역시……."

"아, 저희는 집에서 가장 가까운 초등학교가 여기라서요. 학교 시설도 좋고, 선생님들도 좋으시다기에 보낸 겁니다."

나는 빠르게 선을 그었다.

그들의 커뮤니티에 들어가는 건 내키지 않았기 때문이다.

이런 내 의중을 파악한 황 대표는 눈치 좋게 화제를 돌려 버린다.

"혹시 간담회가 끝난 후에 따로 시간을 내주실 수 있겠습니까? 어제는 미처 경황이 없어서 말씀을 못 드렸지만, 드리고 싶은 제안이 하나 있습니다."

"어떤 제안인지 살짝 들어 보고 싶네요."

"리멘 교단의 성직자분들을 고용하고 싶습니다."

의외의 안건.

파견을 요청하는 게 아니라 '고용을 하겠다'고 말하는 거라면, 합당한 대가를 지불하겠다는 소리였다.

"저희 길드가 중부련에 소속되어 있는 건 맞지만, 이건 어디까지나 길드 차원의 제안입니다. 중부련과는 전혀 관련이 없습니다."

"신성 계열 플레이어들이 필요하다면 저희 말고도 대안이 있을 텐데요."

"미지의 위험을 헤쳐 나가기 위해서는 각 분야의 최고가 필요한 법입니다. 저는 리멘 교단의 성직자분들이야말로 이 분야의 최고라고 생각합니다."

적당한 감언이설까지 섞는 황 대표.

이번 기회에 나와 인연을 좀 만들고 싶어 하는 눈치기도 했다.

나는 황 대표의 시선을 마주하면서 작게 고개를 끄덕였다.

"이따가 따로 이야기를 나눠 보시죠."

"감사합니다."

먼저 고개를 숙이고 들어오는 사람들에게까지 벽을 세워 둘 필요는 없었다.

우리 교단에 우호적인 세력은 많을수록 좋은 법.

황 대표는 내 긍정적인 반응에 만족스럽게 고개를 끄덕였다.

그리고 다시 자신의 딸을 바라보았다.

"제 딸과 교황님의 동생분이 친해 보여서 기분이 정말 좋습니다. 무슨 이야기를 저렇게 나누고 있는 걸까요?"

"글쎄요……."

황 대표의 말대로 그의 딸과 시연이가 서로 귓속말을 주고받는 중이었다.

황 대표에게는 아이들끼리 노는 것처럼 보이겠지만, 내 귓가에는 그 둘이 나누는 귓속말이 고스란히 들려오고 있었다.

"야, 김시연. 너는 부모님 없어? 왜 학부모 참관 수업인데 너네 오빠만 와?"

다 알고 있음에도 불구하고 일부러 시연이의 성질을 건드리고 있는 황 대표의 딸. 시연이를 싫어한다는 게 확연히 느껴질 정도였다.

하지만 놀라운 건 시연이의 반응이었다.

시연이는 활짝 웃으면서 황 대표 딸의 귓가에 속삭였다.

"너희 부모님도 결국 없어지실 텐데, 지금 미리 인사드리고 올래? 키워 주셔서 감사합니다, 어때? 마침 뒤에 계시잖아."

……시연아?

✢

시연이의 묵직한 반격은 초등학교 4학년짜리가 감당하기에는 버거운 공격이었다.

시연이에게 묵직하게 후드려 맞은 황 대표의 딸은 시연이에게 손찌검을 하려는 듯 손을 들었지만, 그조차도 마음대로 할 수 없었다.

시연이가 곧바로 팔을 뻗어 막아 버린 것이다.

'폭력은 나쁜 거야.'라는 말을 덧붙이는 것이 포인트였다.

말싸움에서도 져, 몸싸움에서도 져.

그런 상황에서 초등학교 4학년짜리가 선택할 수 있는 방법은?

당연히 울음을 터뜨리는 거지 뭐.

황 대표의 딸은 그대로 울음을 터뜨렸고, 덕분에 발표는 어수선한 분위기 속에서 마무리되었다.

이런 상황에서 가장 당황했을 건 황 대표였지만, 도리어 황 대표는 나에게 사과를 전했다.

—저희 딸아이가 실언을 한 모양입니다. 죄송합니다, 김 교황님. 일단 저희 딸아이부터 달래고 오겠습니다. 이따가 간담회 끝나고 계속 말씀을 나눴으면 합니다.

이런 일이 한두 번이 아니었던지, 황 대표의 얼굴에는 체념 비스무리한 것이 자리 잡고 있었다.

하여튼 간에 그렇게 해서 상황이 대강 정리되었고, 나는 시연이와 함께 시연이의 담임 선생님과 대면하는 시간을 가지게 되었다.

담임 선생님이 잠시 다른 학부모들과 인사를 나누는 동안 나와 시연이는 미리 상담실에 와 있었는데, 당연하게도 루나 역시 이 자리에 함께했다.

루나는 시연이의 머리를 쓰다듬어 주면서 미소를 지었다.

"잘했어, 시연아. 원래 패드립 치는 놈들에게는 본때를 보여 줘야 하는 거야. 뺨을 먼저 맞았다면, 뺨을 친 놈의 얼굴에다가 주먹을 꽂아 넣으면 돼. 아주 잘했어."

"마음만 같아서는 때리고 싶었어, 언니."

"그냥 한 대 치지 그랬어. 언니가 커버해 줬을 텐데."

시연이의 사고방식이 누구로부터 기인했는지 알 수 있는 부분이었다.

나는 루나를 바라보면서 한숨을 깊숙하게 내뱉었다. 그리고 고개를 가로저었다.

"범인은 너였구나."

"성하, 성하였어도 저 말 듣고 가만히 있으셨겠어요?"

"그렇진 않지."

나였으면 최소 손목은 골절시켜 뒀지.

그래도 시연이가 황 대표 딸을 제압하는 모습이 나름 사이다이기는 했다.

버르장머리 없는 녀석은 혼쭐이 나야지.

그나저나 시연이가 요새 루나한테서 나쁜 것만 배우는 것 같아서 걱정이 많다.

이러다가 무기술 같은 것도 배우는 거 아니야? 시연이에게까지 무기를 쥐여 주고 싶지는 않은데 말이야.

"시연아."

"응, 오빠."

"다음부터는 그냥 제대로 한 방 갈겨. 정 안 되면 백설이한테 부탁하고. 백설이 평범한 고양이 아닌 거 알지?"

이왕 후려갈길 거면 확실하게 후려갈겨야 한다.

요새 세상이 흉흉하니, 시연이에게 간단한 호신술까지는 알려 줄 필요가 있을 것 같다.

레오한테 교육을 부탁하면 사람을 반으로 접는 것만 알려 줄 것 같으니, 아무래도 내가 직접 알려 줘야 하나?

똑똑똑.

그렇게 우리 셋이서 도란도란 이야기를 나누고 있을 때쯤.

"안녕하세요."

시연이의 담임 선생님이 상담실 안으로 들어왔다.

긴장한 기색이 역력한 표정.

방금 전까지 학부모들에게 제대로 시달리고 왔는지, 선생님의 얼굴에서 피로감이 진득하게 느껴졌다.

"시연이 담임 선생님을 맡고 있는 신지수라고 합니다."

담임 선생님이 공손하게 손을 내밀었고, 나는 그녀의 손을 맞잡으면서 은은하게 미소 지었다.

"김시우입니다."

너무 피로해 보이길래 맞잡은 손을 통해 그녀에게 가볍게 축복을 걸어 주었다.

우우우웅.

내 몸에서 흘러나간 신성력이 빠르게 그녀를 휘감았고, 곧 선생님의 안색이 눈에 띄게 좋아졌다.

본인의 몸은 본인이 제일 잘 아는 법.

담임 선생님은 갑작스러운 컨디션 호전에 눈을 동그랗게
뜨며 놀라워했다.

"이거 혹시……."

"피곤해 보이셔서요. 뇌물 같은 건 아니니까 걱정하실 필
요 없어요."

신성력에 대한 기본 법률도 아직 지정되지 않은 마당에,
선생님한테 축복을 내려 줬다고 해서 문제가 생길 리가 없
었다.

"감사합니다, 교황님."

"오늘은 학부형의 자리로 온 거라서, 굳이 그렇게 안 불러
주셔도……."

내 말에 그녀는 작은 목소리로 대답했다.

"사실, 제가 리멘님을 믿거든요."

"아아."

어쩐지.

아까부터 친숙한 느낌이 들더라.

이런 걸 보면 확실히 우리 교단의 교세가 많이 확장되었다
는 걸 느낀다.

시연이의 담임 선생님이 리멘 교단의 신도라…….

참 애매한 관계긴 하다. 조심할 것도 많을 것 같고.

얼떨결에 본인의 신앙을 고백해 버린 선지수 선생님은 곧
바로 자리에 앉았다.

나는 그런 그녀를 향해 정중하게 고개를 숙이며 말했다.

"아까 발표 시간에 죄송했습니다."

"아, 아니에요. 유나가 원래 유별난 구석이 좀 있어서……
시연이 정도면 정말 얌전하게 대처한 거예요. 예전에는 수업
시간에 머리채를 쥐어 잡고 싸운 적도 있었는 걸요."

전과가 있던 아이였구나.

신지수 선생님은 힘겹게 웃으면서 고개를 끄덕였다.

모든 직장인들의 기본 패시브라고 할 수 있는 저 영업용
미소.

그녀는 그 미소를 유치한 채로 말을 이어 나갔다.

"저는 항상 시연이에게 고마워하고 있어요. 시연이가 학
급에서 소외되는 친구들을 잘 챙겨 주거든요. 지난 학기에
전학 왔는데도 반 아이 대부분이랑 사이가 좋아요. 원래 이
나이 때는 그게 참 쉽지 않아요. 그런 점에서 보았을
때……"

언젠가 이런 순간을 한 번 꿈꿨었다.

시연이의 학교에 방문해서, 선생님으로부터 시연이의 이
야기를 듣는 것.

그곳에서 내가 되찾고 싶었던 일상 속에는 이런 장면도 포
함되어 있었다.

"항상 똑부러지고, 인사성도 밝고. 학교에서 교장 선생님
을 뵐 때마다 허리를 숙여 인사하는 학생은 시연이뿐이에요.

그래서 교장 선생님도 시연이를 되게 이뻐하고 계세요."

"다행이네요."

"어디를 가더라도 이쁨받을 아이라고 생각해요. 그리고 그것뿐만이 아니라 학업 능력도……."

시연이는 계속해서 이어지는 선생님의 칭찬이 부끄러웠던 모양이다.

아까 친구에게 거침없이 돌직구를 날리던 시연이의 모습은 온데간데없었고, 잔뜩 붉어진 얼굴로 내 팔을 잡는다.

돌아가신 부모님도 이 자리에 계셨다면 더 좋아했을 텐데.

부모님도 일찍 여의고, 의지하던 큰오빠도 사라지고.

그런 악조건들 속에서 이렇게나 이쁘게 자라 준 시연이가 어찌나 고맙던지.

나는 흐뭇하게 미소를 지은 후, 신지수 선생님을 바라보았다. 그리고 나지막한 목소리로 말했다.

"우리 시연이 예쁘게 봐 주셔서 감사합니다, 선생님."

그러자 신지수 선생님은 고개를 가로저으면서 답했다.

"저야말로 저희 학교에 이렇게 예쁜 아이를 보내 주셔서 감사하죠."

그 이후로 선생님은 10분 내내 시연이에 대한 칭찬을 이어 가셨고, 나 역시 그녀가 늘어놓는 칭찬을 기쁜 마음으로 귀에 담았다.

오길 잘했다는 생각이 무럭무럭 솟아오르는 시간이었다.

꽃

학부모 참관 수업은 시연이의 학교 생활을 엿볼 수 있었던 좋은 기회였다.

비록 황유나라는 아이와의 불화가 있었지만, 시연이를 대하는 다른 아이들의 태도를 보면 시연이가 어떤 학교 생활을 하고 있는지 대강 파악할 수 있었다.

자존심 높은 아이들, 편을 가르는 아이들 사이에서도 돋보이는 사교성.

시연이를 싫어하는 애들은 그다지 많지 않았다.

항상 친구들과 웃으며 얘기하고, 친구들 역시 그런 시연이를 부담스럽지 않게 받아들였다.

그건 그만큼 시연이가 다른 친구들을 골고루 챙겨 줬다는 의미기도 했다.

담임 선생님과의 면담은 그렇게 훈훈한 분위기 속에서 마무리되었고, 나는 다른 학부모들과 가볍게 인사를 나눈 후에 신전으로 돌아왔다.

신전으로 출근할 때에는 손님도 함께였다.

아까 불미스러운 일이 있었던 레이스 길드의 황 대표.

아버지 된 마음으로서 아까 전의 일이 불쾌할 법도 한데, 대표란 자리가 참 쉬운 자리가 아니긴 하다.

"이렇게 귀한 자리 내주셔서 감사합니다."

공은 공, 사는 사.

내 앞의 황 대표에게서는 불쾌한 표정이라고는 찾아볼 수조차 없었다.

"유나에게 이야기를 들었습니다. 이 모든 게 자식을 잘못 가르친 제 탓입니다. 아까 전에도 따끔하게 혼을 냈지만, 집에 돌아가서 다시 한번 훈육을 제대로 시키겠습니다. 정말 죄송합니다."

내 앞에서 자식의 잘못을 시인하며 용서를 비는 아버지에게 내가 무슨 말을 할 수 있겠어?

나는 계속해서 용서를 비는 황 대표에게 차를 권했다.

"괜찮습니다. 아이들이 뭐 싸우면서 친해지는 거 아니겠어요? 마음에 담아 두진 않았습니다."

시연이가 일방적으로 당했으면 감정이 남았겠다만, 아까 전의 딜 교환은 시연이가 압도적으로 우위에 선 상황.

먼저 운 쪽이 진 거다.

"정말 감사합니다."

"아이들끼리의 일로 어른들끼리 감정 상해서 되겠나요? 저를 그런 소인배로 보신 것 같아서 좀 기분이 그러네요."

"그게 아니라……."

"농담입니다, 농담."

원래 목이 마른 사람이 우물을 파는 법이거든.

나는 씨익 미소를 지은 다음, 내 앞에 놓여 있던 녹차를 한 모금 들이켰다. 그리고 곧바로 본론으로 들어갔다.

"바쁘신 대표님을 오래 잡아 둘 수는 없죠. 아까 이야기나 마저 해 봅시다. 레이스 길드에서 저희 교단의 성직자들이 필요하다구요?"

내 질문에 황 대표는 들고 있던 찻잔을 내려놓았다.

"예, 그렇습니다. 아무래도 신성 계열 플레이어들이 있고 없고의 차이가 크지 않겠습니까?"

"흐음."

"혹시 리멘 교단의 교리에 어긋난다거나……."

"아, 그런 것 때문에 고민하는 건 아닙니다. 다른 사람들을 괴롭히는 일만 아니라면 사례금 정도는 받을 순 있어요."

어떻게 보면 용병이라고도 부를 수 있겠지만, 금전적인 것과 관련해서 우리 교단은 언제나 놀라울 정도의 융통성을 발휘한다.

약간 이런 개념이다.

사례금을 통해서 더 많은 선행을 펼친다.

이걸 뒷받침하는 교리가 몇 개 있는 것으로 아는데, 굳이 교리까지 들먹이면서 복잡하게 따질 이유는 없다.

남들에게 피해를 줄 수 있는 일은 당연히 받아들이면 안 되지만, 마족이나 마수를 토벌하고 나서 사례금을 받는 것쯤은 충분히 가능한 일이다.

"몇 명 정도 필요하십니까?"

"저희가 원하는 건 응급조치를 도와주실 분들입니다. 다섯 분이면 충분할 것 같습니다."

"많지는 않네요."

"길드의 사활을 걸고 원정을 준비하고 있습니다. 성직자 분들의 안전은 반드시 보장하겠습니다."

"아, 그 부분도 걱정하진 않습니다."

"……예?"

"마굴에 던져 넣어도 살아 나올 놈들…… 아니, 형제자매 님들이니까요."

고작 잃어버린 땅 초입에서 죽어 나갈 정도로 약하게 키우진 않았다.

"제가 봤을 때는 큰 문제는 없을 것 같습니다."

"감사합……."

"다만."

한국말은 끝까지 들으셔야지.

나는 능글맞은 목소리로 말을 이어 나갔다.

"아무래도 저희 교단에서도 단독으로 원정을 준비하고 있는 상황이라서, 다섯 명이나 인원을 차출해 버리면 계획에 차질이 생길 수도 있을 것 같습니다."

원래 협상이란 단번에 합의점에 도달해 버리면 안 된다.

급한 건 저쪽인데, 뽑아낼 수 있는 건 다 뽑아 먹어야지?

대형 길드들이 돈을 쓸어 담는다는 이야기를 옆집 꼬맹이도 알고 있는 마당에, 순순히 제안을 받아들일 수야 없지.

저쪽에서 어떤 조건을 준비해 왔는지는 모르겠지만.

"라파르트 대주교? 박지원 고문? 들어오세요."

내가 원하는 건 그것을 아득히 뛰어넘는 조건.

돈은 원래 벌어 둘 수 있을 때 많이 벌어 둬야 하는 거다.

잠시 후, 라파르트 대주교와 박지원 씨가 집무실 안으로 들어섰다.

"부르셨습니까, 성하."

"여기 이분께서 우리 교단의 형제자매님들을 모셔 가고 싶다는데, 생산적인 대화를 나눠 보셨으면 합니다."

황 대표라면 이런 자리를 셀 수도 없이 경험했을 사람이다.

따라서 이런 협상에는 전문가가 필요한 법.

교황청의 실무를 담당했던 라파르트 대주교와 아이비리그 출신 박지원 씨야말로 이 상황의 적임자였다.

라파르트 대주교는 나를 향해 정중하게 고개를 숙였다.

"교단의 명예가 실추되지 않도록 잘 해결해 보겠습니다. 믿어 주셔서 감사합니다, 성하. 기대에 반드시 부응하도록 하겠습니다."

"문서화까지 시켜야 하니까 박지원 형제가 옆에서 잘 도와주시구요."

"예, 걱정 마십시오."

이런 부분에 있어서 만큼은 레오와 루나보다 훨씬 든든한 둘의 조합.

나는 만족스럽게 고개를 끄덕거린 다음, 살짝 얼이 빠진 것 같은 황 대표를 향해 말했다.

"지금부터는 이 두 분과 이야기를 나누시면 될 것 같습니다."

아까 황 대표 딸이 시연이를 무시해서 그러는 거 아니다.

절대로.

⁂

우리 교단의 협상조가 투입된 지 30분.

테이블 위에서 산전수전 다 겪었던 황 대표였겠으나, 노상 강도나 다를 바 없는 2인조의 활약 앞에서는 사실상 무의미했다.

협상의 결과를 간단하게 표현하자면 다음과 같았다.

"속옷까지 털어 드셨네요."

우리 교단 측에 천문학적인 금액을 건네주는 것은 물론이며, 고용한 성직자들의 일당도 별도로 챙겨 주기로 결정되었다.

그 금액은 비밀이다.

한 가지 확실한 건, 내가 생각했던 것보다 2배는 넘는 금액을 뜯어냈다는 것.

라파르트 대주교는 이런 내 감탄사에도 그저 조용히 차를 마시면서 고개를 끄덕였다.

"어렵지 않았습니다."

"그래도 명색이 대형 길드 대표인데, 속에는 능구렁이 수백 마리가 들어 있었을걸요."

시연이와 자신의 딸이 사이좋게 패드립을 주고받은, 기분이 안 나쁘려야 안 나쁠 수가 없는 상황에서조차 평정을 유지했던 사람이다.

그런 사람을 구워삶는 게 마냥 쉽지는 않았을 것이다.

하지만 그 어려운 일을 불과 30분 만에 해냈다.

나였다면 저렇게까지 쥐어짜 내지는 못했을 것 같았는데 말이다.

역시, 전문가는 전문가인가?

"지원 군의 말에 따르면 레이스 길드가 최근 여러 대기업들로부터 천문학적인 자본을 투자받았다고 했습니다. 그들의 곳간은 가득 차 있고, 전투에 있어서 만큼은 돈을 아끼지 않는 성향을 고려한다면…… 전적으로 저희 측에 유리한 상황이었습니다."

"박지원 형제님이 좋은 정보를 알려 주셨네요."

내 말에 그 옆에 있던 박지원 씨가 흐뭇하게 웃으면서 고개를 끄덕였다.

"리멘 교단의 경영 고문으로서 해야 할 일을 했을 뿐입니다. 길드들한테서는 뜯어낼 만큼 뜯어내야죠. 술자리에서 전해 들은 내용이었습니다. 그 정보를 이렇게 빨리 쓰게 될 줄은 몰랐습니다."

여태까지 1기 교육생들에게 투자되었던 금액을 절반 가까이 회수할 수 있을 만큼의 큰 계약.

물론 그 계약의 이면에는 또 다른 조건이 하나 있었다.

"레이스 길드에 파견되는 1기 교육생들의 인솔자는 레오 대주교입니다, 성하."

"그렇게 적혀 있네요."

나는 라파르트 대주교가 건네준 계약서를 살피면서 고개를 끄덕였다.

파견 인원은 초기에 저쪽에서 요구했던 5명이 아니라 10명. 거기에 인솔자로 레오가 함께한다.

연고도 없는 길드에 1기 교육생들만 달랑 파견하는 것보다야 이쪽이 훨씬 낫다.

레이스 길드가 알아서 조절이야 하겠지만, 욕심 앞에서는 어떤 사고가 일어날지 예측할 수 없다.

1기 교육생들은 앞으로 우리 교단을 이끌어 나갈 귀중한 일꾼들.

나 역시 그들의 안전을 위해서라도 레오를 포함시켜 주는 것이 적절하다고 생각한다.

"보시면 계약서가 한 장 더 있습니다."

"이건……."

"레오 대주교를 파견하는 계약은 별도지요. 레오 대주교는 지구의 기준으로 디재스터급을 가볍게 상회한다는 평가를 받고 있습니다. 아무리 인솔자로 파견하는 거라지만, 맨입으로 보내 줄 수는 없지요."

레오의 계약까지 포함하면 그야말로 어마어마한 규모의 계약.

레오가 전투에 가담할 때마다 추가 금액을 부담하게 되는 형태의 계약이었는데, 그 금액조차 비현실적인 수준이었다.

아무리 그들이 대기업의 투자를 받았다고 하더라도 기둥이 뽑혀 나갈 수도 있는 형태의 계약이었던 것이다.

"교육생들의 일당과는 별개로 레오 대주교가 벌어들이는 수입은 그대로 교단에 귀속될 예정입니다."

"레오가 섭섭해할 것 같은데."

"대주교의 자리란 그런 자리지요. 교리에도 명시되어 있습니다. 대신에 레오 대주교에게 보너스를 넉넉하게 주면 될 것 같습니다."

뭔가 양심에 찔리는 발언이기는 했다만, 발언의 당사자가 라파르트 대주교라서 딱히 문제가 되는 것 같지는 않았다.

레오나 루나는 라파르트 대주교의 말이라면 순순히 따르니까 말이다.

이래서 학습된 공포가 무서운 법이다.

나는 가볍게 고개를 끄덕였고, 옆에 있던 박지원 씨가 라파르트 대주교의 설명에 몇 마디를 덧붙였다.

"교황님, 이번 계약은 오히려 저희가 손해를 보는 셈입니다."

"……이렇게나 돈을 뜯어내는데요?"

"디재스터급 이상의 귀환자들이나 최상위권 S급 헌터들은 천금을 주고도 고용할 수 없는 게 현실입니다. 그리고 그들이 이번 원정에서 큰 성과를 거둔다면 손해 보는 장사는 아닐 겁니다."

하긴.

그러니까 황 대표가 밝은 얼굴로 돌아간 거겠지.

굉장히 만족스러운 듯한 표정이었지, 아마?

"……잠깐만."

처음에는 치료 능력을 지닌 성직자들 5명만 요구했던 사람이, 얼떨결에 레오까지 고용하는 계약서를 작성하고 갔다.

마치 자동차의 타이어만 사러 온 사람이 자동차까지 구매해 버린 것만 같은 상황.

대형 길드의 대표를 상대로 한탕 제대로 해 먹은 셈이다.

내 표정을 살피고 있던 라파르트 대주교가 인자한 표정과 함께 고개를 끄덕였다.

"레오 대주교도 밥값은 해야지요. 걱정하지 마십시오, 성

하. 제가 레오 대주교에게 잘 말해 두도록 하겠습니다. 교단의 재정에 큰 기여를 하게 되었으니, 적당히 공을 치하해 주면 됩니다."

"밥값은 밥값인데…… 이건 수법이 완전히 중고차 딜러잖아?"

소문으로만 익히 들었던 중고차 판매, 일명 차팔이들을 연상시키는 수법.

하지만 라파르트 대주교는 전혀 문제가 없다는 듯이 미소를 지었다.

"방식이 무엇이 중요하겠습니까, 성하. 저희도 만족하고 상대도 만족한다면, 그것이야말로 진정한 상생이 아니겠습니까? 안 그렇습니까, 지원 군."

"맞습니다. 원원이라고 할 수 있겠네요. 그들은 필요한 전력을 보충을 했고, 저희는 이번 기회에 넉넉한 예산을 확보했고. 서로 좋은 게 좋은 거죠. 하하!"

"허허."

뭔가 상생의 의미가 굉장히 곡해되어 있는 것 같은 현장.

백색공포는 과연 백색공포였다.

저 둘의 조합이라면 악마의 피까지 충분히 짜낼 것같이 보인다.

어쩌면 더 나아가 악마들의 피를 말려 죽일 수 있지 않을까?

"아, 그리고 성하. 이번 기회를 통해서 대형 길드 쪽에도 교단의 입김을 불어넣을 수도 있을 것이라 생각합니다. 리멘 교단이 자신들을 적대하지 않는다, 조건만 맞는다면 언제든 일을 함께할 수 있다. 이번 레이스 길드와의 계약은 그런 의미도 내포하고 있으니까요."

"그들에 대한 영향력을 확대한다?"

"그렇습니다. 대형 길드들에 대한 영향력도 확대시킨다면, 리멘 교단이 원하는 세상을 만드는 데 훨씬 유용하지 않겠습니까?"

더불어 그들이 연을 맺고 있는 백명교의 영향력도 줄일 수 있을 테고 말이지.

나는 박지원 씨의 말을 들으면서 천천히 고개를 끄덕였다.

잃어버린 땅을 두고 벌어지는 대형 길드 간의 신경전을 이용해서 우리 교단의 위치를 더 공고히 한다라……

나쁠 것 없지.

적은 최대한 적게, 친구는 최대한 많게.

변화하는 세상을 주도할 수 있는 가장 효율적인 방법이기도 하니까.

"앞으로도 두 분이서 잘 해내 주실 거라 믿습니다."

"다 성하와 리멘님의 은혜 덕분입니다."

"항상 최선을 다하겠습니다."

역시는 역시.

앞으로도 둘에게 일을 계속 맡겨 두면 될 것 같았다. 이래서 인재들이 중요하다니까?

나는 다시 한번 만족스럽게 고개를 끄덕였다.

그렇게 잃어버린 땅을 향한 준비가 착실하게 끝나 가는 중이었다.

✤

유능한 부하 직원들 덕분에 오늘 역시 편안한 하루였다.

우리 신전의 지하에 구금해 두었던 다크 엘프 장로를 정부 산하의 연구 기관에 넘긴 것을 끝으로, 오늘의 내 공식 업무는 마무리.

다크 엘프 장로에 대한 처분은 지난번에 함흥에서 구출한 생존자들이 결정했다.

나는 그들이 다크 엘프들에게 여태까지 어떤 짓을 당했는지 알고 있었기에, 그들의 결정을 순순히 받아들였다.

인간을 상대로 끔찍한 짓을 저질렀던 놈이다.

그런 놈에게 편안한 죽음을 선사해서는 안 될 일이지.

녀석이 어떤 반항조차 할 수 없도록 완벽한 봉인까지 걸어 두었으니, 아마 정부 측 연구원들은 편안한 실험을 해 나갈 수 있을 것이다.

그렇게 해서 모든 업무를 끝마치고 집으로 퇴근했다.

"오빠 왔다."

"큰오빠!"

시연이는 그 어느 때보다 나를 반갑게 맞이해 주었다.

근래에 본 시연이의 표정 중 가장 밝았고, 가장 귀여웠다.

그만큼 기분이 좋아보였다.

"유나네 아버지랑 싸운 건 아니지? 미안해, 오빠. 내가 조금 더 참을 걸 그랬어."

"아냐, 안 싸웠어. 오히려 죄송하다고 하시더라. 그러니까 시연이는 걱정하지 마."

사과를 받았을 뿐만 아니라 더 나아가 알차게 털어먹었다는 말은 시연이의 동심을 위해서 일부러 말을 아꼈다.

어른들에게는 어른들만의 사정이 있는 법이니까.

"딱 봐도 한 탕 해 먹었네."

"시연이가 교황의 진면목을 모른다는 게 아쉽군. 교황은 지옥까지도 따라가서 죗값을 물을 놈인데 말이지."

시연이 옆에서 나보고 들으라는 듯이 말하는 두 축생들.

나는 백설이와 베스의 목소리를 가볍게 무시한 다음, 시연이를 향해 말했다.

"시연아, 참는 게 착한 일은 아니야. 그런 친구들에게는 가끔씩 매운맛을 보여 줘야 돼."

"진짜?"

"당연하지. 그래야 정신을 차리고 바른 사람이 되지 않겠어?"

내 말에 시연이는 해맑게 미소를 지었다.

"그래도 나쁜 말은 안 썼어."

"아주 잘했어."

"헤헤."

원래 그런 드립은 욕설을 안 섞어 줘야 효과가 백배인 법이거든.

그리고 개인적으로 아주 흐뭇한 장면이었다.

집에서는 항상 착하고 애교 많은 모습만 보여 줘서 친구들에게 만만하게 보이지 않을까 걱정했다만, 아까 시연이가 보여 준 매운맛을 보고 느낀 게 하나 있다.

우리 시연이, 어디 가서 기죽고 다니지는 않겠다는 것.

"주인이 아직 잘 몰라서 그래. 시연이가 얼마나 기가 센지 알아? 시연이한테 시비 걸면 죽음이야, 죽음. 시연이네 학교에도 기 센 애들 많긴 한데…… 시연이 앞에서는 그냥 순한 양이 되어 버린다니까?"

백설이가 내 다리에 자신의 머리를 부비면서 말했다.

"유나라는 개도 평소에 시연이한테 기 많이 눌렸거든."

'그래서 사이가 안 좋았던 거냐?'

"그것보다는 그 유나라는 애가 좋아하는 현수라는 아이가 시연이를 좋아하더라고. 일종의 삼각관계라고 생각하면 편해."

복잡한 치정 관계까지 얽혀 있었던 사건이었다는 건가.

　어쩐지 시연이를 질투하는 티가 팍팍 나더라.

　그렇게 불만이 쌓여 있던 차에 아버지가 자신의 뒤에 있다고 생각하니까 먼저 선공을 가했던 모양이다.

　뭔가 어린아이 같으면서도 어린아이 같지 않다고 해야 하나.

　요새 애들이 확실히 영악한 것 같긴 하네.

　나는 시연이의 머리를 쓰다듬어 주면서 백설이에게 은근슬쩍 물었다.

　'시연이는 그 현수라는 아이 좋아해?'

　"절대. 현수라는 놈이 꼬맹이치고 잘생긴 편이긴한데, 시연이 눈 되게 높아. 승우만큼 잘생긴 게 아니라면…… 글쎄. 시연이의 관심을 받는 건 힘들지도?"

　승우만 조심하면 된다는 뜻이군.

　이해했다.

　그래도 시연이가 지닌 의외의 모습을 경험할 수 있어서 즐거운 시간이었다.

　"오늘 학교에 왔던 사람들 중에서 큰오빠가 제일로 멋있었어! 우리 선생님도 되게 좋아하시더라구. 맞다, 큰오빠. 우리 선생님 엄청 예쁘지?"

　"예쁘시더라."

　"남자 친구도 없으시대. 내가 미리 조사해 뒀어. 그런데 나는 설화 언니나 루나 언니도 좋아!"

"그게 무슨 뜻일까?"

"그냥 그렇다구!"

여우 같은 녀석.

귀랑 꼬리만 없다 뿐이지, 하는 짓은 진짜 여우라니까?

그렇게 내가 시연이랑 즐겁게 이야기를 나누고 있을 때쯤, 인욱이가 안방에서 걸어 나왔다.

"왔어? 오늘 참관 수업은 어땠어?"

"시연이 덕분에 재밌었지. 시연이가 생각보다…….."

"맵지, 매워. 학교에서의 시연이는 진짜 맵다고."

……너는 알고 있었구나?

인욱이는 다가와서 시연이의 어깨 위에 가볍게 손을 올렸다. 그리고 당연하다는 듯이 말을 이어 갔다.

"전학 가기 전의 학교에서는 남자애들 기도 다 죽이고 다녔어. 형, 그거 알아?"

"뭐?"

"시연이 싸움도 잘한다? 한 번도 본 적 없지? 남자애들이랑 싸워도 안 져."

"작은오빠."

시연이는 인욱이를 빤히 쳐다보았고, 시연이의 눈빛을 마주한 인욱이가 슬금슬금 뒤로 물러섰다.

"봤지, 형. 시연이 조심해. 딱 엄마 닮았으니까, 알겠지?"

"큰오빠, 빨리 씻으러 가! 나 작은오빠랑 이야기 좀 할게!"

기가 센 건 우리 집안 유전인 건가?

할머니도 그렇고, 엄마도 그렇고, 시연이도 그렇고.

정말 유전자의 힘이란 위대한 것 같다.

나는 겉옷을 벗으면서 미소를 지었다. 그리고 인욱이와 시연이에게 물었다.

"이번주 주말에 다 같이 바닷가라도 보러 갈까? 백설이랑 베스도 같이. 어때?"

"웬일로?"

"잃어버린 땅 들어가면 한참 바빠질 텐데, 그 전까지 충분히 놀아 둬야지."

놀 수 있을 때 잔뜩 놀아 둬야지.

그렇게 인상 깊었던 하루가 끝나 가고 있었다.

※

그로부터 2주일 후.

경기도 파주시 문산읍.

"자, 슬슬 시작해 봅시다."

본격적인 북진이 시작되었다.

청소시간

리멘 교단의 공식적인 첫 원정.

원정에 동원된 리멘 교단 1기 교육생들의 표정은 그 어느 때보다 결연했다.

게이트나 던전을 해치웠던 것과는 달리, 이번 원정이 지니고 있는 의미를 그 누구보다 잘 알고 있었기 때문이다.

잃어버린 국토, 분단되었던 국토를 되찾겠다는 대한민국의 숙원.

따지고 보면 각성한 지 반년 넘은 그들에게 그런 중요한 책무가 주어진 셈이니, 긴장을 안 하려야 안 할 수가 없을 것이다.

그러나 딱 한 명.

내 옆에 붙어서 쉴 새 없이 입을 여는 사람이 있었다.

"분위기가 꼭 옛날 생각나게 만드네요. 안 그래요, 성하?"

"옛날?"

"왜 있잖아요. 마수들로 드글거리던 침묵의 평야. 그곳에서 정말 뜨거웠잖아요. 기억 안 나세요? 그 오우거 킹 사지를 성하가 뽑아 버린 날. 사방에서 마수들 몰려들고……."

"아, 기억난다."

당연히 루나였다.

루나는 자신의 트레이드마크 패션이라고 할 수 있는 청바지와 라이더 재킷을 입고 있었다.

갑옷과 사제복을 입고 있는 1기 교육생들과는 확연히 다른 모습.

루나가 전장에 나설 때면 항상 순백색의 갑옷을 입었던 걸 생각해 봤을 때, 지금 당장으로서는 전투에 가담하지 않겠다는 의지를 표명하는 것이기도 했다.

"레오는 자유 시간 주시고, 저는 이렇게 부려 먹으시고. 너무 차별 대우하시는 거 아니에요?"

"레오가 왜 자유 시간이야. 레오도 돈 벌러 갔어."

"에이, 자유 시간이죠."

루나는 왼손에 들고 있던 감자칩 봉투에서 감자칩을 하나 꺼내 먹은 다음, 어깨를 으쓱이며 말했다.

"솔직히 레오를 부려 먹을 수 있는 사람이 성하 말고 어디에 있을까요?"

"음."

"다른 사람이 레오를 보고 '내 말을 순순히 들어줄 거야'라고 생각할까요, 아니면 '이 사람이 나를 반으로 접어 버리면 어떻게 하지?'라는 생각을 먼저 할까요."

나도 모르게 고개를 끄덕여 버렸다.

이럴 때 보면 루나도 참 논리적인 생각을 할 줄 아는데 말이야. 머리를 쓰기 싫은 건지, 쓸 필요도 없다고 생각하는 건지.

이유를 참 모르겠다.

루나의 말대로 황 대표가 레오를 적극적으로 이용할 것이라는 생각은 안 하고 있다.

레오가 나설 때마다 기하급수적으로 비용이 증가하는 것뿐만 아니라, 레이스 길드도 나름대로의 자존심이 있다.

본인들도 큰마음 먹고 잃어버린 땅에 진출하는 셈인데 레오에게 의존을 하겠어?

황 대표 그 사람의 얼굴만 봐도 알 수 있다.

필요하다면 자존심을 굽힐 수 있는 거지, 자존심이란 게 아예 없는 사람이 아니다.

그리고 루나의 말대로 레오 역시 누구의 통제를 받을 만한 녀석도 아니고 말이지.

교황청의 광견을 다룰 수 있는 건 오로지 교황청의 식구들

뿐이었다.

그래도 내가 고객 관리는 확실하게 하고 오라고 당부를 해 뒀으니 알아서 잘하고 올 것이다.

"걱정하지 마."

"레오가 정말 잘해 주고 올까요?"

"고객 만족시키고 돌아오면 내가 전자 기기들 싸그리 사 주기로 했어. 컴퓨터도 새 거로 하나 맞춰 주기로 약속했으니까, 아마 잘하고 올 거야."

얼리 어답터로서의 정체성을 확립해 나가고 있는 레오에게는 최신형 전자 기기야말로 최고의 당근.

게다가 미국의 A사에서 한정으로 제작하고 있다는 스페셜 상품들도 구해 주기로 약속했다.

에이든이 해결해 주겠다더라.

나는 고개를 가볍게 끄덕인 다음, 지도를 확인했다.

"오늘 우리가 처리해야 할 군락지는 총 두 곳. 마음만 같아서는 하루에 다 처리하고 싶지만, 속도보다는 꼼꼼하게 해야 한다. 특히 우리가 첫 번째로 해결해야 하는 여기, 블랙 놀. 이 개대가리들 습성 너도 잘 알지? 한 놈이라도 살려 뒀다는 말짱 도루묵이다."

블랙 놀.

놀은 개와 비슷한 대가리를 지니고 있어서 나는 편하게 개대가리라고 부르는 녀석들.

털 색깔에 따라 레드 놀, 블랙 놀 이런 식으로 부르는데, 개중 검은색 털을 지닌 놈들이 지닌 특성은 상당히 고약한 편에 속했다.

어마어마한 번식력.

완벽하게 제거하지 못한다면 금세 숫자를 회복한다.

바퀴벌레나 다름없는 놈들이라고 할 수 있었다.

개성에 전초기지를 세우기 위해서는 반드시 깔끔하게 처리해야 하는 녀석들.

루나는 내 말을 듣자마자 고개를 끄덕였다.

"다 죽이거나, 다 땅콩을 떼 버리거나. 둘 중 하나는 무조건 해야죠. 후자보다는 전자가 훨씬 쉬우니까, 빠르게 지워 버리죠?"

"땅콩을 뗀다는 표현은 어디서 배웠어."

"인터넷에서요. 혹시 베스나 백설이도 땅콩을 떼 줘야 할 일이 생길 수도 있으니까?"

베스랑 백설이가 옆에 없는 게 다행이네.

둘 다 기본적으로 암수의 구분이야 없다지만은, 저 소리를 들었으면 화를 냈을 게 틀림없었다.

특히, 백설이였으면 루나에게 달려들었을지도 모르겠다.

그렇게 내가 루나와 이런저런 이야기를 주고받고 있을 때쯤.

"김시우 교황님. 개인적으로 여쭤볼 게 하나 있습니다."

가만히 주위를 둘러보고 있던 김 실장이 나에게 넌지시 질문을 던졌다.

김 실장은 전투 인력으로 온 건 아니었고, 정부와 리멘 교단의 유기적인 소통을 위해서 우리 쪽에 파견되었다.

나는 김 실장을 바라보면서 고개를 끄덕였다.

"어떤 거죠?"

"도대체 리멘 교단의 1기 교육생 분들을 어떻게 교육시키셨기에…….."

김 실장은 저 앞에서 전진하고 있는 우리 교단의 1기 교육생들을 쳐다보았다.

아까도 말했지만, 다들 긴장을 하고 있기는 했어도 두려워하는 기색이라곤 1도 찾아볼 수 없었다.

오히려 몇몇은 묘한 흥분감에 사로잡혀 있는 상태.

훈련 기간 내내 지옥 같은 훈련과 실전을 경험한 1기 교육생들이었으니, 오히려 긴장을 하는 게 더 이상하긴 했다.

나는 김 실장의 말을 들으며 피식 웃었다. 그리고 건틀릿을 착용하면서 말했다.

"교육생들을 죽기 직전까지 계속 몰아붙이면 저렇게 됩니다. 하지만 따라 하지는 마세요. 신성력이 아니라면 불가능한 교육 방식이거든요."

신성력의 압도적인 재생 능력을 바탕으로 이루어진 교육들.

부족한 부분은 몸으로 때운다.

적의 공격에 피해를 입을 때마다 그때의 경험이 고스란히 몸에 축적된다.

피를 흘려 가는 실전이야말로 우리 1기 교육생들이 급성장할 수 있었던 가장 실질적인 이유다.

그리고 나 역시 그 무식한 훈련 방식의 산증인이기도 했다.

"김 실장님."

"예, 교황님."

"사람은 그리 쉽게 안 죽습니다. 딱 죽기 직전까지만 굴리면 바로 저렇게 됩니다. 생각 있으시면 언제든지 말씀하셔도 좋습니다. 우리가 남도 아니고…… 안 그래요? 우리가 나눈 정이 있는데, 위탁 교육쯤 못 해 드릴까."

"저는 그게 아니라……."

"스카우트 제의는 유효하니까 언제든지 환영합니다."

내버려 둬도 알아서 잘 돌아가는 지금, 내 비서 역할을 수행해 줄 인재 한 명만 있으면 더할 나위 없이 좋을 텐데 말이다.

그런 점에서는 김 실장이 최고의 적임자다.

꼼꼼하게 확인을 잘하는 점도 그렇고, 성격도 나랑 잘 맞는 편이고. .

와 주기만 한다면 참 좋을 것 같다.

"성하."

그런데 그때였다.

내가 김 실장을 상대로 열심히 영업을 하고 있는 사이, 루나가 나지막하게 나를 불렀다.

"보고 있어."

"1백 마리쯤 되는 규모의 정찰대네요. 어떻게 하실래요? 정찰병들 그냥 돌려보내면 귀찮아질 텐데."

루나의 말대로 저 멀리서 검은색 갈기를 지닌 놀 1백 마리가 주위를 수색하는 중이었다.

후각이 좋은 놈들이라서 그런가, 바람에 섞여 있던 우리들의 냄새를 감지한 모양이다.

"개코는 개코야."

"후각 하나로 먹고사는 놈들이잖아요."

"1백 마리라……."

위협적인 숫자는 아니다.

이번 원정에 참여한 1기 교육생들의 숫자는 도합 80명.

엄청난 속도로 성장하고 있는 데다, 전원이 토비가 심혈을 기울여서 만들어 낸 장비로 무장하고 있는 상태.

1백 마리 정도면 내 손에 순식간에 정리될 숫자였지만, 그렇게 해서야 교육생들을 데려온 이유가 없었다.

"전투 준비시켜. 교육 성과나 한번 보자고."

1기 교육생들에게는 놀 한 마리 한 마리가 소중한 경험치였다.

우리 애들의 전투 감각이 어디까지 올라와 있는지 확인할 필요도 있었으니, 1백 마리 규모의 정찰대 정도는 신입들에게 맡길 생각이다.

대신 한 가지만 확실하게 해 두면 된다.

"가져온 최상급 신성석 있지? 그걸로 방음이 가능할 정도로만 신성 결계를 쳐 둬. 놀들이 하울링 하면 귀찮아진다."

놀들은 위험한 상황에 처하면 하울링을 통해서 동료들을 끌어모은다.

내 말의 뜻을 이해한 루나가 순순히 고개를 끄덕였다.

"네에."

루나는 짧게 대답한 후, 곧바로 교육생들을 향해 소리쳤다.

"드가자!"

"리멘을 위하여!"

"리멘을 위하여!"

그렇게 우리 교단의 첫 전투가 시작되었다.

❧

'⋯⋯평가를 또 바꿔야겠군.'

김 실장은 눈앞에서 벌어지는 장면을 바라보면서 생각했다.

리멘 교단의 1기 교육생들.

그들은 불과 2달 전까지만 하더라도 C급 헌터쯤으로 평가 받는 인원들이었다.

이번 잃어버린 땅 원정에 동원된 다른 대형 길드의 전투원들은 최소 A급 헌터들인 걸 감안했을 때, 새내기 티를 벗지 못한 1기 교육생들은 이번 원정에서 큰 활약을 보여 주지 못할 것이라 판단했다.

하지만 그런 그의 판단을 비웃기라도 하듯.

콰지지지지직-.

콰아아아아앙!

깨개애애앵-!

리멘 교단의 1기 교육생들은 그야말로 흉악한 전투를 펼치고 있었다.

사방에서 두개골이 부서지고, 피가 흩뿌려진다.

'다들 미쳤어.'

1선에 선 성기사들이 철퇴를 휘두를 때마다 놀의 대가리가 뭉개진다.

그리고 성기사들 사이로 민첩하게 파고드는 놀들은 모두 검은색 경갑을 걸치고 있던 사제들에 의해 목이 꺾여 버렸다.

순수한 폭력의 현장.

리멘 교단의 가장 큰 전력이라고 할 수 있는 김시우 교황과 루나는 투입되지도 않은 상태였다.

그 둘은 자신의 옆에서 팔짱을 낀 채로 전투를 직관하는 중이었다.

"사제를 선택한 녀석들에게 경갑을 입혀 둔 건 최고의 판단인 것 같아요, 성하."

"여유 있을 때 과감하게 투자해 줘야지. 아직 쟤네는 우리처럼 몸이 단단하지 않잖아? 재수 없게 찔리면 죽는다고."

"우리 병아리들도 언젠가는 피부로 칼을 튕겨 낼 수 있겠죠?"

"당연하지. 리멘 교단의 전투원이라면 그 정도는 해 줘야 되는 거야."

김 실장은 그 둘의 대화에 정신이 혼미해지는 것을 느꼈다.

칼을 튕겨 내는 피부라니.

신의 뜻을 따른다는 성직자들이라기보다는, 차라리 차력사들에게나 어울릴 법한 경지가 아닌가.

하지만 더 무서운 것은, 김 실장 역시 자신도 모르게 그 말에 고개를 끄덕이고 있었다는 것이다.

깨애애애애애앵!

놀들의 비명이 사방에서 울려 퍼졌다.

처음에 기세 좋게 달려들었던 놀들의 모습은 이미 사라지고 없었다.

'몬스터들이 불쌍할 지경이네.'

인간과 몬스터의 입장이 정반대로 바뀐 듯한 모습.

두려움에 질린 놀들이 어떻게든 살아남고자 몸을 피하고 있었고, 리멘 교단의 교육생들은 그런 놀들을 가만히 두지 않았다.

두꺼운 갑옷을 입고 있는 성기사들이 일사불란하게 놀들을 포위했으며, 성기사들 사이사이에서 뻗어 나온 팔들이 놀들의 목을 움켜쥐었다.

우드드드득-.

우드드득.

사제들의 손에 잡힌 놀들의 목은 나무젓가락처럼 손쉽게 부러졌다.

궁지에 몰린 놀들이 거세게 반격을 해 오기도 했지만, 녀석들의 무기는 교육생들의 장비에 흠집조차 내지 못했다.

그러나 변수는 언제든지 발생할 수 있는 법.

"어어!"

공포에 잔뜩 질린 놀 한 마리가 내지른 창이 한 사제의 어깨에 박혀 들어갔다.

갑옷의 이음새 부분이었다.

그러나 김 실장은 뒤에 이어진 사제의 반응을 보자마자 다시 할 말을 잃을 수밖에 없었다.

우드드득!

창에 어깨를 꿰뚫렸던 그 사제는 오히려 창대를 왼손으로 강하게 움켜쥔 다음, 남은 오른손으로 놀의 대가리를 움켜쥐었다.

그러자 놀의 대가리가 수박처럼 터져 버렸다.

게다가 그게 끝이 아니었다.

본인 앞의 적을 정리한 그가 무표정한 얼굴로 어깨에 박힌 창을 뽑아내더니, 손을 환부에 가져다 대었다.

우우웅—.

멀리서도 보일 정도로 새하얀 빛.

사제는 신성력을 통해서 간단하게 응급조치를 한 다음, 곧바로 다른 놀을 향해 달려들었다.

'……미친놈들.'

그리고 그때, 김 실장의 귓가에 다시 한번 무서운 이야기가 들리기 시작했다.

"창 보니까 또 옛날 생각나네. 그때 기억나냐? 나 마룡왕 잡았을 때 있잖아."

"아! 그 도마뱀 새끼! 당연히 기억나죠. 성하가 그때 아마…… 흉부에 창이 박히셨었죠? 그 상태로 마룡왕 목 꺾으셨잖아요."

"와, 그때 창이 1cm만 옆으로 박혔어도 즉사였다. 그때 생각만 하면 가슴이 찌릿찌릿하다니까?"

"에이, 성하. 교단의 전투원 중에서 안 그랬던 사람이 어디 있어요? 성하 도끼에 등 연속으로 세 번 찍혀 봤어요? 나

그때 진짜 죽을 뻔했다니까?"

"여기 배에 흉터 보이냐? 이건 말이야, 내가 분노의 마왕이랑……."

"칼빵 누가 더 많이 맞았는지 해 보자는 거예요?"

"어, 내가 이김. 수고."

김 실장은 그 둘의 이야기를 들으면서 몸을 부르르 떨 수밖에 없었다.

'제일 미친 놈들…….'

다음 권으로 이어집니다

우리 교황님 좀
말려 주세요

우리 교황님 좀 말려주세요

판미손 퓨전 판타지 장편소설

비정상 교황님의
듣도 보도 못한 전도(물리) 프로젝트!

이세계의 신에게 강제로 납치(?)당한 김시우
차원 '에덴'에서 10년간 온갖 고생은 다 하고
겨우 교황이 되어 고향으로 귀환했건만……

경고! 90일 이내 목표 신도 숫자를 달성하지 못할 시
당신의 시스템이 초기화됩니다!

퀘스트를 달성하지 못하면 능력치가 도로 0이 된다고?
그 개고생, 두 번은 못 하지!

"좋은 말씀 전하러 왔습니다, 형제님^^"

※주의※ 사이비 아닙니다, 오해하지 마세요!

망한 가문의 검술 천재가 되었다

소구장 퓨전 판타지 장편소설

역사에서도 잊힌 비운의 검술 천재
최강의 꼰대력으로 무장한 채
후손의 몸으로 깨어나다!

만년 2위 검사 루크 슈넬덴
세계를 위협하던 마룡을 물리치며
정점에 이른 순간

이대로 그냥 죽어 다오, 나를 위해서.

라이벌인 멀빈 코넬리오에게 목숨을 잃……
……은 줄 알았는데,
200년 후의 몰락한 슈넬덴가에서 눈뜨다!
가족이라고는 무기력한 가주, 망나니 1공자뿐
망해 버린 가문을 살리기 위해
까마득한 조상님이 팔을 걷었다!

설풍 같은 검술, 그보다 매서운 독설로
슈넬덴가를 정점으로 이끌어라!